桼海传

QI HAI ZHUAN

谢健 著

海峡出版发行集团 THE STRAITS PUBLISHING & DISTRIBUTING GROUP | 福建人民出版社 FUJIAN PEOPLE'S PUBLISHING HOUSE

谢健，漆艺家，中国漆文化学者。1969 年出生于福建省福州市，1990 年毕业于北京大学国际关系学院。2005 年创办桼海中国漆艺术工作室。

个人作品多被选用为高端商务和外事活动赠礼。在漆器制作和漆艺术实验创作的同时，长期从事国际漆艺文化交流、中国漆艺术当代文创实践和中国漆文化产业研究，并在国内外多所高校讲授中国漆文化经典选读和中国漆工技法实验课程。著有《超越传承：中国漆产业的新文化精神》《中国漆砂印技法辑要》《福州TuoTai，中国漆的世界艺术》等。

目　录

第一章　掠来的小“学僧”

“快看啊，我看到陆地了！”

“啊，陆地！”

一阵高过一阵的喊叫声，把昏暗船舱里的人们全都惊醒，众人争先恐后地跑向甲板。人群中的沐七郎，也急着揉眼向远处望去。眼前是晨雾蒙蒙的灰色海天，隐隐可以望见一片浓浓的黛色山林。

是的，一座海岛就在眼前了。

惊叫、欢呼、哭喊、拥抱，兴奋的人群跳跃着，震颤着甲板。“好了！安静！小村，你们快去底舱，加快划过去靠岸。”护船队的头领野城之助又喊过一个人来，眼睛瞥向沐七郎，说道：“刘老大，岛上情势不明。一会儿放下小船，你和今田久两人带着沐七郎，先靠岸上去勘察一下，给我们信号了，大船才靠过去。遇到明国官兵，就按我交代的说。”

这是一座离大陆并不远的荒岛。野城之助带着几个人跑到靠近大陆的另一侧，透过望远镜已经可以依稀看到对岸的海滩渔村。“真是苍天保佑啊！”回到停船海滩的野城对围坐一起的几个人说，“这次总算闯过这台风的鬼门关了。可是漂来漂去，已经搞不清现在我们所处的方位了，不知道离月港还有多远。船上没剩多少水和吃的了，不补充一些，别说到月港，恐怕离开这荒岛都难呐！”

野城之助看着刘老大，随即安排身边其他人道：“你们先去继续找找看有没有水源。另外，找到船上所有的空桶，做好接雨水的准备吧，我和刘老大有事安排。”等众人走后，野城之助又嘱咐刘老大：“一会儿，你带几个明国的弟兄和沐七郎，一起划小船到对岸，问清地点，再想办法采买一些水和肉米回来。记住，遇到明国的官民，就说我们是护船去月港贸易的，并护送沐七郎去漳州的寺院访学，不可起争执，更不可胡来。要是有明国的官兵说要来船上察看，就让他们来好了，我在这里会做好应付准备。”

刘老大答应着就要起身，野城之助又叮嘱说：“这个沐七郎，在我日本国身份尊贵，对我们有大用处，千万不可让他跑走，也不能让他伤到。”刘老大听了想问个明白，可是看到野城之助紧锁的眉头和犀利的目光，便不敢多问，转身跑去张罗。

小船载着沐七郎和刘老大一行五人，向大陆靠拢。刘老大心里嘀咕，这沐七郎不是从平户绑来船上送去漳州的倭寨吗？怎么又说是日本国的贵人呢？不就是个小和尚吗？这些倭人有时也是心机难测，找个机会还真得打听打听。这么一路琢磨着，小船靠近了一处石滩。

一行人下了船往岸上深处找寻人家打听。到了一处村庄，却是满眼的破败村舍，好久都找不到一个人。正在犹豫之际，远远地看见有一个人拖着木板车。刘老大几个赶紧跑过去问：“老哥，我们的船搁浅了。这，这是什么地方啊？”那是一个老汉，他上下打量了几下刘老大，回答说：“这里是福宁州的赤岸村。”刘老大听着心里暗喜，原来这就到了福建的海边，于是又接着打听：“怎么村里只剩下这些破旧空房，没人了呢？”老汉自顾着收拾破门板，慢声道：“这村子废了好些年啦。早几年倭乱闹得厉害，全都搬进赤岸堡里去了。我是要捡些旧木板围猪舍才到这里呢。你们从前面村口一直往西走几里地，去堡里才能喊到人搭救。”

刘老大忙迭声谢过老汉，又想起野城之助的嘱咐，打听有没有大一点的寺庙，便问：“老哥，这一带有没有大一点的寺庙啊？我还要送这位小长老去。”

“有啊。你们出了赤岸堡，再往西走个五六里路，就有一座建善寺，那可是我们福宁州第一大寺院呢。”

刘老大又谢过老汉后，就领着众人直奔赤岸堡而去。这刘老大哪里知道，此刻的沐七郎已经动起了逃走的心思。他听到老汉提到建善寺，心下暗喜：这不正是空海大和尚漂流到唐住过的第一座寺院吗？只要逃到建善寺，就好办了。眼下，先跟着刘老大他们到赤岸堡，再找机会。

一行人来到赤岸堡时，已近黄昏。看着堡里人来人往，颇显热闹，刘老大满心欢喜，心里盘算着，反正大黑天的，无论如何也筹不齐米肉回到船上了，一切都是明天的事了。于是，找了一处店家住下，又叫了一桌酒菜，带着众人吃肉喝酒。“唉，老天有眼啊，总算是平安落地啦。这海上乱漂了几十天，我还以为我们哥几个回不去福清老家了。今晚没什么事了，看这一桌的好酒好菜，老子我都快馋疯了，来，咱们痛快喝几杯!”

沐七郎也闷头跟着饱餐一顿，然后在边上看他们推杯换盏。最后，烂醉的刘老大竟是由沐七郎扶着回了房间。听着鼾声四起，沐七郎从刘老大的包袱里随手摸了一把碎银子，轻脚跑下楼去，出了店家，向西赶往建善寺。

第二天一早，醉里醒来的刘老大找不着沐七郎，吓得冷汗直冒。跟随野城之助混了这么些年护船营生，他心里清楚找不到沐七郎回去的后果。眼下，可怎么办才好？船上大几十号人，又正等着补给。房间里来回转着，思前想后了好一阵，心下一横，只能这么办了：“这沐七郎跑走，我要是找不回来，是没办法上船的。这样，一会儿我们先买齐东西，你们四人雇车分批运出赤岸堡后，再集合运上船，免得动静太大引人注意。我留下来继续往福州方向沿途去找沐七郎。你们回船后，向野城报告时，也帮我看看他的脸色。估计你们到月港也就是三五天的时间，再从月港回到福清时，我也到家了。找不找得到沐七郎，以后怎么办，只好见面时再说了。”

刘老大办事倒也麻利，不多一会儿工夫，已经从各家店铺凑齐了要采买的东西，再看着几个人先后押着车出堡往海边去了，才沿着堡外往福州府方向的驿道走去。

刘老大一边走着，一边琢磨，这日本小和尚能往哪里跑呢？哎呀，对了，昨天那老汉提到了建善寺！想到这里，刘老大顿时来了精神，快步向建善寺赶去。

第二章　茉莉香片

清晨，福州北峰的杜溪桥边，已经没有了春天的满山青草味，一片夏日气息，闻着干净透彻，长尾哥鸟“吃不够、吃不够”地啼叫。谢怡风早早地跟在管家林阿泰和泰嫂身后，往桥边的溪涧里走去。昨晚，她跟父亲谢成说了，今天来网些溪鱼，给上山来的谢斯全和沈清时他们添盘菜。

杜溪桥两头的驿道上，已经开始有来往的行人赶路了。驿道边的杜溪驿站和不远处山顶上的降虎寨里，静静地飘着炊烟。谢怡风三人网好一兜鱼，来到杜溪驿站的茶棚小坐，等驿站老板娘去后面的水窖里拿些九重糕。三个人叫了一壶茶。谢怡风来回拨弄着网兜里的小溪鱼，说：“泰嫂，挺快的呢，一顿菜就有了。”泰嫂看着谢怡风轻快的样子，不由得笑了起来：“小姐，哪里就能有了？这些小鱼回家杀洗还得好多工夫呢。福州话叫‘好吃难做’。”

此时，像往日一样，茶棚里的人慢慢多了起来。谢怡风他们拿到九重糕，走出茶棚，准备往山腰方向折回自家院子，却见前面驿道上一个人影，走着走着便扑倒在道旁。“泰叔，快看，前面有个人倒下了。”谢怡风一边喊着，一边和阿泰快步向前赶去。阿泰蹲下探了探那人的鼻息和脸色，叫道："啊，身子烫得很呐！"

谢怡风往四周看了看，又细细打量了下地上的人，只见破衫裹着的黑瘦身板，有好几处明显的淤青和刀痕。"泰叔，我看这附近也只有我们家有药可以救他了，我们把他背回去吧。"

一进门，谢怡风便一路小跑喊着："爹爹，爹爹，快来救人！"

谢成听到女儿的喊声，急忙从花厅里跑出来，也不多问，快步跟着谢怡风来到院门边的灶房。见阿泰正在给伤者灌水，便问："能喝进去吗？"阿泰一边慢慢地喂着，一边回道："一点点吧。"

谢成接着俯下身子察看了一番，说："这大概是旧伤裂开，又一路病饿所致。风儿，快去花厅把漆盒里的药拿来。"等谢怡风取来药膏后，谢成掰下一小片递给阿泰："你把这药膏放到水里，搅碎了喂他，然后……"

正说着，门口进来两个年轻人，正是谢成的侄子谢斯全和徒弟沈清时。"你们两个来得正好，一会儿阿泰喂好水后，你们帮着抬到客房去，用热水给他擦洗一下身子，换一身衣服。阿泰，你快去乡里请申郎中来，给他看看刀伤。"

一番安排后，谢成把谢怡风带到花厅。"风儿，有他们照料就好了。你一会儿帮爹爹去贴银间把那一批漆盘的金箔贴上，今晚干透，明天斯全他们好带回城里刷透明漆。过几天回城里，我好带着清时做下一道。"谢怡风撇着小嘴："爹爹，你就知道给我派活。我还想帮泰嫂炒那盘小鱼呢。"谢成听着一乐："丫头，你什么时候能改改这赶新鲜的毛病呢，快去吧。这是爹爹第一次让你自己贴。记住，底漆要用骨锹铺平在漆板上，否则你手掌落在板上沾漆拍漆就不匀，后面贴金也不匀，下一道就没法做了。"

"知道了爹，我都看你做了好几回了。"谢怡风说着转身就要出门，又被谢成喊住："做漆要心静。你今天背了个伤号回来，加上斯全、清时到，你要能安静下来才能做好，不去想外头的事，这是顶顶重要的。""这我还能不懂？"谢怡风一边回着，一边一阵风似的跑出门去。

谢怡风没走多久，沈清时就来到花厅，对谢成说："师父你看，这是刚才给那个人换衫时，从他内兜里找到的。"谢成拿过一看，却是一条十分精美的丝帕，帕上一角有针绣的两个木瓜和两道横条金丝线。

看着这条丝帕，谢成心下暗想，这会是个什么人呢？假如这丝帕是他自己家的，那就一定不是寻常人家。他又细盯着丝帕上绣的图案，还真是从未见过。正在琢磨着，谢斯全来禀："小叔，申大夫来了。"

谢成听罢，连忙赶到客房，向申郎中拱手致意："子华兄，有劳啦。"申郎中一边回答："谢兄相唤，自当趋步而来。"一边察看起伤者。"这刀伤倒也不深，只是未愈又裂，脓血重结。我这就给他刮开清洗、涂药包扎，再给他开些清补的药，调理几天，应该没有什么大碍的。"

谢成点头称是，正要多谢一番，就听申郎中又说道："谢兄，你不是已经给他用上你那李太医片仔癀药膏了吗？

我可是没有带多余的来。”谢成一听明白，连声笑道：“哈哈，就在桌子上呢。”

谢成送走申郎中回来，谢怡风也从漆工房出来到了客房，看到桌子上的那条丝帕，问：“爹爹，这丝帕好漂亮啊，谁的？”谢成指了指伤者：“他的。斯全他们帮他擦洗时发现的。”

“呦，看他黑黑瘦瘦的，还有这么好的……”谢怡风一边说，一边走近床边探看伤者。看着看着，竟不觉看呆了。这伤者，哪里像她刚看到时的样子。虽说还显得瘦弱，却是颀长白皙，青色丝带扎着的浓黑头发下，俊朗的面庞，高挺的鼻梁，密致的长眉，真清爽。

就在这时，伤者的喉头滚动了一下，嘴角微微颤动，像是要开口说话。众人赶紧围上前来听。等了一阵，却没有什么动静。谢怡风突然想起了什么来：“呀，我去一下灶房，今天打的那些鱼别让泰嫂炸了，炖锅汤给他喝吧。”说着转身就要跑出去。“回来，等你现在想起来，还哪来的汤喝呀？刚才泰嫂来的时候我已经说了的。”谢成和大家一阵笑，谢怡风被笑红了脸，两只手搓着，款款地又站了回来。

正在说笑间，就听床头传来几声低喃，众人赶紧围了过去，听着像是断断续续地在说：“哦，哦……哦卡桑。”谢怡风看向谢成：“爹爹，哦卡桑？这是什么意思？”

“嗯，他这应该是叫他的母亲。如果我没听错的话，这大概是个日本人。”谢成低头捻须，看着床头。此刻，没有人能看到他温和言语间眉头微锁的样子。“好了，他这一时半会儿的也还得昏睡静养。阿泰，你端碗饭就在这屋里边吃边照看他吧。斯全、清时、风儿，我们吃过饭再来。”

三人跟着谢成来到花厅，落座吃饭。谢怡风低头吃着，突然对沈清时笑了起来：“师兄，本来打了小溪鱼要犒劳你和斯全哥的，这下没了，难怪你连饭都装得少了。”一句话差点让谢斯全笑喷了饭。沈清时原本就是讷讷不善言语的人，听着只顾嘿嘿直乐。谢成指了指谢怡风：“这丫头，你是越来越不识世面了。清时家就在月港，什么鱼鲜美味没吃够？你记得下次补上一回就好。”说得谢怡风一个劲点头。

用饭将毕，谢成抬眼对沈清时说道：“清时，你明天跟斯全下山，把风儿刚贴完金箔的那十件漆盘一起带去，加上你在城里贴好的那一批，等我过几天回去，就可以带着你涂刷透明漆了。刷透明漆，需要特别讲究。有这一批跟着做，你大致就可以摸熟门径了。”沈清时认真听着，点头应诺。

这时，就见泰嫂跑到花厅门口喊道：“老爷，老爷，那个人醒了，快来看看。”众人放下筷子，一起赶去客房。刚进到房内，就听阿泰说道：“老爷，你看，一醒就用力在身上摸着，好像在找什么东西？”还没等谢成说话，谢怡风就从桌上拿过那条丝帕递给了谢成。谢成接过丝帕，坐到床侧，抓过伤者的手，放到了他手心。只见他虽然还闭着眼睛，但已经安静了下来，把手帕紧紧地抓在胸口，呼吸也平缓了许多。谢成见状，赶紧吩咐：“泰嫂，快去先热一小碗鱼汤来，我来喂他。”

谢成端着汤碗，用小汤匙小口小口地喂着，谢怡风也坐到了床头另一侧，帮着用手帕轻轻地擦拭伤者嘴角。一旁，众人静静地站着。添了灯烛的房间，比起往常更加亮堂。

“爹爹，你看他，好像睁开眼睛了。”谢怡风开心地喊了起来。“小声点，他要慢慢缓过来的。”谢成见鱼汤也能大口喂进去，又吩咐泰嫂：“泰嫂，你再去端一小碗，加个鸡蛋花进去。”

此时，伤者的眼睛已经慢慢地睁开了。第一个映入眼帘的喂他鱼汤的谢成，一点点地变得清晰。米色角巾下的脸庞，清峻明朗，嘴角的短须整齐干净。他又轻轻地侧过脸，坐在另一侧的是个女孩，听着应该是喂他的人的女儿了。可是，这女孩为什么满头包着布巾呢？

“恩……恩公。”他用力地低声吐出了第一句。

“爹爹，你听，他叫你呢！”谢怡风高兴得跳了起来。

“嗯，不着急说话，慢慢地，多喝些。”谢成伸手摸了摸伤者的额头，转身对站在一旁的众人说道：“不错，烧好像也退了。”看伤者吞咽已经不怎么费劲了，谢成招呼：“斯全，你来接着喂他。”还没等谢斯全答话，谢怡风就从谢成的手里接过汤碗：“爹爹，让我试试吧。”

谢成起身坐回床边的椅子，问：“年轻人，你叫什么名字？”

伤者抬起眼皮，望着谢成：“沐……，我叫沐……七……郎。”

“哦。听起来你是日本人？”

“是的。我，我被海盗劫持上了船……”见沐七郎断断续续地想继续往下说，谢成朝他摆了摆手：“沐七郎，先不多说了，明天有的是时间细说。你这刚醒过来，等吃完后，先静养休息才好。”说着又叮嘱阿泰：“你今晚辛苦些，就在这里搭个小床陪护。大家忙了一天了，都早点歇下吧。”

客房里出来，谢怡风跟在谢成身后，说道：“爹爹，奇怪这沐七郎说我们这儿的话说得这么好，看着就像我们这边的人一样。”

“是呢。在日本有从小学汉话、写汉诗、画汉画的，都出身在不一般的人家。唉，总算没有大碍，救过来了。先去睡吧，明天再说。”

第二天一早，谢成起床梳洗过后就先到了客房。见沐七郎还在睡觉，便来到灶房。谢成无论在山上还是在城里的家，只要没有住家的客人，早上就都来灶房和管事、家小、徒弟等等一起用餐，顺带也就把一天的里外诸事安排妥当。

灶房里，只见到谢斯全和沈清时两人吃饭，还有泰嫂在挑洗着小箭笋。“怎么没见风儿和阿泰？”谢成一边坐下，一边问。“小叔，怡风一早就先吃完了，又拉着泰叔去打鱼了。”谢斯全放下粥碗回道。“嗨，也不用天天鱼汤的。不过，泰嫂，等下倒是可以用昨天剩的鱼汤，给沐七郎下点线面。另外，阿泰回来后，让他去寨门街的老朱家或别家看看，有没有鲜羊奶买点回来。”谢成交代完后，又对沈清时说：“清时，看这情形，我可能要迟些天才下山了。你等斯全去后院安排好茶栈的事，就一起收拾一下要带的东西先走吧，不用等风儿了。我这吃过后，等沐七郎醒了，还要给他换下药。”

话音刚落，就听吱呀开门声，谢怡风小步慢跑着进了灶房：“爹爹，今天的小溪鱼可多了。”边说还边用手在耳边扑扇着风。“哪能这么快？”泰嫂才说着，就见阿泰也进了门，手里拎着一个大竹篓，满满的一大篓小鱼，“嗬，还真不少！”

谢怡风笑得满面通红：“这是我们买来的！我怕斯全哥和清时他们早下山，自己打鱼哪里来得及。正好有村民打好了去卖，就干脆买了回来。清时，今天保证够你吃。”

“我们一会儿就下山了，哪里来得及吃？”谢斯全看谢怡风这一副风风火火的样子，又想笑。

“怎么来不及呢？等下我帮忙泰嫂先洗一份，泰嫂炸好了，你们路上香喷喷来吃。”

“那就先谢过大小姐啦。”谢斯全说着，终于忍不住，和沈清时一起笑了起来。

“呃，人也到齐了，各自忙吧。正好阿泰回来，帮我一起把沐七郎叫醒换药。风儿，你帮泰嫂杀鱼煮线面。”谢成安排道。

换过药后的沐七郎，看着精神比昨天又好了许多。谢成一旁看着，捻须点着头：“沐七郎，你这肩上和背上的伤口，换药的时候看着也回了点红，我看，到明后天，就能坐起来了，你也可以试着慢慢小走些步，就好得快了。”沐七郎看向谢成，缓缓说道：“多谢恩公搭救。”

“沐七郎，你要多谢我呢！是我和泰叔、泰嫂把你背回来的！”谢怡风咯咯笑着，一路端着面碗来到床前。沐七郎这时才有气力端详谢怡风，见她梳着短髻，插着一根金色发簪，两鬓的发丝随意挂着，却一点不乱。心形的小脸，尖尖的鼻梁，格外清爽秀丽。

“沐七郎，这是小女谢怡风。”谢成说着站起，就要接过谢怡风手里的面碗。“爹爹，还是我来慢慢喂他吧，你们说会儿话。”谢怡风也不等谢成回话，就坐到床头准备喂沐七郎。就听跟着进屋的泰嫂笑着喊：“我的傻小姐，这么平平躺着怎么吃？等一下，我去拿两个枕头来，扶他半躺起来才行。”说得谢怡风小脸红了起来，放下碗，站到一边。

“这丫头，什么都有你。你还是坐着吧，一会儿让泰嫂来喂，我们在边上陪着，你也学一学。”谢成话里，又是疼爱又带着些哄劝。

沐七郎由泰嫂喂过鱼汤线面，又喝了申郎中开的汤药，漱过了口，正要开口向泰嫂道谢，谢怡风就已经问开了：“沐七郎，你在日本是做什么的？”谢成一旁听着，女儿从小就是这副性子，也只好喝着茶，任由谢怡风和沐七郎随便说话。

“我，我是京都正见寺的学僧。”

“啊？原来你是个小和尚！”谢怡风说着笑了起来，“难怪你的头发都盘不拢。什么是学僧呢？”

“我是从小由祖父送去寺里学习的，并不参与寺里的杂役，也还没有受戒出家。”

“那你爹娘呢？”

“我很小的时候，他们就都去世了。我是祖父和师父带大的。”

“那条丝帕很漂亮，是谁给你的？”

“是我母亲留给我的。”

“上面花纹真好看，绣的是什么？”

“是我家的家纹。”

“家纹是什么？”

“是代表家族的记号。在我们日本，大一些的家族，都会有家纹。”

“哦。”谢怡风还想问些什么，谢成站起身来说道：“我看，先让七郎歇一会儿吧。风儿，你来，跟爹爹去工房帮一下忙。回头再聊。”说着，又叮嘱沐七郎安心休息，便带着谢怡风出了客房。谢怡风跟在谢成身后，又悄悄回过头来，向沐七郎轻轻摆了摆手。

山里的午后，夏日的房间里，不热不闷，偶有微风穿堂吹过，让人心神轻快。

又饱睡了一觉的沐七郎，此时正呆呆望着窗外的天空。恩公这里的清净明朗，像极了自己飞驒高山的家。想到自己这两个多月来一路颠簸流浪，最后竟能被救治到这里，遇上这样的好人家，看来，天意，真是有的。

“沐七郎，醒了吧？”谢怡风端着碗走了进来，“这是给你热的鲜羊奶，快喝了吧。”说着来到床边，看沐七郎还像上午那样半躺着，就递到了沐七郎嘴边。沐七郎下意识地抬起了没有受伤的左手，还真抬起来了，便接过碗来。谢怡风也就坐回椅子，等他喝完，又递给他一杯茶漱了漱口。

就听沐七郎问道：“小姐，昨晚迷迷糊糊地，看见你头发包得严严实实的，我还想你们明国女孩都是这么打扮的呢。”谢怡风听完，想了一下，抿嘴笑了起来：“哪能呢！我是在爹爹的贴银间帮着贴金箔，因为怕金箔屑粘得满头都是，所以每次都要用布包严实。因为想着赶来看你怎样了，就忘了解开。”

两人正说着，阿泰拎着一桶热水，后面跟着泰嫂，拿着一套新衣衫和一片头巾布，进了房间。阿泰向谢怡风说道：“小姐，老爷叫你先到花厅喝茶。我这里帮沐七郎擦洗下身子，换过新衣衫，试试也扶他出去走走。”

“这么快就能下床走动了吗？”

“嗯，总要试试。一点点外出走动，精神才好得快。”阿泰答道。

花厅外廊，一张楠木小八仙桌，桌上一套白瓷茶具和一盆雕砖底座的小巧溪草，围着桌子三张楠木梳背椅。墙边的砖砌矮台上摆着烧水的炭炉，炉边一个盖着黑漆盖子的酱色陶水盂，此外无他，看着简朴素雅。

谢成父女正煮着水，看见阿泰扶着沐浴后拢着青色头巾的沐七郎，慢慢地登着台阶向上走来。“真行，真可以下床走动了！”谢怡风拍着手，眉眼舒展地对谢成说，“爹爹，你的药膏和申先生的方子，看来真管用。”

沐七郎来到廊下坐下：“嗯，其实不用泰叔扶，我自己也可以走了。”

“慢慢地，一步步来。其实你除了刀伤要治透，其他的倒没有什么大碍，就是一路上疲累饥饿。这几天休息好，吃些清补的，也就能缓过来了。只是要注意，出来走时，要像现在这样绑住右手不让动，帮助伤口愈合。”谢成一边说，一边端详着沐七郎，“还别说，我这衣衫给你穿着还挺合适。来，喝点茶。”

沐七郎闻着谢成端来的茶，一阵别样的茶香扑鼻而来，赞叹道：“真香啊！”

“这是今年新制的上等福州茉莉香片，喝喝看。”谢成说着又招呼阿泰：“阿泰，你去帮忙泰嫂吧。晚饭七郎就可以跟我们一起吃了，不过，还是给他单煮一份鱼汤线面，外加一个鸡蛋。”

“七郎，你给我们讲讲你来这里之前的故事呗。”一旁的谢怡风见沐七郎喝完，便起身端过谢成面前的茶壶，给他续上一碗。

“嗯，七郎，你慢慢讲吧。你再不讲，我家这大小姐都要急疯了。”谢成笑着瞥了一眼怡风，“就从你怎么被海盗掠上船讲起好了。”

“爹爹，你又说我！”谢怡风噘着小嘴嗔道，然后看着沐七郎：“他们为什么要掠你上船呢？”

第三章　音羽山的樱花季

京都音羽山，正见寺庵堂后的茶寮里，落地窗已经推开，一抹初阳斜照着铺满了窗边的茶几，茶几边对坐着隐信长老和沐七郎。沐七郎从五岁多来到正见寺起，就每天早起陪着隐信喝茶，茶后，隐信才布置每日的功课。

“七郎，喝过这碗茶汤，你就收拾启程吧。到了博多圣福寺，圆智长老自然会安排你四处走走，你也增些游历。等他备好那几本书，你就可以带上返回了。小子，这可是你第一次自己出远门呢。像你这样的年纪，换成我，昨天晚上该睡不着觉了。”隐信眯着的眼里，一如往常的慈祥。

“师父怎么知道？七郎昨晚还真是兴奋了好久才睡的。”沐七郎端起茶碗喝完茶汤，“那，徒儿这就动身了？师父保重。”

“嗯，圆智要是问你为什么我不去，你就告诉那老家伙，音羽山的樱花季就要到了，我可舍不得这时离开。”

沐七郎应诺离座，移身一侧向隐信行完跪礼后，退出了茶寮。隐信目送沐七郎走后，拉了拉身后窗边的绳子。茶寮檐下的铃声响过两下后，一个小和尚来到门口，隐信吩咐道:“你去把木野君请来,我有事找他。”

从京都出发,沐七郎或徒步,或雇马车,一路上走走停停,二十多天后到了博多的圣福寺。拜见过圆智长老后,就在寺内的僧房住下。几天里,他参访了太宰府和周边的几座寺院,很是惬意。这天,听圆智说书册第二天就可以备齐,沐七郎于是打算在寺旁的寺下町周边随意走走,看看有什么好看好玩的物件买些,回去送给寺里的伙伴们。

圣福寺的寺下町,午后一派热闹景象,就连主街边的横巷里也是店肆相接,熙来攘往。沐七郎左看看右看看,走着走着,来到巷尾一家“唐物屋”,见门面宽敞,装饰清雅,就走了进去。店里墙上的汉画、堂里的漆屏风,橱柜里的漆器、陶碗、瓷盘、丝巾、香囊、画笔等等,琳琅满目,有些见过,有些竟不知是何物、做什么用的。此时,店里人也不多,沐七郎就边看边请教店里的唐人老板,想问些不贵的小件。

正在他低头专心盯着柜里的时候,突然觉得身边围紧了人,腰间被刀尖顶着,耳边听到一声低哼:“不许喊!跟我们走!”沐七郎惊得猛抬起头,却发现店老板也被人捂住嘴逼坐在椅子上。还没等沐七郎完全反应过来,嘴里已经被塞进布团,双手被捆得生疼,随即被两个人强架着拐出了巷尾,推进一辆马车,眼睛被蒙上布。

过了好长一阵子,沐七郎被带下了车,先是坐上一条小船,然后又上了一条大船,直到进入一间舱房,才被解开蒙眼的布条。

沐七郎睁开眼揉了揉,见船舱里有两个人守着他。沐七郎看向船舱的窗户，天已经黑了。“你们为什么带我到这里来？”他用汉话问道，因为一路上听几个人讲的都是汉话，已经知道了这些全是明国人。

“别多问！明天你就知道了。也不用瞎担心，不会为难你的。”其中一人回道。

这时，门口又钻进一个人来。房里的人连忙从地上起身打招呼：“刘老大！怎么说？”

这刘老大一脸络腮胡子，矮墩偏胖的身材，腰里别着一把短倭刀。“干得好！不然明天就没办法向野城交代了！每人赏五两银子哈。”说着，蹲下来拍了拍沐七郎的肩膀：“小师父，不用担心。我们带你去明国玩。”说完后又往门口走去，回头叮嘱屋里的两人：“看好了。等下让他吃些再绑上，一切等野城来了再说。”

第二天，沐七郎迷迷糊糊醒来时，已经能感觉到船在动了。他听到船舱里的一个人说：“船都走了这么长时间了，怎么刘老大还不过来？好歹也换两个人过来替替我们，都守在这房里快一天了，憋死了。”

刚说到这里，舱门打开了，刘老大探进头来：“出来吧，把他松开，反正也跑不了了。带到后甲板上去，野城要见他。”

上到甲板，沐七郎往四处一看，船真的已经离开了大陆，行驶在大海中。甲板上，一群人中间，坐着一个佩着长短刀的武士模样的人。“我叫野城之助，是这条船的头领。小师父，不好意思，这么请你来。怎么称呼？”招呼还显得客气。

“我，我叫沐七郎。你们为什么绑我来？”

“呃，是有一件事情需要你帮忙。等下再跟你说。今田久，你去搜一下他身。沐七郎，配合一下哈，这是船上的规矩。”

沐七郎知道此时拿他们一点办法都没有，只能由着他们，反正身上除了一点铜钱，什么都没有。没想到今田久里外摸着摸着，竟把他内兜里的丝帕摸了去，转身递给了野城。

“快还我！”沐七郎急喊道。

野城一边接过丝帕，一边瞥了沐七郎一眼，随即展开丝帕看了起来。他低头看着看着，眉头微微一紧，然后抬起眼盯着沐七郎：“你是圣福寺的？”

“不。我是京都正见寺的，奉师父隐信长老之命，来博多取书回去的。你们快放我回去。”沐七郎说着说着，眼泪就要滴下来。

野城听到这里，态度比先前还要温和：“沐七郎，我是请你来帮我忙的，事情办完，我就会亲自送你回来。你们大家听好了，从今天起，沐七郎就住到我隔壁舱房，今田久，你陪着吧。刘老大，告诉船上你手下的人，不许难为沐七郎，也不可限制他在船上自由走动。”这一席话把刘老大说得云里雾里。

两三天里，倒还真是没有人限制沐七郎，反倒是每天今田久都给他端来不错的饭食。从今田久那里，他才知道原来这艘船是满载了货品从平户出港，绕行博多补装货物后，去往福建漳州的月港。可是，到底为什么绑自己上船，今田久也说不知道，只说野城会安排。沐七郎也只好每天在船舱和甲板上来回走动，吃完睡，睡起再吃。这般又是几天过去了。

这天晚上，刚吃过饭的沐七郎，被今田久带到隔壁舱房。

野城坐在床板上，面前一张小几，几上摆着几盘小菜和酒。“沐七郎，这几天忙着船上的安排，怠慢你啦。来，坐吧。”野城显得格外客气，“你看看这货单上的，都知道吗？”随后递给沐七郎一册单子。

沐七郎打开看了看，竟都是佛教典籍经书目录，便问道：“这是？”

野城嘿嘿一笑：“实不相瞒，找到你这样能讲一口流利汉话又通佛经典籍的，可真不容易啊。没办法请到合适的人，只好绑了你来。如果这次你跟我们去明国，能帮我谈好价钱买到这些书，我还要重重地谢你。也算你我有缘啊，在平户没有找到，到博多后，刘老大他们才专门派出两组人到寺院附近打听，正好就遇上你了。你就当作跟我去游历见识一番，如何？”

一段话，说得沐七郎也无从回答。此时答不答应，已经都没有意义了，都已经出海这么多天了。沐七郎只得苦笑一声，回到自己的舱房。

回房后，迟迟不能入睡。见今田久也一直没有回，沐七郎憋闷无趣，就往前甲板上走去，想着透透气。爬到楼梯口时才发现是后甲板，刚要往回爬下，就听甲板上那个野城在说话：“这个小和尚，是我们的大机会呢。先不说他自己家的身份，他的师父隐信长老就大有来头。绑住这小和尚，隐信长老能给我们的，几十条船的货都比不上。”

沐七郎听到这里，吓得心惊肉跳，又不敢再听下去，于是赶紧蹑手蹑脚爬下楼梯，回到舱房。

“哎呀，你怎么不继续听下去呢？”谢怡风听到这里，急得跳了起来，脸都涨红了。

“唉，这丫头！换了你这么个好事胆大的，没准听到下一句，要么上面的人发觉，要么底下有人发现，当时就不堪设想了！”谢成伸手把谢怡风按回椅子上，“七郎这么做是对的，知道大意就行了。”

“那，后来呢？”谢怡风又着急问道。

“原本想着既然都上了船，那个野城也就是为了买卖书籍，没有其他恶意，就当帮他跑一趟算了，终归也是于弘法有益的事。听他们这么说了以后，我就面上假装不知道，心里开始存着想办法逃离的心思了。后来遇到台风，整船人在海上漂流了几十天，死里逃生漂到福宁州的赤岸堡。野城担心被明国官兵围剿不敢轻易靠岸，因为我是和尚，又通汉话，有沟通之利，就派刘老大几个人带着我先上岸察看所在并采买补给，这才找了个机会甩开他们跑开……”

“那你去了那个建善寺吗？”

“原本就是想跑去建善寺的。摸到路口又想，万一刘老大他们追来，闹起是非，或真的引来明国官兵，那停在荒岛的整船人，可就被连累到了，没有了补给。按我看到的，那船确实就是运送货品去贸易的，船上的人里也有些是搭船的普通商人和家眷。野城、刘老大他们，别的事我不知道，在这船上，也的确是护船防盗的。所以，我就不进去建善寺里，继续沿着大道往南向福州大开元寺走。心想他们到建善寺打听了我没有去过，也就回头了。”

谢成听了，连连点头，说道：“嗯，你这想法也是周全妥善的。”

“那，后来呢？你这身上的伤又是怎么回事？”

“这伤倒是与刘老大他们无关。是我跟着一个商队走到连江县界一处山岭时，遇到山匪打劫被误伤的。他们知道我是去福州大开元寺的和尚，就放了我。我这才一路急赶着，到了这里。”

第四章　修布

几天下来，沐七郎的伤口已经可以不用换药了，加上谢怡风每天拉着阿泰去溪边网鱼，跟着泰嫂变着花样地搞些鱼汤、鸡汤、羊奶、线面、米粥这些，连沐七郎自己都觉得，竟比以往任何时候都更有精气神。

山中的院子，谢怡风也带着沐七郎四处看了个遍。沐七郎看着院子前后满山的樱花树，问："怡风姐，你家怎么种了这么多的樱花树呢？"

"嗯，爹爹说是因为我爱看樱花才种的。"谢怡风说着压低了声，"其实他有一次说漏了嘴，我才知道是因为我娘喜欢。"

"那你娘呢？"

"跟你一样，我很小的时候，她就去世了。不过，我还比你好些呢，我还有爹爹在。"谢怡风说到这里，好像突然想起来一件要紧的事似的，一脸正经地看着沐七郎，"七郎，记住少在我爹爹跟前谈问我娘的事，除非他自己谈起。爹爹不爱说这些。"

谢怡风随手拈着一根樱花树枝，接着说道："每年樱花开的时候，我们这里雨季也开始了。我们这儿的雨季，难得见到太阳天，潮潮湿湿的，山里住着也不舒服。多数时候，一场大雨，满山的樱花就立刻没了精神。所以，有时一连好几天的太阳天，爹爹就特别开心，什么漆活都不做，就只是带着我喝茶、收拾院子。每年樱花开的时候，我都陪爹爹住在山里，等樱花落尽了，我们才回去福州城里的家。”

沐七郎听着，脑子里又想起离开京都时隐信长老说的话“我可不想离开音羽山的樱花季”，又想到自己这两三个月的经历，脱口而出：“落花尽时念君浓。”

“这又是出自哪里？”谢怡风笑看着沐七郎。

“我随口念的。”

“好了，我们去花厅吧，爹爹就要从漆工房出来了。正好，我教你烧水泡香片给他。”

“嗯，我还正想说呢，还真没好好地看看花厅。”

谢怡风于是带着沐七郎先到了灶房边的小披厦，只见里面摆着好些大大小小的陶瓮。谢怡风从贴着“茶炭”两个字的瓮里取了一小盆炭后，两人沿着漆工房外的台阶，放轻脚步来到花厅外廊。

谢怡风点着干松针生起火，用竹筷夹炭叠在火上，然后拿过一把小蒲扇，说：“七郎，你来扇火吧，我去舀水来煮。”

沐七郎一边轻扇着炉口，一边问：“怡风姐，你家祖上都是做漆器的？”

谢怡风听了扑哧一乐：“哪里，是爹爹自己学的。其实，我爹爹年纪轻轻时就考中了举人，我们这也叫举了孝廉，原来可以当官去的，偏偏地，就成了漆工。至于怎么开始做漆的，我也知道不多。”

“难怪我看恩公斯斯文文的，言谈举止哪里像一般匠人。”

“嗯。我爹爹倒是常常自称‘漆工老谢’。不过，却没听到别人这么叫他，倒是常听到人家叫谢举人、谢老爷，还有谢少爷、谢公子这些的。”

刚说到这里，就听台阶下一声“谢公子来了”，谢成微笑着走了上来：“现在可没别人这么喊我了，爹爹快要变成老不能看了。风儿，今天我们喝七郎泡的香片吧？”

沐七郎听了一怔。谢怡风笑着说：“七郎，爹爹这是让你试试我们这儿的泡茶呢。我来教你。你去把架子上那把素陶灰色茶壶拿来，那是专门泡香片的。”

一泡茶过去，谢成说：“风儿，下午爹爹还要在工房里给一批漆书匣贴布。你呢，可以带七郎在花厅里随便看看。自己会做，还要试着经常讲讲。从讲不好到讲得好，其实也是学艺论艺的根本。这方面，我看七郎就比你强，出口就能说出赏樱花的根本来。”

“啊？爹爹，我们刚才讲的话，你都听见了？”谢怡风轻嗔着，小脸又有点儿红了。

“爹正好到工房廊里取剪子剪麻布，就听了这一句。”谢成端起茶杯喝了一口，又对沐七郎说：“这第二泡，出水慢了。为什么叫香片呢？因为这茶青里带着茉莉花香，出水宜快不宜慢，这里有在茶里捕捉花香的意思。太慢，则花香尽出，也就少了舌尖这点儿雅韵了。不过，这泡茶的趣味，全在个人，也没有什么标准。”说罢，又对谢怡风和沐七郎嘱咐道：“明天下午，风儿到工房帮爹爹把今天贴的布修一下。我看，七郎也基本好了，后天一早，我们一起回城里。”

漆工房里，谢怡风一身窄袖直领罗衫，外裹一条过膝粗布围裙，头上满罩着一个布头套，双手套着条纹布袖套。桌上一排书匣坯子，匣上贴着细布。谢怡风坐在桌前的圆凳上，右手拿着斜口铁刀，左手轻拉着一个书匣盖的布边，熟练地割着露出匣边的布脚。

沐七郎看着专注割布的谢怡风，也不说话，只是静静地看着，突然就冒出一句：“怡风姐，你干活的样子，比平日里更加好看。”

谢怡风手一抖，刀子切过布脚，差点儿割到了扯布的手：“七郎，不许胡说。你看，我都差点儿伤了手。”谢怡风低着头，看得出，包着头布的脸霎时红到了耳根。

沐七郎也不知道自己怎么就突然冒出了那么一句：“怡，怡风姐，我这，这是刚才突然就想说的，我……”

“好了好了，我知道了。我是说我干活的时候，只能我说话，你不能随便说话的。”说着，又一边割着布，一边说道，“漆器贴布，是顶顶要紧的。贴好布，才可以开始刮灰，以后就不会开裂。贴布的第二天，就是我现在做的修布，关系到贴布贴得好不好、实不实。一会儿，我都割好了，还要再拿木块把割过的地方稍稍打磨，保证贴的布不起边。”

“这些漆书匣，是有人订了的？”

“那我就不清楚了。爹爹的大漆行，都是斯全哥和清时师兄在打理，我就是跟着爹爹学做一些。我猜这些都是爹爹给自己做的。他在写书呢。”

“写书？”

“嗯，写漆的书。我有时也帮他抄些。”

谢怡风修好布，接着用木块顺着布边，里里外外轻轻地磨着。“这是用麻布做底。其实，好的麻布贴在漆面上也是特别好看的。你刚才不是说花厅里那个卷书香几两头很好看吗？就是麻布上了漆磨出来的。明天去大漆行，门上那块漆布匾，也是爹爹年轻时做的，后来就有很多店家都来订做。”

“怡风姐，我看你用不了多久，也是个大师傅了！”

“又胡说！”

第五章　花厅，朱漆大梅瓶

山岭间的石磴驿道上，走着谢成一行人，雇来的两匹骡子驮着大大小小的箱包布裹。慢行在夏天的山道上，有疏密错落的树荫相接，又有山风徐徐相伴，在谢怡风看来，比去哪里郊游都好。在她的感觉里，一边是城里的家，一边是山里的院子，从来就没有过路的那种匆忙。一路上，谢怡风向沐七郎左说右道着山里和城里的故事。

来到半山的一处亭子，谢成指着山脚下街巷清晰的福州城，对沐七郎说："你说的空海大师住过的大开元寺，就在城东北，离我们大漆行也不远。先到家安顿吧，几天后再带你去。"

从北城门进到城里，沿着河边街巷又走了一阵，到了一座桥边，桥头石墩刻着"杨桥"两个字，谢怡风向南指着："七郎，我们家就在前面的南后街衣锦坊。"一路上，沐七郎边看边听着谢怡风介绍，福州城的热闹繁华，竟丝毫不亚于京都的街町。

走在南后街上，两边的书坊、纸铺、药店、酒肆和南北货行，看得沐七郎眼花缭乱。转眼，来到临街的衣锦坊巷口，谢怡风拉了拉还在四处张望的沐七郎：“七郎，我们到家了。”沐七郎抬眼一看，宽大的门楣上，挂着的正是“大漆行”的漆布泥金门匾。黑漆大门已经开着，里边的木屏门上挂着两幅漆板，绘着描金的左右门神，漆板不大，看着却精致又显气派。

这时，谢斯全已经从街口的店铺里赶了过来，大家高兴见过。

“斯全，你回去叫云儿来帮一下忙吧，这么多人的晚饭，泰嫂又要收拾，忙不过来了。”谢成吩咐着，领着谢怡风和沐七郎折过屏门，进了院子。

来到前院的厅堂，众人刚落座喝着凉茶，沈清时从后院跑了过来：“师父，师妹，你们回来啦。”

“清时，来得正好。你带七郎去后院你的房间，先安顿下来，后面看看再整出一间给他住。风儿，你等下把我们带给黄师父的山货，让清时送去。大家各自梳洗下，一起吃饭。”

众人各去收拾后，谢成和谢怡风起身折向东间耳房边的门洞，来到跨院。父女两人平时在城里住的，正是大漆行里这处带花园小池的院落。

一早，谢怡风早早起床梳洗后，赶紧往后院跑去。到了后院，见沐七郎正蹲在廊下翻着湿布看一排佛像泥胎，就跑过去一把将他拉起：“七郎，快跟我来，带你去看泰嫂的手艺。”昨天晚饭后，她特意让泰嫂今天早上煮一锅“鼎边糊”，让沐七郎尝尝鲜。

沐七郎跟着她来到前院的灶房里，向正在灶口添柴的阿泰和灶台前的泰嫂问了早安后，便和谢怡风各站一侧，看泰嫂煮鼎边糊。只见灶台上一个大木盆里，盛着大半盆米浆，大斗笠一样的铁锅里，半锅的汤已经烧开。泰嫂用半截红薯蘸好油，在汤上的锅边飞快地抹一圈后，用碗舀起米浆沿着过了油的锅边浇满一圈，盖上锅盖，几十来下的工夫，就拿起锅盖，用铁铲将干了起皮的米浆皮铲入汤中；然后再用红薯蘸油，又一遍……灶台上，又见有事先备好的蚬子肉、葱花。谢怡风指着向沐七郎介绍道："这蚬子煮的汤已经在锅里了，肉剥出来和葱花最后放，才鲜嫩。一会儿你尝尝味道，好吃极了。这是我们福州家家户户都吃的，都会做。不过，我和爹爹最爱吃泰嫂做的了，不放那么多的各种肉啊香菇啊什么的，清清爽爽。"

两人回到厅堂，正好见到沈清时从外面买了油条和虾酥、卤蛋回来，正在摆上桌面。随后，谢成也来到了厅堂，看着桌面就知道是谢怡风的特意安排。"嗯，真不错，好久没吃泰嫂的鼎边糊了。"

"七郎，再来一碗？"谢怡风一边喝着汤，一边招呼。

"不了不了，已经三碗了。太香了，太好吃了！"沐七郎说着，咂巴了好几下嘴。大家看着沐七郎的样子，一齐笑了起来。谢成放下碗："七郎，一会儿阿泰和风儿带你去街上的瑞祥号绸布庄，量几身夏衫，扯几块头巾。你呢，要阿泰陪着才出门，万一遇上刘老大那一伙人，也好有些照应。"说罢站起身来："清时，你先去后院忙着，把那几架漆盘擦干净整理好。我回花厅看会儿书，下午我带着你刷透明漆。"

谢怡风带着沐七郎去过绸布庄后，又到附近的坊巷逛了一圈，直到午饭时才回到大漆行。谢成想沐七郎也闲着无事：“七郎，你和风儿用过饭后，稍歇一阵，然后也到工房来，看我和清时做漆吧。”

二进的大院落里，都是漆工作坊，除了过道和走廊外，天井上也加盖了顶棚。沐七郎看见许多储满水的陶缸和石槽围着天井，惊叹道：“啊，这么多的水缸。”谢怡风指指点点着说：“漆器水磨用水很多。学徒们需要平日里不时从后院打井水填满，就近备用。爹爹说了，等用水时才去打水，这叫‘慌张’，不是做漆做事该有的。”沐七郎听了连连点头。

两人说着，来到北房的东间外，谢怡风又说道：“这北房左右两间，都是画室，在下面天井边的廊房做完底漆后，就在这里描花刷面漆，需要十分干净才行。我平时也在这里帮忙描花。”

进到房里，谢成和沈清时已经开始在靠窗的台上刷漆了。就听谢成一边刷漆，一边徐徐跟沈清时说：“透明漆干得太快，刷得厚就容易起皱，就要铲掉重刷。所以一般要分两次，调薄些才刷。今天是第一次，明天干后，用木块包着布轻擦后上第二道。记住，轻擦，不是磨，几乎不要用力，是为了把第一道透明漆面，特别是描花或贴金的地方稍稍磨匀。我明天还会来先擦几个给你看，你记住要领，回去好记录给我看。”刷好手中的漆盘后，谢成站起来：“现在你接着把这几架漆盘刷完吧。风儿和七郎，你们在旁边看看后，到花厅来，我有话说。”

沐七郎跟着谢怡风从画室出来，向跨院走去，问道："恩公教师兄做漆，还让他记录？"

"嗯。不光是记录呢，还要选些制作场景画出来。过两天，给你看他画的画。你可知道清时师兄的父亲是谁？是漳州的大画家，爹爹几十年的至交沈佑文。"

两人说着，穿过前院和中院间的小门洞，迎面扑进眼帘的，是一面高高的白墙，几丛垂着树须的榕树枝杈，从马鞍墙脊斜伸进院子，墙下是铺着青石板的敞地，显得格外干净清明。院子的左侧是一栋两层的小楼，小楼靠近门洞的一侧，有一棵碗口粗的紫薇，修剪得高低有致，白色的花蕾已经挂满了枝头；右侧有一处半圆的水池，水池的一角，几簇荷叶已经托着花苞，次第待放。池边的花圃后面，一处带宽廊大窗的长披厦，就是谢成的花厅了。

见沐七郎随着谢怡风走进花厅，谢成招呼着在书案前的一张小圆桌坐下："来，喝茶。"沐七郎眼角望去，顿时眼睛一亮。他看到一架和山上花厅中一模一样的卷书漆香几，几上有一个高约尺半、看似花瓶的大漆器，朱色漆面里闪着金丝，十分亮眼。

谢怡风看他呆住的样子，笑着站了起来，走到几边，扶着瓶子说："这是脱胎的朱漆大梅瓶，七郎，你来托托看。"沐七郎看谢成点头示意，便起身过去，双手托起，因为用力过大，差点人都没站稳，又赶紧把梅瓶小心扶回几上。谢怡风一旁看着，连声笑弯了腰："没想到吧，这么轻。"

"是啊，我以为这么大件，得用力才能拿得动。"

“嗯，这叫脱胎，用布做的胎。里边是空心的。”

“真神奇。为什么叫脱胎呢？”

“改天我慢慢告诉你。你昨天不是在翻后院的泥塑佛像吗？那就是做脱胎佛像的模子。”

“好了，坐下喝茶吧。”谢成唤过两人坐下，“七郎，你有可能要在这里住一阵子，可能得大半年呢。我来联系安排你回去日本的船期。闲闷着也不是办法，我让清时平日里安排你跟着漆工师徒们做些活吧，有时也跟我上山看我做漆。”

沐七郎听了连忙点头：“多谢恩公周全安排，我也正想动动手呢。我们日本国也有漆作，也是从唐时传过去的，如今，正好有机缘能学些，以前真是想都不敢想呢。”

“还有，过两天，我就带你去拜访大开元寺的智行长老，我们正好给寺里做完一小批脱胎小佛像要送去。”

开元寺灵源阁里，两道半白长眉挂在眼边、脸色温润红亮的智行长老，一身青灰色的开领薄衫，手里捻着一串乌黑发亮的香丸佛珠，笑道：“成兄，看来我大开元寺和日本国佛缘不浅呐。你看，你这救起的沐七郎，竟也似空海大和尚那样，飘飘而来。”

沐七郎双手合十，恭谨回道：“阿弥陀佛，还请长老多多示诲。”

“有成兄教你就足够啦。你这恩公，可不是一般的漆匠，学问才情，藏了个严严实实。”智行朗声笑着。谢成连忙拱手：“长老过誉啦。”

“唉，成兄无须过谦。一般的漆工，老衲哪有机会约他到空海大师待过的灵源阁谈经论道呢？”说着，又问沐七郎：“七郎，你是怎么知道开元寺的呢？”

“哦。大僧正空海和圆珍大和尚西行求法的故事行止，在我国僧学两界，自然是无人不知的。福州的大开元寺，我另外特别知道，是因为师父带我去京都东福寺参访时，曾借回一册贵寺刻印的《毗卢藏经》，我还抄过，故而深记不忘。”

“嗯，如此看来，你跟我大开元寺也是缘分不浅。难怪你说那海盗根本不知道提防你跑开了。空海大师漂流上岸后，正是从福宁州的建善寺来到我大开元寺啊，海盗哪里知道这些？”智行长老说罢又是莞尔一笑，“不过，沐七郎，你的造化更是不浅呐。救起空海的是渔民，救你的，可是我朝的举人老爷和大漆匠呢。”

一阵叙谈后，智行吩咐一个小沙弥带沐七郎到寺内各处走走，又和谢成接着茶叙：“成兄打算怎么送他归国呢？”

谢成放下茶碗，回答：“正在想办法。我年轻时也去过日本，海面风浪最是不可测啊。听说福清黄檗山每年都有僧人渡船去日本，想看看船期再说。或者，就去香山澳，搭西洋人的大船回去，最为安全稳当。”

“哈哈，老和尚我倒是忘了，成兄交游广，必有妥策。”

第六章　唐物茶入

谢成和沐七郎辞过智行长老出了寺门。两人都喝了一上午的茶，就觉得有些饿了，谢成指着街对面的一家“矮俤鱼丸店”，说道：“七郎，这家鱼丸做得最好了。难得到了这里，我们去吃一小碗，顺便买些回去给斯全他们。”两人各要了一小碗两粒大鱼丸。沐七郎边吃边咂巴着嘴：“真是好吃。比前天泰嫂买来的还要好吃。”

两人万万没有想到，此刻店里角落有个戴着圆斗笠的人，听到沐七郎说话时，惊得差点把勺子掉到了地上。此人正是刘老大。他一路上从赤岸堡和建善寺往南搜寻，没找到沐七郎，也不敢轻易回家，心想他一个和尚，又是被掠上船的，要想回去，少不得投靠大寺庙，因此，连日来就在这福州城里最大的开元寺边盘桓察看。没想到，还真的寻见了！

刘老大远远地跟在谢成和沐七郎身后，来到衣锦坊，见他们走进大漆行的大门，这才长出了一口气。于是，折身回去开元寺边，取了包袱，搬到衣锦坊街对过安民巷口的盛福客栈，又到左右店铺随意打听了一阵，暗自思忖：

“这小和尚哪来的福气，竟被大财主收留了！”

夜里，刘老大在大漆行周边又探看一番，见时辰不早，就从街上买了一坛本地的青红酒和花生米、卤鸭头，回到客栈，边喝边算计起来。这沐七郎到底是什么人呢？野城绑他上船原来只是说为了帮一桩生意，方便跟官兵打交道，怎么后来就说成是身份尊贵？这些倭人，也真是难猜透呢，害得我现在连家都不敢回。那野城有个相好的，就在福清牛田。何况，除了自己，还有别的心腹也在牛田、江阴一带。没有沐七郎的消息，万一回家走漏风声，以野城的阴狠，说不定自己没等解释完就先没了命。既然那沐七郎身份尊贵，是不是可以应运在我老刘身上呢？刘老大一口酒下去，猛地想起一个人来，他在侯官县衙当钱粮师爷的远房表哥。对了，明天就去找他问问计谋，先合伙敲诈那谢老板一大笔银子，然后才回去报给野城，绑了回去日本，再捞些别的好处。

刘老大想着银子，又想着捞到银子后也在这福州城里买一处连街面的房子，开个铺子，不比什么都强？这么琢磨着，酒也喝得格外痛快，美美地睡去。第二天一早，刘老大换过一身干净行头，买了一坛老酒和土货，急脚朝他表哥胡师爷家走去。胡师爷家离着衣锦坊也不远，左顾右盼地，没多久就到了。进到门里，刘老大挤着笑脸：“表哥，有几年不见啦，特地来看看你。”

这胡师爷的家眷都还在福清老家，此时他正和小妾在福州的小家里喝茶闲话。见刘老大带着礼物来，也就随便客气了一番，然后脸色一沉：“表弟啊，还在搞那些生意呢？”刘老大赶紧在座中把身子往前挪了挪：“哎，表哥，寻常人不知道，你在公家当着官，你还能不知道？如今倭寇也已经消停了，漳州月港海禁开了，我跟着几个老乡，做着护船往来倭国的买卖。”

“嗯，那你有什么事要说？”这胡师爷压根就没怎么看得上刘老大这个穷亲戚，心想无论什么事，打发几句就算了。他又看到刘老大支支吾吾看着身边的小妾，便对小妾说：“你去里屋歇息吧，我们兄弟有话说。”

刘老大于是就把事情的前前后后说了一遍：“表哥，那个日本小和尚就藏在谢员外家里。如果我们跟他讲要告他通倭藏匪……”刘老大一番口沫横飞，感觉自己送给了胡师爷一桩天大的好处。

“你是说大漆行那个谢举人谢老爷？他怎么搞进这件事情里来了？你等等，让我想想。”胡师爷捻着尖瘦下巴的山羊胡，“此事非同小可。如果说不实这小和尚是倭寇，吓不住那个谢成，别说收钱了，那谢成在这福州府上上下下也有不寻常的人脉，搞差了反而吃亏。”说着，又斜眯着眼睛看了看刘老大，“这样吧。我这有几两银子你先带上，回去盯着。过两天，我打听清楚再派人去找你细细盘算。”其实，胡师爷此时脑子里飞快算计着的，哪里能告诉刘老大呢？

几天来，沐七郎在沈清时的安排下，在漆工房里，跟着漆工师傅和学徒们做些捣洗麻布、过滤生漆和熬晒透明漆的活。从树上割取的生漆，竟是这般清淡的奶香味，这是沐七郎在京都时从未想到能有机会见闻的。谢怡风一旁看他呆呆地搅弄着骨锹，便说："七郎，你闻着生漆这般清香，采割生漆却是最最辛苦不易了。漆农起早贪黑到大山里找漆树割漆，每天也就只能收成一两斤，所以就有'百里千刀一斤漆'的说法。这批生漆是从千里外的湖北郧阳府和川中城口的大山里采运来的。我们家每年的用量这么大，因此，又凑齐其他同业，专门从当地的漆料行采办了运来。"沐七郎听着又是啧啧叹道："难怪我们日本国虽说有漆工制作，却还是年年从你们这大量定制采购生漆和漆器了。"接着又问，"你去过那些产漆的地方吗？"谢怡风吸了一口气，笑道："山高水远的，爹爹哪能带我去呢，斯全哥和清时他们去过。我有个姑婆嫁到了西安府的杜家，她儿子，也就是我爹爹的表哥，是京城里礼部的官。有他们家上上下下照应着，爹爹他们跟采漆地的往来，好得很呢。"

两人正在说话间，就听前院传来谢成的大声招呼："胡师爷，稀客啊。今天怎么有空到敝号来啊？"

"哈哈，谢兄在这福州城里，又是豪商，又有雅望，小弟如果不是衙门里公文繁赘，怕是要天天过来讨茶请教呢。"胡师爷见谢成身边还跟着谢斯全，压低嗓门说，"谢兄，今日前来，还真有一桩衙门里的要事相商。"说着又向谢成使了个眼色。

谢成会意，让谢斯全回了店铺，然后招呼胡师爷在厅堂落座用茶："衙门的什么事，竟能关联到我？"

胡师爷压低了声，侧过脸，盯着谢成一会儿："谢兄，那我就直话直说了。府上近来可是有一个倭人住着？"

“倭人？”谢成早知道这胡师爷在衙门里总做些疏通关节的活，虽说已是心里防备着他，此刻也不免一惊，“是有一个受伤的日本小和尚被我救治了，就住在家里。我这正想着，过几天伤好透了送他去开元寺呢。胡兄，怎么，这事和衙门有关碍？”胡师爷看谢成一脸泰然的样子，心想，这个谢成，不给他厉害些的说辞，怕是唬不住，“是有人来告发，说这小和尚是帮着倭寇私办禁物运往倭国的。”

谢成听胡师爷开了这个腔，知道他还会有下文，于是，淡定地问道：“有人？他们有什么凭据这么告发？”

胡师爷看谢成不慌不忙的样子，索性装起兄弟来：“谢兄，实不相瞒，来告发的这个人正是我的一个远房表亲，叫刘老大。平日我听乡里人说起，他和倭人一起给那些走私的倭船护船。谁知道前几天到我府上，说是他看见谢兄你和那个倭人小和尚一起进出开元寺。这刘老大正是和小和尚同船漂流到福宁州靠岸的。我一听，就先把他给稳住，命他不许再告诉旁人。我想，这桩事情，如果被那刘老大不知深浅地到处胡诌乱告，岂不是坏了谢兄清誉？这才登门相告，一起寻思个妥帖办法。”

“哎呀，胡兄如此照顾，在下不胜感激。”谢成拱手过后，又显得不解，“那这刘老大就不怕把自己都绕进去？毕竟他自己才是勾结倭寇走私的正主啊。”

胡师爷听到此处，心想跟这个谢成绕来绕去的，还不如早些亮出底牌来算了：“谢兄，这刘老大毕竟只是我的一个远亲，加上他做的那些营生，我也懒得理他。只是，万一他不知好歹地一味纠缠，总归不是好事。在下倒是有个简单的想法，不知谢兄愿意听否？”

“胡兄客气了，说说看。”

“那刘老大的意思是，让我在县衙安排出票直接拿人，他就不出面到堂举发了。我却是这么想的，抓个小和尚有多大意思？可是事关谢兄，这份交情却是我平时做梦都难找到的呢，因此就在刘老大这里，把事情先压了下来。我呢，是想跟谢兄合伙做一桩生意，若谢兄肯给这个面子，那这小和尚的事嘛，我就不再过问，刘老大那里，到时我训斥一番，咱们给他一点银子打发了就是。谢兄以为如何？”

谢成故意不置可否地问：“合伙生意？胡兄指的是？”

胡师爷端起茶碗，吹着碗边喝上一口：“谢兄，你应该还记得二十年前怀安县那家专门烧制薄胎酱釉小罐销往倭国的吴家窑吧？我可是听原先县里的文书说起，你和那吴老板当年可是交情不浅哦。”

谢成听了惊讶不已。他没想到胡师爷居然提到这么一桩陈年往事，问道：“胡兄，怎么突然想起这些来？二十年了，你要是今天不提，还真是没人能想起啊。”胡师爷听了嘿嘿一笑：“谢兄，难道那吴老板避祸跑了以后，就再没跟你联系？我听说那薄胎酱釉的小罐，在倭国可是达官贵人争相抢要，听说叫什么‘茶入’的，十分宝贝。就这几年，我都见了几拨倭人派来打听的。如果能找到那吴老板，说服他拿出配方，你我合伙新开一座窑，岂不是好事一桩？”

谢成这下总算明白了胡师爷的用意：“胡兄，你这问得实在是令我意外啊。年轻时，我是和那吴老板有过交往，可是也谈不上深交。后来，他跑去了哪里，我也不知道啊。找他要配方，这是从何谈起呢？”

“谢兄，我可是实心实意地想高攀你啊。你和那吴老板过从甚密，早就有之前在县衙当差的吴老板亲戚说过给我听啦。这些年，我念念不忘这点事，也是下了功夫的。这样吧，今天就不多打扰啦，我还要赶去县衙打理公事，明天我再来听谢兄拿个主意吧。”说着，起身告辞。谢成这时也没有更多的话可讲，只好将他送到门外。

花厅里，谢斯全、阿泰、沐七郎和谢怡风，围坐在书案前。众人听罢，都是吃惊不小。“还真是冤家路窄了。怎么这么凑巧就在庙门口撞见那个什么刘老大了。”谢怡风忍不住低声囔囔着。

“唉，这倒没什么。该见着的总归是会来的。倒是提醒了我，眼下虽说船期还早，可怎么安全地送七郎回去，是该好好琢磨琢磨啦。你们该干什么还干什么。阿泰，你这阵子要注意下院子和店铺来往的人，七郎和风儿没事就先不要出门了，在工房安心做点事。斯全，你等下跑一趟，去东门请李员外过来，我有事问问他。”谢成吩咐大家。

刚入夜，谢斯全就领着李员外匆匆赶到。“谢兄，什么事啊？这么急着喊我来。”谢成就把白天胡师爷提的事说了一遍。李员外听完也是大吃一惊：“唉，都二十年过去了，没想到还有人来谈这件事情。不过，被他这么一说，那吴老板手上还真有宝贝哈。”说着说着又皱起了眉头，“可是这吴老板，现在何处，谁也不知道啊。”

“要跟老弟你问的就是这事！当年我们帮他逃出城去

后，我记得你后来说他在你那老家上杭也没待多久就离开了。这些年，就一直没有消息吗？”谢成说着，见李员外红胖的脸上因为赶路还淌着汗，吩咐谢斯全去让阿泰打一盆水来。

“没有。当时听我那老家二哥说，连他都不知道，只说了要回福州来。谢兄你想，他要是真回福州来，这十几年还能藏着不见你这个大恩人？”

“我是说，你有没有他在别的地方的消息？”

“谢兄，连你都没有，我就更不可能知道啦。”李员外一边搓着毛巾擦脸，一边又说，“那胡师爷够狠的哈，翻出这么件生意来谈。”

谢成又问：“宏发老弟，你人面交往比我多，可知当年那个害他的知县和知县小舅子现在何处？”

“这我倒略有所知。听说那知县后来升了江西一个地方的官，没几年就死了，他那小舅子现在不知何处。不过，十几年没见他在场面上露脸，估计是没了依靠也就安生下来了。”

谢成听了点了点头：“这就是了。这胡师爷想必是凭空乱诈，试探我来着。”

“谢兄，我早说过，生意做大了，还是得有各路能人来合伙。我跟你说的知府赵大人的侄子，绝不是知县小舅子那样的，人家也是读书人，仰慕谢兄你的才气声望。再说，他也不是要入干股，而是真金白银想投进来。后天，我又约了他到水部巷的金汤楼泡温泉，行不行的，你给个话？”

“老弟，这事容我再考虑考虑。眼前的事要紧。”

送出李员外返回花厅，谢成又让谢斯全去喊了谢怡风和阿泰、沐七郎来。“这胡师爷，看来就是来试探我的，这就好办了。斯全，后天李员外和知府大人的侄子去水部洗汤，你也去。但不要谈及此事，先去认识一下。要是说到入股的事情，就说我已经知道，正在想一个合适的办法。李员外说得不错，这条路子，早晚要走。”说完，谢成又叮嘱沐七郎：“七郎，你明天跟我一起见见那个胡师爷，一旁应对就好，不必多说什么。放心好了，小小的一个钱粮师爷，想的也就是那么一点事。斯全，你按我刚才交代的，明天一早把该备的备好就是。”

第二天下午，胡师爷果然又来了。

“七郎，来，见过胡师爷。”谢成招呼大家落座。

“哦，这就是府上的倭人小和尚了？”胡师爷上下打量了几眼沐七郎，转头对谢成说道：“还真是与我所见倭人不同，看这清俊干净的样貌，倒像我们这边的小公子。”

谢成听他当面开口就“倭人”这样蔑称，心生厌恶。“胡兄，你昨天走得急。其实，昨天所谈之事，当时我就有实情相告。”

“哦？谢兄说来听听。”胡师爷显得有些吃惊。来前已经想着谢成的各种说辞，没想到这么直接。

“我这里先多谢胡兄来提醒沐七郎的事。不过我想，你那远亲刘老大可是给胡兄你出了一个烫手的馊主意呢。你想，如今朝廷已经在漳州府的月港试开海禁，日本国的商人和访僧，又多有来我们这里通商参访的。就在我带沐七郎去开元寺的那天，智行长老还提起他们刚送走一个日本僧团。眼下朝廷改剿为抚的大略，寻常人不知，胡师爷在公门主事，想必是比我了解透彻的。这个时候，那刘老大竟不顾自己的身份，来给胡兄你出这种告发通倭的馊主意，挑拨你我交恶不说，万一闹大了，又指证不实，你我各费了无数心思，又都得不到好，就不好收场了。”

胡师爷听到此处，只得默然不语，他没想到谢成竟有这一番见解。

“至于合伙开窑一事，胡兄如此高看，兄弟先在这里谢过啦。”谢成在座中向胡师爷一拱手，接着款款说开来，“只是，一则我于漆作之外再难别展所长，如果胡兄有意开窑，他日用得着我的，自然乐于尽力相助。二来嘛，吴老板的去向，我是的确不知道啊。胡兄你想，二十年了，如果我与吴老板还有联系，那他就必然跟其他旧友也有往来，胡兄可曾听到些蛛丝马迹？何况当年我与他也只是场面上的往来，谈不上深交。”

谢成边说，边用眼角余光观察那胡师爷，见他低头若有所思的样子，就继续说道：“另外，一个人能够二十年身处异乡也不再重操旧业，可见那薄胎酱釉小罐，的确万般难制或是有不可为之理由。不瞒胡兄，因为你昨天有此一提，我是连夜拜访了老友，东门的李员外，他和现今的知府赵大人是世交，当年和那吴老板也交往颇多，他也不曾听说吴老板的去处。按他的说法，当年怀安窑吴记封窑充公，乃至后来整个怀安窑断烧，虽说外人不明缘故，但其中牵扯的官府中人不在少数。就算你我找到吴老板重烧，一旦扯出一些想不到的麻烦，恐怕你我都难有把握应对。”

胡师爷听完，脸色阴沉，却又挑不出什么毛病，抬头看见谢成从容的神情，便知道再谈什么也没用了。“唉，听谢兄这么一说，的确是我爱物之余考虑不全了。也好，此事今后再说吧。只是那刘老大该如何打发呢？”

谢成心想，这事可以解决了。看来这胡师爷虽说贪财，却也还算能明几分事理。他起身从桌后的供案边拿过一个包袱递给胡师爷：“胡兄，我这备了一点银子，一则感谢胡兄周全相告，二则嘛，那刘老大虽说从寇做事，却也是为生计所逼，胡兄看看帮他做点小本生意，也算你我结个善缘，如何？”胡师爷连忙起身，接过一掂，少说有百两之数。

回到家中的胡师爷，看着桌上一大包银子，心中暗想，这谢成果然名不虚传啊，毕竟是举人出身，说话条理服人，出手又大方。看来，今后还得多找机会交往交往，才是正题。正琢磨着，门口响起了叩门声：“表哥在家吗？”

胡师爷赶紧从那一大包银子里取了两锭放到袖兜，其余的嘱咐小妾收进里屋，这才去门口迎刘老大进屋坐下。

“表哥，这都几天过去了，有什么消息吗？”

胡师爷摇着蒲扇：“有了。你看我这满身汗的，这不是刚从谢家谈了回来？表弟啊，你说的这件事，难办着呢。”

“怎么难办？”刘老大听着，面上装作耐心听话，其实已经能猜到胡师爷要说的话了。果不其然，胡师爷把蒲扇放到桌面，脸色又是一沉：“表弟啊，如今朝廷对倭寇改剿为抚，不像以前动不动就说通倭结匪啦。我去谢家打听了，也见到人了，就是个来我们这里访学求经的小和尚，何况那大开元寺的长老都见过的。没有人举证，怎么抓人？那谢老爷在这福州城也是上上下下人脉通畅，万一弄巧成拙，更难收场。”

“这么说，就没有什么好处可得了？”刘老大心里不甘，压着声咬着牙问道。

“好处？表弟，如果你出面举证，那衙门要抓的就不是那小和尚了，你们做的那些事，能说得清？”胡师爷提高了嗓子，他原本就知道刘老大干的那些到处抢掠的事，于是教训的口气又冒了出来。可是转念一想，如今赶快把他打发走才是要务，于是话头又一转，“表弟啊，如今就连那倭寇也都少见四处骚扰啦，我看你别再打这些主意了，好好找一处正经买卖做。我这先给你十两银子收着，到时需要帮忙再说。”

刘老大也不再多说，接过银子就辞出门去。原来，他是躲在一旁看见胡师爷进出谢家的。呸，这个滑头，收了那么一大包，才拿了这两锭打发我！看来，还得去找野城之助来。

晚上，谢成把大家约到花厅，纳凉喝茶吃龙眼。福州城已经到了酷夏火热的季节，夜里在洒过水的宽廊下喝茶，即便没什么风，也算是一天里最自在的事了。

谢怡风向谢成竖起大拇指说：“爹爹，你真厉害。我躲在堂屋的墙后偷听来着，几句下来就把那胡师爷给说得没话了。”

“这丫头，数你精明。办事说话，总得要思前想后。那

胡师爷是那么好唬的？他就是来试探。记住，今后再见着人家，不许眉高眼低的。”谢成说完，又用蒲扇拍了下谢怡风的头。

沐七郎起身向谢成鞠个躬：“恩公为了我的事，劳神费心，实在是不知怎样图报才好。”

“七郎，你坐下吧。事情还没那么简单呢。那刘老大没有露面，按你说的还有一个叫野城的，也不知道到底什么情形。虽说这福州城里和咱们家里，他们不敢乱来，但终归小心无错。你呢，平常就不要出门了，看看书，工房里帮帮忙，学一些解闷。过几天，再跟着我和阿泰一起回山上。那降虎寨有官兵把守，把总跟我们很熟，常来喝茶。有这些照应，谅他们也不敢结伙胡来。”

众人喝茶闲聊了一阵，谢成又吩咐谢斯全：“明天你去李员外那里，记着带些龙眼去。我看今年咱们家这几处院子的龙眼，是到了旺年吧，结的果真不少。”说着又嘱咐沈清时：“清时，你明天一早，带个学徒到斯全家去，他院子里的龙眼结的果最大了，汁多又不那么甜腻。你采一箩筐，给黄师父送去，顺便看他精神头可以的话，约两个老人下午过来，好久没有在一起吃饭了。”谢怡风听着插进话来：“多采一点，七郎也爱吃。唉，我们家这龙眼树，感觉也重男轻女呢，偏偏斯全哥家的长得好。”众人一阵哄笑，各自散去歇息。

第二天下午，谢成接了黄师父和师母二老进院，引见了沐七郎后，便嘱咐谢怡风：“你和七郎陪师父看一会儿清时做漆，一个时辰后，到花厅来，我有话说。”

谢成回到花厅。花厅里，摆着金丝朱色梅瓶的黑漆卷书香几后面，是一架麻布清漆的两折屏风，屏风后就是他平时住的内室。谢成来到内室，在拔步架子床边一架描金五斗橱的顶箱里，取出一件黑漆长方木盒，回到花厅外间。他在书案上打开木盒，从锦囊里依次取出四个小罐，再把盒盖盖上，又把小罐摆在盒盖上。摆放好了，谢成坐到书案前，静静地看着，发起了呆。花厅外，茶炉上煮着的水此时已经咕噜噜冒着热气，谢成也浑然不觉。

“爹爹，水都烧开了。”谢怡风领着沐七郎来到花厅，一边喊着，一边往房间里张望。这一看，两人一起怔在了门口。

“爹爹，这是什么？好漂亮啊。我怎么好像从来没见过？”谢怡风说着走到书案前，伸手就要拿来看。谢成倒是回过了神：“唉，等下再看。你去把水端进来放圆桌上，我来泡茶。不急，下午要跟你们俩说的，就是这几个茶仓。”

沐七郎目不转睛地看着书案上谢成说的茶仓，就连谢怡风和谢成说话，也都没听到似的。他指着其中一件陶制的罐子问：“恩公，难道这就是你和胡师爷说话里提到的薄胎酱釉小罐？”

“正是。来，我们边喝茶边说。”谢成坐到圆桌前，起手冲壶、洗杯，泡茶。谢怡风和沐七郎把手擦干净后，来到桌案前，小心地拿起一件，放下一件，再拿起一件，端详着。

“过来吧，可以喝茶了。”谢成招呼两人坐下，“快二十年了。那件陶制的茶仓，正是吴老板当年送我的。当时听

他说他自己也只有两件，另一件送给了你应家六舅。”

谢怡风听了又是惊叹不已，不禁问道：“这么多年了，这么漂亮的茶仓，爹爹你就一直锁着？也没人问起过？”

“正是。你看，这么多年了，竟然还有人惦记。难怪那吴老板当年也叮嘱我不可示人。我也没有学做陶的想法，只是觉得这茶仓的形制太美了，年轻时就用漆艺仿制了几件。可是想到吴老板当年的遭遇，只要没有见到这陶制的茶仓复烧，我就断然不敢当作一个品类的漆器来量制出售。久而久之，我自己平时也就想不起来了。以前，只在写书时，偶尔拿出来看看。这也还是在你小时候的事啦。”

“那这茶仓，又为何像那胡师爷说的，在日本如此贵重？”谢怡风看着沐七郎，“七郎，你在日本见过吗？”

沐七郎摇了摇头：“从明国舶来日本的，我们都叫‘唐物’。小茶罐，被茶头和天皇、将军、公卿、领主等用来装茶粉，我们叫‘茶入’。这茶入里头，最尊贵的当然就是唐物茶入了。不过，我只是个小和尚，没有机会参加那些大人物的茶会，也没见过这种。”

“嗯，”谢成听了微微颔首，“看来七郎在日本还是学有所得的。这款茶仓，在日本国名气很大，叫‘大海’。要说我学漆，还跟它有关呢。”谢成说着，自顾自地喝着茶，好像陷入沉思般，打住了话头。

谢怡风正想再问，门外传来一声：“公子在吗？”话音才落，就见黄师父拄着一根藤杖，慢步走到了门口。谢怡风和沐七郎连忙起身到门口相迎。“师父，您还是这么叫爹爹呢？”谢怡风边笑，边扶着黄师父坐下。

“唉，从你爹爹年轻时就这么叫着，改叫别的，别扭。”黄师父伸手拍了拍扶着他胳膊的谢怡风的手，对谢成说道：“刚才看了清时这孩子的把式，真是不错。公子，我听清时说，沈公子下个月要来福州？到时，我可要当他面夸夸。”谢成点头称是，对谢怡风和沐七郎说：“这茶仓，有空我们再细赏吧。你们先去工房清时那里帮忙，我陪师父聊聊。”

“茶仓？”黄师父起身走向书案，眯着眼睛，拿起茶仓看了好一阵，才转身回到圆桌旁坐下，“唉，真是想不起来有多久没看到这几件茶仓了。公子，今天怎么想到给孩子们看这些呢？”

谢成于是把这几天发生的事说给了黄师父听。“难道这茶仓跟沐七郎有关？”黄师父不解地问道。

“那倒不是。只是，不瞒师父说，这沐七郎的到来，还有眼下发生的这些，倒好像是要把这么多年的往事都翻出来了。这一阵子，我心里有时也迷迷糊糊的，想不过来了。”谢成从桌案上拿过其中的陶制茶仓，低声说着，“要是这沐七郎可以托付，我想让他把那册《漆工录》带去日本，找到明子的墓地，给她看看，多多少少算是成全了我的一大心愿。所以，才想着慢慢地给孩子们说说这泰海茶仓的来历。”

“明子小姐……”黄师父轻声叹息，“公子，我这会儿来，正是想跟你说几句话呢，你可一定要听进去啊。”

“师父，您尽管说。”谢成放下茶仓。

“公子，你没看出来怡风这丫头对沐七郎的心思？”

“这，怎，怎么说？”谢成听得一怔。

“公子啊，你这性情，看来是光顾着疼爱女儿了。我这头一次见他们在一起，看这两个孩子的言谈举止，真像你和明子小姐当年的样子啊。”

“师父，我还真没细想呢。您这一说，倒是……”谢成眉头微皱。

“公子，你当他们还是孩子呢，都到了你和明子小姐那时的年纪啦。何况，怡风这丫头，样貌、性情简直就跟明子小姐一个模子刻出来的，谁会不喜爱？再有，怡风这孩子从小被公子你、被我们大家疼爱着，什么事都不用她操心。这一下子救起了沐七郎，算是找到了她自己要去照顾的，就万分上心。这点心思，公子要细察啊。沐七郎看着清净聪慧，我也一见就喜欢。可是，毕竟要回去日本国他的地方。到时，可怎么办？公子这些年……”

谢成呆呆地听到这里，抬手握了握黄师父的胳膊：“师父，我明白您的意思了。容我细想想。”

第七章 倭寇

福清县牛田乡西林村。村口的风水树，已经重新长成一大片绿荫。

刘老大急赶着从福州城回到了村庄，此刻，正瘫坐在树荫下歇脚。十多年前，在一场与官兵的恶战中，这片风水树被烧毁殆尽，村庄里的人们也四处逃难。如今，倭乱逐渐平息，村子又慢慢地有了生气，大家种田、跑买卖、城里做工，剩下刘老大这拨原先以讨海为生的人，还跟着一些日本浪人，为走私船管船护航，也谋些小生意。

院子里的杂草都有一人多高了，刘老大习惯了每次回到家的这副光景。老婆带着儿子，早就离开他去了县城，偶尔回家打理，也是越来越少了。他先去了村东的表弟阿金家，打听同船的弟兄们回来没有。幸好，阿金还真的回来多日了。于是，在阿金家，哥俩喝起了小酒。

“表弟，野城回来了吗？”

“回来了，就住在山兜。”

原来，按刘老大的安排，阿金他们把补给运上船后，向野城之助报告所在是福宁州，满船欢喜，几天内就往南

开到了漳州月港。交割好了货，野城便带着三个浪人，回到了山兜的相好家。

阿金说着，突然想起：“老大，你找到那个小和尚了吗？野城听我们说你去追小和尚没敢回到船上，倒也没看出来他发火。不过……”

刘老大听到这里，端起杯满满喝了一杯：“找到了！没找到我还敢轻易回来？”说完得意地笑了笑，“你刚才不过什么？”

“我是说这野城阴晴不定的，身边跟着几个死党，你可得小心应付。”

“唉，我算是看透了。谁不想找个小生意安心度日？可是，像我们这样的，恐怕回不去这日子啦。这年头，我们遇到的人又比那些倭人强到哪里去？”刘老大于是把胡师爷的事跟阿金说了一遍，“眼下，要想办法知道野城在这小和尚身上打的什么算盘。我们也好搏一把。有了钱，上哪里不能痛快？总比穷困在家又被人看低来得强。”

在一帮弟兄的帮忙下，刘老大把院子里里外外收拾了一遍，就吩咐阿金和另一个远房亲戚水根去向野城报告，请野城来家里喝酒。

野城一听说刘老大回到了牛田，立刻猜到他这是打听到了沐七郎的行踪，拍腿叫了起来：“不错！这个刘老大，还真是有些运气！今田，你和木野跟我一起去一趟吧。村下，你就在家里守着。”

刘老大家里摆了满满的一桌酒菜。野城听刘老大添难加险地讲完这一路的情形后，端起酒杯说：“各位，来，干一满杯，庆贺老大安全归来。”随即又说道：“老大，你这个名字起得好啊，谁都要管你叫老大。”

“野城大人，我这是没人给我起像样名字啊。家里穷，我又是兄弟中的老大，叫着叫着就几十年过来了。”

“我看，等办好沐七郎的事情，回到我们日本国，我请人给你起个响亮的名字，风风光光地过日子！”

“野城大人，这位木野君我怎么以前没见过？”

“哦，木野夫是我在月港新收的一名帮手。他那艘船被人劫了，剩他一个人困在月港，就到了我的手下。这次来的路上，遇到山匪，还好靠着他身手了得，救了我一命。”

刘老大这才放下心来，于是进入正题：“野城大人，我听你说那沐七郎在你们日本国身份尊贵，怎么个贵法？实不相瞒，我得知道这里头来龙去脉，也好跟兄弟们一起铁了心跟着你干呐。”

“嗯，是要跟你说说啦，好让你们几位知道，这一单生意，就是结束我等流浪护船生涯的最后一单大买卖。”听野城这么一说，一桌子人个个提起了精神。

“你们只知道我是个浪人，你们不知道的是，十几年前，我可是明智光秀大人手下的一名旗本。知道什么叫旗本吗？就是主公身边有俸禄、在本阵领兵的侍卫武士。可惜啊，本能寺之变后，明智军被重兵围攻灭亡，我历尽艰辛跑到了松浦领，投奔了松浦隆信领主。因为我是明智旧属，不能编入他的家臣，松浦大人就派我带领他的一支出海船队。我野城之助，这才成了你们说的倭寇。”

刘老大等人听了，都瞪大了眼睛。

“刘老大，你也算跟了我多年啦。你见过我随意杀人吗？这就是我和几个弟兄，不同于那些浪人的地方。所以，你们跟着我，当杀就杀，不当杀，不要随意杀。”

刘老大连连称是：“那是那是。野城大人，那沐七郎的事究竟是怎么计划的呢？”

“听我说。如今，别说我们了，就连松浦领主手下的那些浪人海盗，都不敢出海了。甚至为了向关白大人表示不再出海侵扰，松浦领主还亲自押送了十几名浪人在京都斩首，好向明国的朝廷请求开海。我原也想着再护船跑几趟，带着兄弟们多挣一些钱就不干了，哪里知道你刘老大给我绑了沐七郎这么一个天大的机会来。”众人屏住呼吸，看向野城。

“这沐七郎不是有条丝帕吗？说是他母亲给他的。你们知道这丝帕上绣的图案是什么吗？是他家的家纹。在我们日本国，能有家纹的，那都是什么人家？非富即贵啊。船上，沐七郎说他不知道自己的本名，我也就不往下深究，心想反正人在我手上，有的是时间。后来遇上台风，再加上他跑了，也就没有机会再问。”

“那在他身上能打什么主意？”刘老大有些急不可耐了。

“嘿嘿，老大，你有所不知啊。重要的是，他提到了他师父是京都正见寺的隐信长老。你们知道那隐信长老是谁吗？隐信长老是十几年前我们日本国号称‘天下人’的织田信长大殿的亲叔叔！”

还没等刘老大说话，阿金脱口说道：“啊？难不成要绑了小和尚敲那老和尚一笔？”话刚说出，就被刘老大训了一嘴:“别胡说了，这儿没你说话的份！野城大人，请接着说。”

“敲隐信长老的竹杠，那可不行，也不可能敲得来，你们趁早不要有这个念头。谁动这个念头，那就是跟我野城为敌啦。”野城说着，阴着脸看着阿金。刘老大连忙赔着笑:“野城大人，我这表弟也就是随口这么一问。我们都听您示下就是。”

野城之助感觉今天又找回了当年在阵中点兵的状态。谁愿意当这倭寇海盗呢？我野城可是明智军堂堂正正的旗本武士。十几年来流落在九州，又被迫出海，该到结束的时候了。即便没有这沐七郎，他也不想再跟着那松浦领主了。他知道，松浦就是一个商人，说白了，也还是海盗头子，跟着他，终了就是一个贱命的浪人。与其这样，还不如回去做个村夫。可是，沐七郎的到来，又燃起了他重返武家的最后希望。

“诸位多年跟着我野城，算是我野城的得力之交了。今天，我就透个底给大家吧。我要带着沐七郎安全地回到京都，去拜见隐信长老。我想要的，就是能请到隐信长老向关白大人的推荐，让我重新回到近畿的军阵，恢复我作为武士的荣誉。刘老大，你们明国的兄弟协助我做成这件事，我愿意将我这次护船的全部收益送给你们。日后，如果你们在九州或肥前开个正经商铺，只要我野城能帮到的，一定帮忙。如何？”

刘老大这时总算明白野城说的“沐七郎身份尊贵”的意思了，原来是可以为他带来这么大的好处。可是，野城答应给自己和弟兄们的，也太少了吧。

“刘老大，如何？”野城又一句追问，刘老大才回过神来：“愿为野城大人效劳！”

“嗯，很好。我们准备一下，过两天就去福州城。刘老大，你这边不用带那么多人，有你们三个，加上我这边四个人，足够了。”野城闭了一会儿眼睛，又对刘老大说道：“这么多人去，住在客栈目标太大。我看，干脆住到你那个表哥胡师爷家去。既方便进出，也有让他帮忙的地方。”

送走野城，刘老大又招呼阿金继续喝。“阿金，你看这事怎么样？”刘老大又给阿金添上一大杯。

“这买卖不错啊，又不要人命。野城的护船费，少说有五百两。我看可以。”

“唉，我说你啊，你就是个穷命！这么大的一桩买卖，就在眼前。那野城的五百两，哪里就够了？”刘老大盯着阿金，“我有个主意，咱们打打自己的算盘。”

阿金放下筷子，在刘老大示意下出去院子四周看了看，回来听刘老大继续说：“这野城一旦带着小和尚回到日本，按他的说法，那他就是落汤鸡变成凤凰啦。可是给咱们的这点钱，是买房够呢还是买地够呢？就把我们弟兄打发了？哼！大好的机会，我们现在不想个法子捞他一大票，等到了平户，哪里还有我们说话办事的份？”

“那，你说怎么办？”

“其实，救了小和尚的那个谢老爷，就是个大财主。我那胡表哥，上门两趟七说八说的，就到手了一二百两银子。那小子，才几两银子把我打发了。所以，按我的意思，咱们一边应承着野城，一边要下狠手从那谢老爷身上搞一票大的。偷偷跟他说野城要来绑票，我们暗中保护。唉，我是不想再去跑船啦，风口浪尖的，什么时候到头呢？"

"嗯，老大，你这主意好！我这次也是被台风搞怕了。能收一笔安生的钱，也想洗手不干了。"阿金说着，又红着眼和刘老大碰了一大杯。

"这样，你明天把水根喊来我这里，他还是有胆子有身手的。人太少不行。我们谈完后，再跑一趟野城那里。"

"去野城那里？做什么？"

"你傻呀！这么个刀尖上的活，不先拿他一笔银子，谁干！"

刘老大这边紧锣密鼓地打着算盘，野城也在细细地谋划。

这天，野城想好了计划，召集木野夫、今田久和村下三个人一起合计。"各位，今天来说一下沐七郎的事，还望各位一起出力。我这里先拜托了。"他向三人点头行礼，"这个沐七郎，无论在任何场合，都不能伤到他。伤了他，我们的行动就没有意义啦。回到京都，也没法向隐信长老说事。"

几个人里，今田久是最早知道沐七郎身份和野城想法的，听到野城这么说，就问道："野城君，那隐信长老就一定会向关白大人举荐你吗？你又怎么确定关白大人会接受隐信的举荐呢？要是办不成，那我们不就等于护送沐七郎回了京都，白忙一场了吗？"

野城听了，嘿嘿一笑："你这么一问，算是问到点子上了。”

野城接着轻咳了一声：“十几年前，本能寺那场茶会和第二天的大火，我都在。到底是谁逼死织田大殿的，至今有各种传闻，谁也不愿意被指认成主谋。因此，织田大殿虽死，但他的家眷后人，都受到各方礼待。何况，隐信既是织田大殿的亲叔叔，又是名望极高的长老，从不介入各方争战。无论是关白大人，还是德川大领主，还是其他领主，都不会不给他面子。有他的引荐，加上我备好重礼，这机会还是很大的。至于你说的，也不是没有可能。这就要做些安排了。回到平户，自然不能冒冒失失地带着沐七郎就去京都。必须在我和隐信谈好后，才能放沐七郎回去。当然，一路上还要继续盘问沐七郎本家的情况，也许又有新的机会。不把我们逼到无路可走，我们要那小和尚的性命有什么用。”

几个人好像领会了些，纷纷点头。

“现在，还是来谈谈刘老大这些人怎么用吧。”野城说着，叹了口气，“这些明国人素来贪利。那刘老大找到沐七郎，竟然不马上来报，而是自己找了他那个所谓的表哥胡师爷，上门敲诈了人家一笔。这就很难再信得过了。可是，不用他们，我们在那福州城里又恐怕打探接应不来。这也是我说要住到胡师爷家的原因。但是，用归用，又不能不防。我的意思是，这次去福州城，今田你要多注意刘老大有没有在打什么算盘。把沐七郎搞到手之前，刘老大这些人还是得用好。”

“嗯。野城君考虑周密，不愧是旗本大人！”今田久听了心领神会，竖起大拇指，连声夸道。这时，院子里传来刘老大的喊声："有人在家吗？"

刘老大带着阿金和水根两人进屋坐下，说道："野城大人，我们已经准备好了，随时可以出发。不过，兄弟们商议了一下，有件难处，还要野城大人相助。"

"嗯，请说。"

"是这样。这次远行，要干这么一桩大事，说实话，风险不是一般的大呢。这两位兄弟，其实家人都不愿意让他们再出门了。所以，野城大人可否先预付些银子，让他们回家稍作安顿，好一心跟着大人谋事。"

野城早料到刘老大会来说这事，因此，早就备好了一箱银子。"这里面是二百两，先拿去给你们弟兄们安顿。事成之后，按我前日所说的，另有重赏。"

"多谢野城大人体恤，我这就回去安排妥帖。"刘老大以为得计，带着人欢喜地回去了。

看着刘老大们的背影，野城冷笑着："你们看，我说得不错吧。"

那边刘老大回到西林村，又开始紧锣密鼓地召唤手下，商议计策。

一连几天，沐七郎跟着沈清时和谢怡风在漆工房帮忙。"师兄，我这两三天躺下睡觉前，脑子里想的全是第二天要做些什么活，想着想着，就睡着了。"

"这就对了。漆作就是这样，几十上百道的工序，一道一天，上了心，就很想弄清楚第二天要做些什么，日子也就不慌张了。”

谢怡风听着，一旁打趣道：“七郎，我看你也是个做漆的好手。干脆别回去了，拜师兄为师吧。”

沈清时一边磨着漆灰，一边笑着说：“七郎，你别听怡风瞎说，她在占你便宜呢。”

沐七郎听着一愣：“占便宜？”

“可不是吗？我要是你的师父，那她不就是你的师叔了？”

几个人说笑着，就见谢斯全走了过来：“好好干活哈，我看见泰嫂在给你们做好吃的了。”

“什么好吃的？”

“是泰嫂福清老家的滑蛏。你嫂子也过来帮忙呢。你们忙吧，我去花厅见小叔谈事去啦。”

谢斯全走后，沐七郎又问道：“什么是滑蛏？”

“用番薯粉调着蛏肉做的汤，吃着滑滑的，再加些酸笋丝，味道就更美了。做这道菜可不容易呢，要选不大不小的蛏，拨出干净的肉来，单是这一样，就很花时间，这才叫我嫂子过来帮忙。一会儿吃到了，我再跟你说。省得你现在口水滴到漆器上。”

听谢怡风说到这里，平时少言寡语的沈清时也禁不住大笑了起来。

第八章　浪人

花厅里，坐着谢成和谢斯全、阿泰三人。这几天，谢成在反复思虑沐七郎的事，他担心的是那个刘老大还会搞出什么事来，不能不提前有些安排：“七郎的事，虽说我把那胡师爷安抚打发了，可是，事情恐怕没这么简单就能过了的。那个刘老大会不会罢手？还有已经知道七郎身份的那个倭寇头目野城又在哪里？后面会不会来搞什么动作？这些，我们都不清楚。这还不只是七郎现在安全不安全的事，不把这些弄清楚，送七郎回京都的船上路上都不清静啊。”

谢斯全其实这几天也在琢磨这件事。此时看谢成一脸凝重，便说：“小叔，泰哥也是牛田人，要不让泰哥回去打听一下？”

“这种事情，如果他们有动作，也是暗地里谋划，哪里就能轻易打听到的？再说，阿泰回去打听，打草惊蛇。所以，我们只能安静地等，让他们以为我们毫不知情。只是，院子的防备还是要先做些安排。我想他们不至于人多势众地上门，这福州城里巡防也紧。无非几个流寇，也无须防范过密，搞得四邻皆知，流寇也不敢露面。”

“那，要不要让七郎和怡风住到我那里？或者安排个别的地方？”

“那也不管用。一样的道理，人都走了，他们还来吗？他们不来，事情不解决，七郎还怎么安心回去？再说，离出发去香山澳也还有小半年时间，怎么躲？”

“香山澳？”谢斯全没想到谢成会安排沐七郎去香山澳搭船。

“嗯。我已经给陈五爷去信问船期了。看来七郎不能在月港搭船了，月港走私船虽多，但人色杂乱。只能去香山澳搭西洋的大黑船，有陈五爷的安排才妥。说回当下吧。我想，明天起让风儿搬到花厅二楼我的房间，清时陪着七郎住到风儿房间去。阿泰，你最近辛苦些，住到一楼的书房，方便照应。另外，阿泰你去安泰镖局找一下丁四爷，就说我们在做一批名贵漆器，让他挑两个武师来，打扮成漆工进院看护，就住到后院清时和七郎的房间。”

一连几天，院子外倒也没有什么不同于往日的特别情形。其间，谢成除了交代谢怡风、沈清时和沐七郎近期不要出门外，又和谢斯全去了一趟降虎寨，特意拜访了于把总，做了一番安排。

这天，胡师爷正在家里和小妾吃着新送来的西瓜，门口传来一阵杂乱的叩门声：“表哥，表哥在家吗？”胡师爷心想，这个臭海贼又来做什么？于是满心不情愿地出了屋，一边拉着门闩，一边嘟囔着：“老大，又有什么事啊？”还没等门全开，就被人用力推开，一伙人闯了进来，随即用力把门拴上。

“你们这是？老大，这是怎么回事？”胡师爷吓得不轻。

“表哥，不要慌，找你办点事。你上次去那谢家，拿了那么多银子，我回去跟野城大人没法交代啊。今天，野城大人才命我带他们到你这里来。”刘老大看着胡师爷脸上青一阵白一阵的不自在，心里暗暗解气。

野城回过头吩咐门边扛着麻袋的水根：“把麻袋卸下来，大家各拿各的家伙吧。”说完，野城从今田久手里接过了自己的刀，抽开来又收回去。胡师爷看到这情形，已经不知道怎么说话了。

“胡师爷，老大说得不错，不用慌。我们远道而来的，先进屋烧点水招待一下吧？”说着，也不等胡师爷搭腔，就向里屋走去。那小妾看着，已经吓得快瘫了，跟进屋里的胡师爷连忙打发她去灶下烧水。

“还有西瓜吃，真不错。”野城说着，自顾自地坐了下来，边吃西瓜边说道：“胡师爷，你也坐。我们这几天，就在你这里借住。你等下写封书信，向县衙告几天假，我们派人给你送去。这几天，你就跟我们一起来解决沐七郎的事吧。”

“你们要我做什么？”胡师爷强装镇定。

“明天，你先带着我和刘老大去谢府，会一会那位谢老爷。你只要好好配合，就什么事都没有。否则，你和你老家县城一家老小的性命，我就不敢保证了。”

第二天一早，野城、刘老大和木野夫三人就跟着胡师爷直奔谢家。路上，刘老大紧张地问：“野城君，他们会不会有什么防备呢?”

“防备有没有不知道。但我们不动手，他们更不会动手。何况，我们又没带兵器。放心吧。”

听阿泰报说是胡师爷带人到访，谢成心下不免一惊，胡师爷?看来，要来的总算来了，随即往前院堂屋走去。远远地，见胡师爷领着三个人已经坐在那里了。

胡师爷看见谢成，赶紧起身拱手：“谢兄，实在不好意思，又来打扰啦。这位是我的表亲刘老大，这位是野城君，这位是木野君。他们不熟悉路，故而让我带来引见。”

众人见过落座。野城倒也直接：“谢成君，你我虽然素不相识，但非常感谢你救治了沐七郎。我们这次来，一是拜谢，二是要接沐七郎回去。你看如何安排方便?”

谢成听了，摇着蒲扇说道：“野城君客气啦。救人危难，为人理当如此，不必言谢。不过，既然我们救治收留了沐七郎，那就担了责任。不知野城君和沐七郎有什么渊源?我得征询沐七郎本人的意见。他若愿意跟你们走，你们都是日本国人，我又怎么会强留不允呢?”说罢，也不等野城答话，吩咐阿泰：“去把沐七郎叫来吧，大家见见面。”

沐七郎来到堂屋，尽管已经得知来者何人，还是有些吃惊。

野城见到沐七郎，先站了起来：“沐七郎，总算找到你了。一路上照顾不周，让你受苦啦。”

沐七郎只是垂手站在堂前，并不答话。

刘老大见到沐七郎，却是有些兴奋，说话也就有些不怎么过脑了：“沐七郎，野城君和我们待你多好啊，你说你在赤岸堡跑什么跑，害得我一路上也跟那叫花子一样，到处找你。”

谢成轻声问道：“七郎，他们说要带你回去日本，你愿意跟他们走吗？”见沐七郎摇头，谢成让阿泰带沐七郎先回后院，接着说道：“你们看，七郎不愿意跟你们回去。干脆说开了吧，我也已经知道了，你们是把他绑上船的，这就不好再强逼人家跟你们走了。我这话在理吗？”

野城听谢成这么说，也还是面不改色：“谢成君所言在理。不过，这里面还是有些误会。刘老大他们行事鲁莽，才变成了绑架。我们是想请一个学僧来帮助谈生意的。这样吧，今天我们还有别的事，先来会个面，谢成君再考虑考虑，改日再来拜访。”说完，径自起身告辞。

回到胡师爷家，刘老大急问：“野城大人，今天见个面，好像什么都没说一样啊，你这也走得太急了吧。”

野城沉吟片刻，说道：“第一次见，再说下去也是这些话。明摆着的，那谢成把沐七郎照顾得那么好，人又是我们绑来的，怎么可能让我们带走？今天去，是看看这谢宅和周边，有没有动手的机会。”

“那还用看吗？他那店铺和宅子，街巷纵横的，又临着大街，哪有动手的机会啊。”

“不看看，又怎么知道？”野城说着，皱起眉头，“看那谢成的言谈，还真不是那么好对付的。这个事，看来在这里不好办啊。我们再想想办法，实在不行，那就只能回到日本再下手了。”

“啊？那我们这一阵子不是白忙了？”刘老大一副不以

为然的表情，“野城大人，在日本，我可就使不上力气了哈。弟兄们被这次台风搞怕了，好几个都不想再跑船啦。”

今田久在一旁也坐不住了，猛地站起身来说：“野城君，你也太谨慎了。总有他们松弛不留意的时候，我们就守在这里，看机会下手。像你这样变来变去的，自己人都乱了。”

“混账！你这是跟我说话吗？还不给我滚出去！”

刘老大赶紧打起圆场：“野城大人息怒，今田君虽然说得重了，也是在帮着想办法。”

今田久恼怒地退去院子里。野城想了一阵，叫上木野夫，跟刘老大说道：“我和木野到附近转转。你们今天不要出门了，就在这里待着。”野城走后，刘老大让人把胡师爷锁到房里，跑去街上买了酒菜回来，招呼道：“今田君，过来一起喝几杯吧。”

几杯酒下肚，刘老大拍了拍今田久的肩膀：“今田君，不要急。我看野城大人说得也在理，实在不行，就回到日本动手也不迟。那样也好，省得我们在这里刀光剑影的了。”

“回去动手？哪有那么容易！我们要的是钱，他要的是人！又不能伤到，好巴结隐信长老。再说了，那谢成要把沐七郎送回去，能不想足了护送的办法？”今田久说了这些，倒一下子提醒了刘老大。他把东里屋的门打开，叫出胡师爷：“表哥，那谢老板除了我们刚去的宅子，还有什么常去的地方？”

“这我哪里清楚？”胡师爷屋里屋外地看着，“我不是带你们去了谢老板家吗？表弟，你们可不能胡来啊。”

“你就别再装腔作势的了，我刚才问你的，你可要照实说来。要不然，一会儿野城他们回来问你，就不是我们兄弟间这么客气啦。”刘老大对这胡师爷早就不耐烦了。

“听，听说他在北峰的降虎寨还有一处大宅子，具体在哪，我也没去过。不过，那谢老板名气大，到了那里一打听就有了。”

刘老大把胡师爷锁回屋里，面露喜色，对今田久说道：“降虎寨，我去过。那是个隘口，守着不少兵呢。不过，除了寨两旁的兵营，边上没有什么大宅子啊。如果离兵营远些，在那里下手，倒是地偏人稀的，得手后跑路也方便。”

正喝着，野城回来了。听了刘老大的说法，野城倒是出奇地平静：“当初把人给看跑了，可惜啦。如今看这谢老板的架势，恐怕在这里或在山上都不好下手啦。”

“那就不干啦？”今田久又急着吼了起来。刘老大赶紧把他摁回椅子里，又问野城：“野城大人，你有什么主意就快说吧，我也快憋死啦。”

野城看时机差不多了，说：“我细想了一下，反正回去的船也没这么快，以我看那谢老板，他不会为提防我们这几个人就把沐七郎藏来藏去的。但是，我们对他肯定是个威胁，他也在想办法解决。我看这样，我们今天就分别搬去谢老板家附近的几处客栈，方便探察行动。过两天，刘老大你带人再去见那谢老板，就说你把我劝走了，你也不干了，先收他一笔银子。稳住他后，我们再集合想下一步在山上的办法。”

刘老大听得眼珠子乱转，心想这野城怎么就知道我有这样的算盘呢。不错，这倒是保险求财的路子，万一后面不能得手，能捞一票是一票，面子也做足了。于是，连连点头。

此时，今田久又插进话来："我也跟刘老大去。这样，谢老板更相信。"此时，东里屋传来一阵动静。

野城这才想起里屋还有人，向今田久使了个眼色。今田久起身过去把屋门打开，把胡师爷和小妾放了出来。野城喝口酒，说道："我们还要在这里多待几天，麻烦你们了。"胡师爷听了脸色一变："你，你刚才不是说今天就走吗？"野城眯着眼，看了看胡师爷，一只手在桌上敲了敲："看来，你的耳朵不怎么听话啊。"随即看向今田久。

站在胡师爷身后的今田久拔出刀来，可怜胡师爷，急切间随口一问，反倒葬送了自己和小妾的性命。

刘老大冷冷地看在眼里。胡师爷的死，在他看来无所谓，这种人没什么值得可怜的。他心里想的是，这才是野城！

"你们几个，把他们拖去后院埋了，再把这屋里搜一遍，带上银子。整理清楚后，锁门离开。"

谢家花厅里，众人围桌商议。谢成对沐七郎说道："这个野城看起来还是很有些城府的，不像那种鲁莽的浪人海盗。按他说的，不像要你性命的样子，应该想利用你来办什么事。"

这时，阿泰插进话来："求财要命，这些都好办。但按七郎所说他在船上听到的，这个人恐怕最难对付了。老爷，还是要格外小心。”

“嗯，阿泰说得是。不过，现在急的不是我们，而是他们。估计接下来又有各种招数要用出来。我们就见招拆招吧。风儿，你和清时不要卷进来哈，只管带着七郎在后院做事。我只是想，必须彻底解决这帮人，否则，七郎就算回去日本也不安全。斯全，你和云儿明天也搬过来吧，万一你们两个也被他们盯上，就不好办了。”

一直低头不语的沈清时这时想起一个主意：“师父，我姑丈不是在都司衙门管事吗？请他派官兵找到他们藏身所在，一起捕灭，岂不简单？”

“清时啊，不那么简单。几个流寇行踪不定，估计藏身隐秘。我们动静过大，满城风雨，让他们跑掉，反而放虎归山了。我看胡师爷面色僵直，估计是被胁迫的；那个刘老大眼神闪躲，像是藏着心思。还是静观事态，找出全歼之策！”

第二天一早，刘老大一行四人来到了前院堂前。

见那个野城没来，谢成拿定主意先敲打一下：“刘老大，该说的上次已经说完了，沐七郎不会跟你们走的。至今我没有报官，是希望给各位留条退路，不要去想那些豪取强夺的事。”

刘老大堆起笑脸：“谢老爷误会我们今天来的意思了。堂堂福州府城，我们哪里敢呢。那天你一番说辞，我听了也生了退意。这几天，我和在座几个弟兄连番劝说野城，今天是专门来跟谢老爷你禀告的。”

“哦，愿闻其详。”

“我们几个，还有这位今田久，原本就是为求财谋生的。不是被逼到走投无路，哪能拿自己和别人的命来赌呢？那野城大人无非也是为了巴结沐七郎的师父，这才到府上来要带走沐七郎，并无恶意。所以，这几天在我等讲明利害下，野城也愿意不再索求沐七郎。”

听到这里，谢成故意插话：“哦，你们还能这样通情达理？”

刘老大见谢成就要上钩，更加唾沫横飞：“谢老爷，只要不总低看我们弟兄就好啊。只是，弟兄们虽然有收拾刀枪的心思，也得有本钱谋个正业。如果有谢老爷扶持，我们一定保证不再介入沐七郎归国之事。”

“哦。那怎么证明你们不会反悔又来呢？”

刘老大猛拍了几下胸脯：“谢老爷，我们几个本乡本土的弟兄，都能用一家老小的性命担保。不过，说句大白话吧，就看谢老爷你能出多少银子了。”

谢成故作低头沉吟状，稍后说道：“我本是一个安心读书做生意的人，并不想摊上什么惊天动地的事。如果你们能守信，我愿意出一千两银子，大家相安无事，如何？”

“谢老爷果然豪爽！有这笔银子，我都不用再问野城大人了，咱们就说定啦。”刘老大没想到谢成这么痛快，那木金和水根二人也是喜形于色，恨不得现在就能喝几杯。今田久心里也是翻江倒海，看来这明国的有钱人，比起日本那些领主商人们要爽快多了。

“不过，我还有个要求。”谢成看着几个人的样子，一步步筹划着，“一会儿，麻烦刘老大你跟我的管家先去店里取二百两定银。另外三百两，我们需要定个时间，一起写个书契才给。剩下五百两，等沐七郎安全回到日本，我才能付。我是个生意人，喜欢按规矩做事。你们只管放心，我的店铺、身家，全在这福州城里，搬不走。”

刘老大听着，心想这也合理：“就按谢老爷说的办。”

谢成叫来阿泰：“随我到里屋来开个取银子的条子。”到了里屋，谢成赶紧附在阿泰耳边，做了一番交代。

大漆行店铺里间，阿泰安排刘老大坐下喝茶，然后起身来到柜台，一边把条子交给谢斯全，一边低声说：“等我喊了才把银箱抬进来。”回到里间，阿泰陪着刘老大喝茶：“刘老大，你这生意做得好啊，一单就比我一辈子挣的都多。”

刘老大这会儿才细细打量了一下阿泰：“管家，我听你口音，也像我福清老乡呢。”

“嗯，我是江阴人。早年也是讨海的，后来被倭乱搞得没了生计，这才到了福州府，投在谢老爷门下当差。你们混得好啊，又见世面又发财的。一会儿拿到定银，刘老哥可要意思意思点跑路费呦。”

“那是那是，应该的。我们这都是刀尖上求财啊。”刘老大看着阿泰，心想这谢老板府上的人，也不怎么样啊。

阿泰又拿起茶碗喝了一口：“那就多谢啦。其实，咱们老乡说说心里话。我看在眼里的，老大你从一开始就可以自己来的，却带了你那表亲胡师爷，还有那几个倭人，无端端地钱被分了一大堆走。”

“唉，现在说这些还有什么用，有钱一起挣吧。嗯，怎么这么慢呢？”

“哦。可能柜上都是散银要拢。我去看看。”

阿泰带着刘老大，还有两个伙计，抬着银箱回到前院。谢成站起身送刘老大，说道：“你回去跟野城说下，你们定个写书契的时间。”

等人走后，阿泰从兜里拿出两锭银子放在桌上，向谢成说了刚才跟刘老大的对话。

“嗯，把这刘老大的心思搞乱，把水搅浑，这戏就好唱了。你安排的人要盯好他们住的地方，确认他们是不是只有这些人。不到万不得已，宁可多花银子息事宁人。唉，请那巡检司，一样使银子，日后还种种瓜葛。今晚，把大家叫来，我们安排一下，过一两天就上山。”

酒桌上，刘老大绘声绘色地说着在谢府的经过：“野城大人，这谢老板的店铺好大间呐，二百两现银，一会儿工夫就拢齐了。唉，按我说……”

“刘老大，你又财迷心窍了吗？恐怕你能抢到那么多银子，也没命花了。”野城喝了一小口酒，“接下来，要看看谢成到底有没有什么别的算盘。目前看来，他倒是没有报官，这是要跟我们私了的意思。至于书契嘛，先缓两天看看。”

“怎么讲？”刘老大不解地问道，“快刀斩乱麻，把另外三百两拿到手不好吗？”

“不能急。你还要再在周边多转转，确认没有什么别的不对，才去跟他约。木野、今田、村下，我们先回去。你们喝差不多也散了吧。”

野城走后，刘老大几个边喝着边嘀咕：“你们不知道吧，那谢老板的管家阿泰也是我们老乡，今天还跟我要了十两的好处费。唉，按他的说法，这些钱，我们原本可以自己拿的。我一想，可不是吗？那小和尚是我们绑了来的，又是我找到的，出面要钱也是我们。我这么一想呢，真后悔了告诉野城。”

“说得是啊。”木金和水根应和着。

“我看，是该拿定主意了。这两天，先拖住野城不忙着去谢府。我明天再找机会探探阿泰的口风，如果那谢老爷肯把剩下的银子都给我们，就算他不派帮手，我们也帮他除掉野城。说实话，野城给我们的许诺，还不如谢老爷来得实在呢。你们看他杀胡师爷，眼睛都不眨一下的，日后对咱们呢？”

“那怎么除掉他们呢？”

“阿金，你明天回去一趟，把那四五个弟兄都叫来，住到另一处去。他们也没少受倭人的气。加上我们三个，突然出手，二打一，够了。把野城几个除掉，有了这一大笔银子，我们是继续跑船，还是合伙做些别的买卖，不都可以吗？省得在倭人底下提心吊胆的。”

野城几人回去后，也没闲着。“目前，只能先按那书呆子老爷所说的写书契了，反正保人是刘老大他们，先拿到钱再说。看机会下手。”野城咬着牙说，“实在不行，就要想办法绑他家人来换了。”

第九章　武士

夜晚，谢成叫来众人在花厅外廊下喝茶，继续商议。“阿泰，你向大家说说那个刘老大今天谈的事。”

原来，白天刘老大果然来找了阿泰。阿泰也是格外小心应对：“我家老爷不想报官，一来如今这官府里也是鱼龙混杂，靡费银子不说，日后还不定又惹出什么话题，花钱息事，最好不过。二来我跟老爷说，一旦报官，倭人死不足惜，咱们自己同乡又怎么办？勒索些钱财，罪不至死；通倭结匪，那就必死无疑啊。”那刘老大听了，连声感谢不已，随后就向阿泰说了计谋。阿泰听后，连忙摇头：“在城里这么大动静，一旦惊动巡检司和官兵，几位老乡怎能逃脱？这事还得妥善计议才好。”两人谈了一阵，刘老大也不敢多留。

众人听完，一时间，谁也说不上话来。

谢成微闭双眼，捻着胡须说：“我看，那刘老大说什么，阿泰你就尽管接着。按他说法，野城那边就是四个浪人，和这几天你派人盯到的情形不差。这就不难办……”

话音未落，前院扑通一声，阿泰随即快步向前院跑去。

众人齐齐站起，往门洞看去。稍后，就见阿泰领着一个人走了进来。众人一看，这不是野城边上的一个浪人吗？竟然一身好功夫，能翻过这么高的墙来！可是，他来做什么呢？

谢成等人正在惊疑着，那浪人突然向着沐七郎跪下拜倒：“木野夫见过少主人。”

“啊，这……”沐七郎瞬间怔住，不知所措。

木野夫解下头上的布巾，打开后扯掉中间的一块布，掏出一件东西，放在手掌心托起：“听野城讲他见过少主人一方丝帕，上面绣着家纹，请少主人核对下，和我这家徽是不是一样的。”沐七郎拿过一看，手已经开始抖了。他向谢成点了点头，随即颤声问道：“你怎么会有我三木家的银徽？”

“少主人，从你离开飞驒到正见寺学经时起，我已经陪伴少主人十几年了。只是，你的祖父，我的老主人，不许让你知道，让我就在寺下町开一家香粉店，听隐信长老的安排，随时保护少主人。这次我也是一旁跟着少主人从京都到了博多的。那天我看你进了一间唐物屋，就到旁边的面馆吃一碗面，等我出来到唐物屋，已经找不见你了。没有找到你，我是不能回京都的。于是问唐物屋的老板，还有一路上多方打听，就搭上了另一条船，也到明国找你来了。”说着说着，木野夫已经双肩抖动，抽泣起来。

沐七郎听着，泪水忍不住滴落，他脱口喊了一声“祖父”，随即走近扶起木野夫。

木野夫站起，又看向谢成，再次拜倒：“恩公，请受木野夫代老主人一拜。”说完，站起再拜，“这一拜，是拜恩公救我木野夫一命。少主人知道的，人在家徽在。我是老主人年轻时救下的孤儿，后来成为老主人的贴身侍卫长，因此，才有这银制家徽的荣誉。”

谢成看沐七郎微微点头，连忙吩咐道：“斯全，快帮我扶起木野君。”

落座后，谢成问：“木野君，那你怎么跟野城一起了？”

“我搭的船，比少主人的船迟几天，没有遇到台风，所以早就到了漳州月港。因为走得急没有带多少盘缠，我就在月港码头一边帮工、摆摊表演武艺，一边等船。总算等到野城的船到了，却没有见到少主人。我也不敢随便打听，只好假装浪人，露出一身功夫，引那野城收留了我。直到最近，才有了少主人的消息。我也不敢轻举妄动，这就跟着，暗中找机会。”木野夫说着，转开话题，“今晚，我是跟野城请了准，说来探察谢家院子，实际上，是要来见少主人和恩公商量的。”木野夫接着把胡师爷的死、野城的算盘，一一道来。“恩公，野城是个阴狠的人。我担心，事情再不解决，他拿了钱后，可能不会对少主人下手，但很可能会对您的家人下手，然后来要挟换人。”

“嗯。是该解决了。我准备换个地方，去山上，我们布一个局。木野君，你不能在这里久留，你只管盯住野城，关键时候出手。其他的我会安排。你放心，阿泰原来是漳州卫的武官，一身好武艺。”

木野夫离开后，众人不免又是唏嘘感慨。谢怡风拍了拍沐七郎的肩膀：“七郎，难怪说你身份尊贵，今天我算见到了。你们日本国也有木野夫这样的义士。”

“好了。我们言归正传。”谢成环视众人，“明天我和七郎、斯全，还有怡风、云儿就先上山。阿泰你先留下，等刘老大来了给他再加些药后才上山。清时留在家里照顾工房和店铺，记住，不要外出。有两个留在家里的镖师，够了。他们不敢在这城里胡来，否则早就动手了。阿泰和木野夫两人演戏，能把野城几个浪人和刘老大都引到山上，就可以一网收拾。”

此时，因为有了阿泰和刘老大的接触，又有木野夫在浪人里接应，谢成的把握多了好几分。“斯全，最近不是正好往京城运茉莉香片吗？你明天一早让汤掌柜雇三十几匹马，先到这里，我们装些银箱和空麻袋，然后分两批到茶栈装茶，搞热闹一些。刘老大他们不是分散住在附近吗？估计也会时时盯着我们，让他们看见就好。你还要跑一趟安泰镖局，跟丁四爷再要四个镖师，换成我们茶栈的伙计装扮，跟我们一起上山。”

交代完谢斯全，谢成再叮嘱阿泰：“阿泰你等到刘老大来探听消息后，就立刻上山，只要带贴身的短刀就行了。你那快刀和镖师们的一起装麻袋运走。其他的到了山上再说。我们还要去寨里找于把总，细细安排。大家各自去准备吧。”

第二天一早，从南后街的大漆行到衣锦坊巷口的谢家门前，三十几匹马、几十号人进进出出地装银箱、行李和麻袋包，引来街上不少行人围观。随后又来到杨桥巷的谢家茶栈，卸下麻袋包，里里外外地装茶捆扎。一行人赶着马队前后吆喝着，直到接近中午，才出城往北峰进发。

待谢成和马队走后，阿泰就安排几个学徒开着院门清扫，自己也时不时地在店铺和院子间搬些箱子来回走动。不出所料，没一会儿工夫，刘老大就探着头来到了院子。一见刘老大进门，阿泰便主动打起了招呼："老大，还想着没地方找你们呢。要不是为了等你来，我上午也上山去了。来，坐下喝茶。"

"上山？我们的事还没办完呢。"刘老大有些着急。

"所以嘛，我家老爷才让我等你呢。你们不知道吧，从我家太老爷起，谢家就有经营茶货的买卖，城里和山上，还有京城，都有茶栈。只是我家老爷平常不管，由侄少爷打理。原本前几天就要发今年新出的茉莉香片去京城了，因为你们来，拖到今天，实在等不起了，这才上山。老爷让我在这里等你和野城来，说银子和书契，都到山上会面交割吧。"

刘老大听到这里，心想难怪这谢老板财大气粗，原来还有这么大的买卖。看来，原先的算盘竟是不错的，跟那些倭人有什么好混的？"阿泰，到了那山上，难道谢老爷就不怕野城动起刀子？"

阿泰听完，故意一愣，随即大声笑了起来。

阿泰指了指刘老大，笑道："老大啊，你不是也从那降虎寨经过到的福州城吗？屯着兵呢。山上的茶栈虽说有些距离，真正打起来，你们能跑多远？我们是有请了镖局护送茶叶去京城的，可不是为了防你们。我家老爷，你尽可以四处打听，历来是舍财救人保平安的。要不然，他在都司和巡检司有那么多的熟人，你们不也没见他报官吗?”

“那是那是。谢老板行事大气，我是打心眼里佩服的。”刘老大又低头想了想，“不过，你们就不担心我们拿了银子，还来绑人吗?”说完，盯着阿泰看他的反应。

“唉，老乡啊，那沐七郎说白了，不就是我们救起的倭人吗?又不是老爷的儿子，犯得着打打杀杀的吗?只是我这老爷是个举人出身的身份，不同于一般的生意人，讲究凡事善始善终，宁可舍财，也守着理字。给了你们这一大笔银子，其实不是花在沐七郎身上，而是为了他自己这个脾气花的。”阿泰说到这里，故意生气地瞥着刘老大。

“是啊。谢老爷确是我们这些人难得一见的人物。”

阿泰这时又放低了嗓子:“其实，书契上担保人是你和另外两位老乡，真要是有什么差错，我们找的是你们。你们能在家安生?野城那几个日本浪人，他们能有什么可担保的呢?至于你分多少给他们，那就是你的事了。我也搞不懂你们这里面的关系。”一席话把刘老大的心思又给说到了，连旁人都看得明白的事，这回他下定了决心要干一票大的。于是闷声辞别，来到了跟野城约好的饭馆。

听完刘老大所说，野城定下计划:“看来真是下不了手了。我看就这么定了吧，明天我们搬去北门附近的客栈，方便出入城，然后一起上山看下地形，这样心里有数。我和其他人找一个地方等着，木野夫你和刘老大去跟他们约一个白天签书契取银子的时间，顺便看一下他那院子。我们不必按约定的时间去。看看他们有没有联络官兵，如果真的没有，就夜里过去。记住，签好书契拿到银子就走，我没发话，不许动刀。至于沐七郎，我们后面再想办法绑人。”刘老大在一旁听着，心里冷笑。

夜里，刘老大三人叫了些酒菜。“水根，弟兄们都安排好了？”说着给水根夹了一块猪头肉。

“安排好了。他们五个就住在附近巷子。”

“你们两个也都听到了吧，这野城拿着兄弟们的命，还在打着人财两得的主意。咱们不能再迟疑了。明天上山前，你告诉几个弟兄先到降虎寨。北峰上只有一条路通到寨门。你让他们在寨门街分散等我们，看你我的信号行事。”

水根听得有些糊涂：“行事？不是说明天只去看看地形？”

“你傻啊！凡事都要趁其不备才好。这野城向来变化多端，如果我估计不错的话，绑人也好，拿银子也好，很有可能明天晚间就会动手，也是趁谢家人不备。你跟弟兄们交代好，让他们盯住野城几个，发现他们往谢家茶栈走，就远远地跟过去。如果没有，就跟在我们后面下山，路上动手。”

北峰，谢家茶栈。马队卸完货离开后，留守茶工摆开了一桌酒席。谢成给四位镖师斟满酒：“各位师傅，今晚好好休息下。明天起就要辛苦各位啦。”正要继续往下说时，门外马蹄声响起。“嗯，阿泰到了。”谢成放下酒杯，“斯全，去接应下。”

听阿泰禀报完，谢成说道：“目前看来，那刘老大和野城之间并不完全一心一意，他们本来人就不多，加上远道而来，焦躁行事，这就给了我们一网尽歼的机会。明天上午，我和阿泰、斯全去拜会阿泰旧部，寨里的于把总，安排配合围剿。对了，四位师傅，这位林阿泰，二十年前正是漳州卫的把总。”四位镖师听后，连忙从座中站起行礼。

“各位，如果匪寇前来，我和沐七郎、阿泰自然是正面应对。你们在边院见机加入除寇。”谢成说完，从桌上的长木盒里，拿出一副西洋望远镜，“这是几年前我去漳州时一位西洋耶稣会士送我的，明天它就派上用场了。从我们这里用它瞭望寨门里外，一清二楚。七郎，你和斯全、风儿轮流观察吧。有出现刘老大、野城的身影，立刻报我和泰叔。无论他们从寨门街小道还是从寨门下的驿道过来，斯全再跑去寨里通报都是来得及的。”

第二天接近傍晚时分，野城和刘老大等人，三三两两地来到了寨门街上。水根远远地瞧见了散坐在廊桥两头的那五个同乡。

一问，就有人指着寨门街边一处石阶岔道：“这里进去大概半里地，就到了，只有谢老爷家一户宅子。”野城于是派出刘老大和木野夫两人先去谢家院子。他们哪里知道，此时他们在寨门口的动静，已经被谢成在望远镜里看得真真切切。

谢斯全有些着急地问：“小叔，为什么不直接让于把总在寨门街就地抓捕呢？”

“现在动手？你哪里知道野城和刘老大带了几个人来？有没有外应？”

一进院子，刘老大就四处张望，见谢成从台阶上走下来，拱手说道："谢老爷，想不到你在这山中还有这么阔气的院子啊。我来，是问你写书契取银子的时间，好回去向野城大人报告。"

谢成指着廊下的银箱："你看，银子我都拉来了，明天起哪天都可以。咱们就在这院子里写好书契，交割银子，大家也好相安无事。"

"那就太好啦。谢老爷，为了说服野城大人，我可是费尽了心思呢。那我就不多打扰啦，我这就赶回去商量个时间。木野君，我们走吧。"木野夫也不说话，跟着刘老大就出了院门。

野城听了刘老大的回禀，说："我看这样，先找个面馆一起吃些。吃完后，今天就把事情办完。记住，虽说我们全班人马都来了，但只取银子，不能动手拿人。取到银子，就立刻下山。沐七郎的事，以后再说。"刘老大听了，果然被自己猜中，面上还是回着话："全听野城大人做主。"他却想不到，野城昨晚对木野夫、今田久和村下的安排是这样："明天上山拿到银子后，下山途中解决掉刘老大他们。既然已经知道沐七郎所在，刘老大的用处就没有了，留着反倒生事。至于沐七郎，我们后面再跟踪找机会下手。"

谢成从望远镜看着，野城和刘老大一帮人，已经出了面馆，向院子走来。半路上，那水根好像嘟囔着什么，又往回跑。远处，又看见几个人影正在聚拢。"斯全，果然后面还有五六个人，你快从后门往寨门下跑去寨里找于把总，从后面包抄拿人。"

等谢斯全跑出后门，谢成索性就带着沐七郎和阿泰在院子中间喝茶等着。“七郎，你只跟野城他们打个照面，稳住他们就好，然后就退去花厅。”四个镖师，则在花厅里外藏身待命，保护谢怡风和叶云。

听到叩门声响起，阿泰起身开门，就见野城和刘老大一共七人，前后挤进了院子。谢成故作惊讶状，站起身来。还没等谢成说话，野城拱手道：“谢成君，听刘老大说你已备好银子，我们想，干脆今天就交割算了，我们也就回去，不再打扰啦。省得我们再跑一趟。”

刘老大几个一边听着野城说话，一边往灶房和漆工房走去。谢成见状，喊了一声：“你们在寨门口不是还有五个人吗？怎么不进来呢？”

这一下子，所有人都怔住了。刘老大急转身回来：“你，你说什么？”就在这一瞬间，谢成看到野城一脸懵然和刘老大慌张搭腔的不同反应，已经猜到那一定是刘老大的人。

谢成看向野城：“野城，那寨门的五个人，难道你不知道？”说着，拿起桌上的望远镜，“我这里有西洋望远镜，看得真切，你来看一下？”

此时，刘老大已经面如死灰，还没等野城接过望远镜，就拔出刀来，冲向门口，叫道：“快跑！”野城已经反应过来了，暴吼着“杀”，同时一步跃出，挥刀向刘老大砍去，木野夫、今田久和村下也围杀过来，没几下工夫，刘老大三人已经倒地毙命。而就在刘老大倒地之际，木野夫趁着今田久不备，挥刀将他砍翻，又奋力扑向村下，同时喊道：“阿泰动手！”

短短的瞬间，居然发生如此变故，沐七郎也看呆了，竟忘了退回去花厅。而就在阿泰从谢成身边拔刀冲向野城的同时，野城一个箭步把离他不远的沐七郎勒住了。

阿泰一下子收住脚步。木野夫砍倒村下，回头却见沐七郎被持，惊叫道："少主人！"

情势变化太快，谢成没有注意到沐七郎还在院中，一时脑子僵住了！

比谢成还要震惊的，是野城："木野夫，你？"

此时，谢怡风、叶云和四个镖师也从台阶上的花厅里跑了下来。看到眼前的一幕，谢怡风双手捂着嘴，吓得说不出话来。

"野城，事到如今，可以告诉你了。"木野夫提刀向谢成身边挪了几步，"我是沐七郎祖父三木友赖的贴身侍卫长。因为少主人被你们绑上了船，我才辗转跟来明国。后来在你身边，就是为了找机会探听少主人的下落。眼下，你大势已去了。野城，你放开少主人，我可以代你向谢成君和众位求情。"

野城两眼直瞪着木野夫，握着刀的手抖动着，刀尖缓缓下垂。这时，谢斯全带着于把总跑进了院子："小叔，外头那几个人已被全部斩杀。"

野城勒着沐七郎，他清楚得很，是的，大势已去了。他咬着牙盯着木野夫，却已经想不出有什么话要说。他用眼角扫着谢成，一股莫名的怨愤迅速填满胸口。他明白，放不放下刀，对他来说，一切都要结束了。

院子里的空气，彻底凝固了。因为沐七郎被野城紧紧勒持着，众人也只能紧张地盯着，谁也不敢贸然出手，只有阿泰，慢慢地向野城身侧走去，喊道："野城，我原是漳州卫的带兵把总，你如果真是武士，就放下七郎，我们单打一场。你胜了，就任由你走。"

野城听着，双目圆睁，脸颊开始剧烈地抽动，突然间暴喊道："我就是倭寇!"随即把沐七郎向谢斯全和于把总的方向猛地推出。就在大家目光闪向沐七郎的一瞬间，野城却侧身提刀，向谢成疾速刺来。

野城的动作太快了。一旁的木野夫见状，飞步闪到谢成身前，却已经来不及挺刀挡接。野城的刀刺入了木野夫的腰间……而就在同时，阿泰的刀也刺进了野城的后背，于把总从一侧赶来，补上了一刀，野城当即没了生气。

木野夫黯然倒下，血流如注。谢成蹲下抱着木野夫："木野君！木野君！斯全，快去取药来！快去!"

谢成和阿泰一边给木野夫敷药包扎，一边交代："斯全，快去乡里请申郎中来，多晚都要来!"

第十章 《漆工录》

木野夫被抬到沐七郎房中，气息微弱。申郎中探过之后，又擦洗敷药一遍：“谢兄，不好啊。这刀伤太深，已伤及脾脏多处，若非你及时用药，当场已经无救。只能保养一时，恐怕终归不久。”众人听了，都在一旁感伤。沐七郎，此时一个人向门外走去，坐在台阶上，泪眼潸然。想着木野夫的忠心艰苦，又为自己性命不保，心里一阵阵伤痛不已。谢怡风看沐七郎独坐在房外，也跟着出来，坐在一边，说道：“七郎，你不要过于伤心。兴许有奇迹呢。”

谢成送出申郎中后，安排阿泰和沐七郎轮流照看。第二天一早，让谢斯全和阿泰约了于把总到花厅商议。“兄弟，还要劳你费心善后了。就按此前商议，由你报一个全歼倭匪的战报吧。”

于把总走后，谢成和谢斯全、阿泰三人又把前后情形分析了一遍：“看来，事情已经明朗。刘老大和野城，各打着不可告人的算盘，自然不会多邀帮凶。他们的人已经全部露面了。眼下，但愿木野夫能够尽快醒来，也好商议后策。我和阿泰这几天就在山上。斯全你和云儿今天休整下，明天带上四个镖师下山吧，清时和汤掌柜在城里，你们尽快安顿。”

沐七郎和阿泰日夜守着木野夫。沐七郎不时把木野夫的银制家徽从他枕头底下拿出来端详，他知道，这家徽对木野夫意味着什么。

谢怡风见沐七郎焦虑，趁着阿泰陪伴木野夫时，就陪着沐七郎在院中阳光下泡茶，说些福州茉莉香片的小趣闻，也向沐七郎问些日本茶道的话题。

谢成看在眼里，心下却越发百感交集。唉，用了这么多心思来救一个原本素不相识的日本小和尚，先不说是怡风救人救出的麻烦，自己又是为了什么呢？而看到谢怡风和沐七郎的相处，接下来还要打理女儿的心思。二十年前的往事，看来是要让她知晓了。

这天，沐七郎正在后院帮阿泰收扎柴火，谢怡风一路小跑来喊道：“泰叔，七郎，快来，木野夫醒了！”

谢成已经站在床前，众人看木野夫醒过来，一阵欢喜。谢成轻轻说道：“木野君，多亏你舍命相救。郎中已经探过，慢慢调养生息，就可一日日好转。”

木野夫还不能说话，只是微微点头，又看着七郎，努力要说些什么。谢成连忙摆手嘱咐着：“木野君，不急，静养要紧。”随即端过一碗水来喂木野夫。沐七郎喜得眼角含泪，接过谢成手里的碗：“恩公，让我来吧。”

谢成走出房间，又吩咐阿泰和谢怡风道：“唉，按申郎中所说，那野城用刀太狠，已无回天之法了。要不是木野夫心力强撑，恐怕早就……目前只能用药止血，稍度余日。

接下来，床前更是不能离人，看他有什么最后的交代吧。”

沐七郎喂些水后，便坐在床侧陪着。过了一会儿，谢怡风悄悄进来说：“七郎，你昨天不是问我那药包的样子吗？我才去爹爹的书房给你找出来一盒看看。”说着，谢怡风小心解开手上的一个锦囊，露出一个黑色的漆盒。

这漆盒太美了，巴掌大小，黑色漆面发着光亮，饰着一簇簇五彩花瓣。七郎接过漆盒，双手小心翼翼地捧着，看呆了。“这是什么花呢？”沐七郎低声问，“还真没见过。”

“这是水仙花珠宝盒，用螺钿嵌成的。听爹爹讲是他年轻时做的，也只做了两件。母亲那件说是她年轻时带回娘家了。这件是留给我的。”

谢怡风和沐七郎只顾着看水仙花珠宝盒，没有留意到一旁的木野夫嘴角一阵翕动：“少，少，少主人……”

沐七郎赶紧把漆盒放在床头的几上，握着木野夫的手：“木野叔叔！”

木野夫艰难地耸着肩头，脸色涨红，勉强挤出话来：“扶，扶我。”

这时，谢怡风已经跑去喊了谢成和阿泰进来。谢成赶到床前，和沐七郎、阿泰一起，扶着木野夫半躺起来。

木野夫拉着沐七郎的手，艰难地说：“少，少主人，我怕是不能陪着你回到京都了。”说着，重重地咳了几声道：“你祖父，也就是我的主公三木友赖，是飞驒三木家的家督，也曾是织田信长大殿的老师。因为笃信佛教，早早地把家督之位让给了他的侄子。而你父亲却偏偏不像你祖父，自幼好武。你的母亲在你很小的时候就去世了。你父亲，是织田大殿的贴身侍卫。本能寺之变，你父亲逃脱，躲去肥前的长崎，后来战死。因此，你是由你的祖父抚养。此后，你祖父为保你在乱世中平安成长，就将你托给他的挚友，京都正见寺的隐信长老，在寺里学经，并命我在寺旁开店保护。我，我没有娶妻生子，只愿一生陪护老主人和少主人你，没想到，却让你受了这么多的磨难。”

沐七郎早已泪如雨下：“木野叔叔的恩情，七郎铭刻在心。日后，七郎来侍奉叔叔到老。”一旁众人看着，也是唏嘘不已。

谢成正想着如何安抚木野夫和沐七郎，木野夫却看向谢成说道：“恩公，我想单独跟你说些话。”

沐七郎和谢怡风等人退出房间后，木野夫又示意谢成掩上了房门。看着木野夫气息渐弱，谢成向前俯身问道：“木野君，请说。”

“恩公，请恕我直言。”

“但说无妨。”

“怡风小姐的生母可是我日本国人，叫明子？”

谢成一听此言，顿时惊得直起了身子：“你，你怎么知道！”

“这就对了。刚才我见小姐拿出一件漆盒给少主人看，说是恩公只做了两件，她母亲那件带走了。而我在七郎母亲明子嫁入三木家的婚礼上，曾见到跟这件一模一样的漆盒，摆在厅的最中间。”木野夫说着，侧头看向几上的漆盒，“听说明子夫人的外家那时正在危难中，婚礼上也只摆着这一件，来客也就是三木家的七八个忠心家臣。因此我印象至为深刻。”

谢成愣在了床前，脑子里嗡嗡作响。

“恩公，难怪我第一眼见到怡风小姐，便觉得见到明子夫人，她们母女，太，太像了。恩公，怡风小姐和七郎，是一母同胞的姐弟啊。”说着，木野夫又是一阵急咳，“恩公，我也看出来了。早做安排，免得铸成大错啊。只，只是，苦了孩子们这一番心意了。恩公，我，我要走了。快叫七郎来。”

沐七郎趋前紧紧抱扶着木野夫，木野夫侧脸看向床几，向沐七郎示意。沐七郎马上拿起一个小布包，取出木野夫的银制家徽，放在他手里。木野夫紧握着，闭上眼，微微地点了头，然后睁开眼：“少，少主人，我无儿女，三木家就是我家。这家徽，拜，拜托交给老主人，木野夫有辱使命，来世再……”说着猛咳几声，喷出几大口血浆，倒在了沐七郎怀中。

“木野叔叔……”沐七郎紧紧抱着木野夫痛哭。谢怡风站在一旁擦泪，一边轻轻揉着沐七郎的肩膀。谢成和阿泰，也都难过得低头不语。一会儿后，谢成才招呼谢怡风和阿泰走出房间：“让七郎单独陪陪木野夫吧。”

花厅里，谢成吩咐阿泰：“入土为安。阿泰，你现在就去乡里，买一副好寿材回来。明天，让山上茶栈的伙计们一起帮忙，就在茶栈后山把木野夫埋了吧。风儿，你去把沐七郎叫来。”

沐七郎走进花厅，谢成看着他，竟有些出神了，直到谢怡风说了句“爹爹，七郎来了”，他才回过神来，说道：

“七郎，人死不能复生了。你也不要过于伤悲。木野君为救你、救我而死，我想，在他自己看来，也算是欣慰的归宿吧。一会儿，阿泰办好寿材回来，我们就一起帮着装殓。明天就把木野君埋到茶栈后山面向东北方日本国的山坡上，如何？”

第二天，在后山葬好木野夫后，阿泰带着众人继续收拾院子。谢成，则独自一人待在花厅喝茶。

真是命运弄人啊！谢成的脑海里，想起了二十年前他和明子的相遇，和明子一起在漆工房做漆，和明子带着小怡风嬉戏……明子回去日本后，十几年间，谢成陪着小怡风成长，潜心做漆。原已模糊的往昔，此时因为沐七郎的到来，再一次强烈地涌上心头。他看到性情酷似明子的谢怡风对沐七郎别样的关心，他也看到沐七郎对着谢怡风的脉脉温情。

如今，得知沐七郎的身世，说是如释重负，却又有另一种惆怅和不忍。沐七郎还好，对怡风这丫头却不知如何说起。为了不让周边的人议论，他从来没有告诉过谢怡风，她的生母叫明子，是日本人。她只知道母亲是应家抱养的女儿，也早早去世了。

是的，谢怡风，是他的寄托。为了这个从小没有了母爱的女儿，他从来就没有想过再娶。

就在谢成满脑子浮想间，谢怡风走了进来：“爹爹，我看我们也下山去吧。换个地方，慢慢地，七郎的心情也会好起来的。”谢成听了点点头：“嗯，是要下山的。大家整理下，下午就下山，回去城里。”

回到衣锦坊谢家花厅，谢成叫了谢斯全、阿泰喝茶议事：“虽说七郎的事看来已经平息，但还是要谨慎些才妥。我看那野城和刘老大，一是有不可告人的目的，二是为贪财走险，不太会到处张罗拉人，但还是需要打听实了。阿泰，你可能还要跑一趟山上，跟于把总问问他那剿倭的告示，什么时候到福清牛田广为张贴。”谢斯全还不知谢成有此安排：“小叔，为什么要到牛田张贴？”

“搞些动静，才好震住那些流散的倭寇和海匪。当然也能看看他们在牛田的残部有什么动静。不过，告示中又不要提到我们。”谢成说着，又跟阿泰叮嘱道：“也无须费事打听。做到我们该做的，也就是了。”

“对了，斯全，你今天找个时间去李员外那里跑一趟，请他这几天有空来一下，我们一起跟他谈谈赵知府那个侄子入股的事。”

“小叔，真让他们入股啊？”

“嗯。”谢成说着，身子往后靠着，头仰在椅背上，长吁了一口气，“你也历练这么多年了，清时我再好好带上年把。照理说，有你主事，有清时管工，我们自己也是可以这么经营下去的。不过，李员外自打年轻时就想着跟我合伙，十几年了，老兄弟间也不能不大方些，何况我们在漆工细料上早有合作。至于那赵公子，按你和李员外的看法，也是敦厚之人，大可以一起把大漆行做得更好。我呢，是想在附近另置一处小院，安心做些新的器物，也把《漆工录》下卷写完。”接着，谢成把山上木野夫所说的事，说了一遍。

谢斯全和阿泰听完，都惊呆了。“天啊，竟有这么巧的事！”两人对视了一眼，“那，怡风和七郎也知道了？”

“不知道。但是，我想，瞒不了风儿啦，也不能再瞒了。你们看不出来吗？这丫头喜欢上七郎了。唉……”谢成又叹了口气，坐直了身子，“也好。要不然以这丫头的性子，我还真不知道怎么拦下她呢。”谢斯全和阿泰听着明白，却也没有对策。

“小叔，那七郎呢？”

“不能让他知道。这七郎本来就是细腻重情之人，从小又没有了父母，要是知道风儿是他姐姐，万一向我问起更多的当年事呢？当年在京都和长崎到底都发生了什么事，我说不清楚啊。所以，我想宁可让他带着问题回去，先听听他师父和祖父的说法，我才好说。至于以后的事，以后再说吧。我现在也想不了那么远了。”

转眼就入秋了。从衣锦坊巷口南行不多远，南后街的东侧有一条安民巷。谢成新置的小院就在巷子的中段。院子的东侧，沿着一条支巷可以通往北边黄师父住的黄巷。谢成选了这一处，一来僻静，二来方便照应师父。

院门小，也只有一进的正院，却带了宽敞的前后天井，天井的西侧搭着两排厢房。穿过后天井，便来到了比前院还要大的后花园。花园里，有一口荷叶丛丛的大水塘，南侧是一间敞亮的花厅。东侧的马鞍墙下是一排宽大的长廊，向北连着一栋小巧的两层藏书楼，一楼改成了谢成的书房，二楼则是谢怡风的房间。藏书楼的西侧和北侧各种着两株已经一人多高的铁树，沿着墙脚是一排栀子花。

谢成和阿泰正在从后天井的水井里打水，就听屏门外一阵脚步声，谢斯全领头走了进来：“小叔，你看谁来了？”

谢成放下水桶向门口望去：“哎呀，佑文兄，可算把你盼来了，快快请进。刚好我和阿泰就快泼完廊了。”

“成兄，还有一位，非要跟着我来呢。”

话才说着，屏门后又闪进一个人来。“啊，子忆兄，你怎么有空来啊？”谢成拿着毛巾一边擦汗，一边走下台阶。

“哈哈，成兄，我怕你家的茉莉香片都被老沈拿走了，不放心啊。”说得众人开怀大笑。

谢成拉着两位客人的手，上到厅堂。

来人正是谢成年轻时在漳州月港结识的老友，沈佑文和陆子忆。

沈佑文一碗茶入口：“成兄，你把我们闽南人泼廊的习惯都带到福州府了。”

“嗯。这刚刚入秋的时候，天气最为燥热，特别要泼水的。”

谢成见只有谢斯全陪着来，就问：“斯全，清时和风儿他们呢？”

“小叔，他们还在漆工房忙呢。”

“嗯，你一会儿去跟他们说下，早点收工。另外到安泰楼叫一桌酒菜，泰嫂再炒几盘素菜，今晚就在这新院子里痛快喝酒。好久没有这么热闹啦。”

晚宴特意安排在后花园的长廊里。阿泰带着大漆行几个伙计摆桌搬椅，稍晚到的沈清时和谢怡风、沐七郎三人忙着挂灯笼、洗碗摆筷。花厅里，谢成和谢斯全陪着沈佑文和陆子忆一起喝茶聊天。

“唉，有一两个月了，实在是难得今天这般好心情。”谢成说着问谢斯全：“两位叔叔的房间都安排妥了？”

“小叔放心。老院子的花厅住着清时，沈叔和陆叔就住在小楼的二楼，我已经安排了伙计把两位叔叔的行李都送到了房间。”

陆子忆放下茶碗，啧啧连声：“看来，我下次来就可以住清时的院子啦。”

沈佑文故作不解：“陆兄，此话怎讲？”

“老沈，你又装糊涂呢。你当我不知？你在家里每天多烧一炷香做什么？不就是盼着清时能娶上怡风丫头吗？”话才说完，几人已经齐齐笑开。沈佑文更是笑得合不拢嘴：“老陆，你真说到我老沈家的心思啦。要是怡风能看上我那傻小子，烧两炷香，我也毫不含糊呢。”

几杯茶过去，陆子忆说道：“成兄，这个沐七郎清清秀秀的，我怎么看着很有些你年轻时候在月港的神态呢。”

谢成的手微微一抖，随即放下茶杯，幽幽地说：“不是像我，是像明子的神态。沐七郎，正是明子回去长崎后生的儿子。”

“啊？”沈陆二人都瞪大了眼睛。

谢成于是把最近的事细说了一遍。

“天呐，世间竟有这般巧合。”陆子忆盯着谢成，“成兄，你难道没有想过这沐七郎会是你和明子的孩子？你，你别吓我啊，我这眼泪都要出来了。”

谢成听了不由得又抖了一下，长叹了一口气："陆兄，我何尝没有这么琢磨过呢。无从问起啊。明子当年为了回去，跟我约好了暂时不再生养，所以怡风后面我们也就没要孩子。不过，知道他和怡风一母同胞，这就已经让我格外欣慰了。"

谢成说完，又交代了几句暂时不可让他们姐弟相认的话。几个人走出花厅，就见谢怡风跑了过来，对谢成说："爹爹，我刚才跟七郎说了，楼前面那棵铁树，到开春了要移到后面去，我想种一棵荔枝树。一来可以遮阴，二来嘛，我们家还没有荔枝树呢，到时候结果了，跟斯全哥换龙眼吃。我是早看不惯那龙眼树也重男轻女的，光顾着在斯全哥家里长了。"众人听完都被逗笑，随即开席。

谢成举杯站起："今天，趁着你们沈叔叔和陆叔叔来我们这新院子，这顿，就当作安灶的酒席吧，来，干一杯。"

席间，沈佑文看向陆子忆，举杯站起："成兄，我和老陆可没带什么安灶礼来哈。不过，我比老陆强一点，我只是白吃白喝，他这一路上总说起你家茶栈今年的茉莉香片好喝，我看还有要白拿的意思啊。"

一席话，说得大家又是开怀大笑。

"唉，要是应六爷和陈五爷都能来，那该多好啊。"谢成又回敬了沈陆二人一杯。

"陈五爷我是不知道现在忙什么，应六爷这会儿应该还在广州呢。他家公子如今自己新开了字号，六爷没少帮忙张罗。"陆子忆说，"老沈你来福州，不也是帮清时张罗吗？也就是我，没有夹私，专门来找成兄喝酒的。"

酒席间说说笑笑的，好不热闹。谢怡风在一旁跟沐七郎介绍些沈陆两家的事。谢成又说道："说到夹私，倒是我想贪懒啦。以后大漆行就慢慢地交给斯全和清时他们两个了。我呢，就在这小院子里，做些零散杂活。主要的，是写《漆工录》的下卷。七郎，你在确定船期回去前，跟着清时和我学一些。要是你喜欢漆作，尽可以回去禀过隐信长老和你祖父后，再来学艺哈。"

沐七郎从座中站起，双手捧杯："恩公若肯收留，七郎回去禀后就过来拜师学艺。"

"爹爹，怎么，七郎要走了吗？"谢怡风看向谢成。

"嗯，不过没这么快。大概要明年二月，从香山澳登船吧。我已经收到你陈五叔来信了。入冬，我们先送七郎去福清黄檗山兴福寺，然后从福清出发去香山澳。我在想，到时斯全和阿泰陪着一起去一趟，一则路上有些照应，二则呢，我想你们跟着七郎从长崎到京都走走，看看有没有可能在那边开个大漆行的分号。"

"成兄，大手笔啊。早就可以在那边开分号了。"沈佑文放下筷子，继续说道，"斯全啊，你也可以帮我和陆兄看看，如果合适，我看我们沈家的画社和陆家的书坊，可以搭着你们大漆行的便利，一起凑凑热闹？"

"这主意不错。"陆子忆看向沐七郎，"也要七郎帮着看看才好。"沐七郎点头称是。此刻，他的脑子里，满是离别的字眼，忧郁的神情都被谢成看在眼里。

第二天一早，谢怡风和沈清时陪着沈陆二人去城里逛街，谢成则让阿泰把沐七郎叫到了花厅。

沐七郎进到花厅，一眼就看见了圆桌上摆着三件漆艺的“大海”茶入，和上次见到时不同的是，都配上了冰裂纹泥金黑漆的小长方台。小小的茶入，摆在长方漆台上，显得格外夺目。

“七郎，你已经知道这茶仓的来历了。其实，我当年不止做了三件，而是四件。你看这款。”谢成拿起其中一件，罐身是黑色和浅褐色相间，盖子则是透亮的米黄色，形状像倒扣的荷叶。“这款我起名叫‘星光’。罐子是刷了几道细漆灰后直接擦漆而成的，没有像另外两件那样刷推光漆，所以，不是那么亮。盖子是用真腊国的一种名贵檀木中的白木，雕琢成荷叶状，再擦几道漆。”

“真美啊！”沐七郎蹲下身子，仔细盯着谢成手中的这件“星光”。

“生漆调灰砂，历来只是被漆工用来做底。我是直接用来做面。年轻时跟着黄师父学艺，后来自己琢磨，就琢磨出这项制法了。为什么叫‘星光’呢？是因为在我看来，这普普通通的灰砂因为有了漆的调和才得以研磨成器，点点滴滴如同星光一般珍贵。其实这件‘星光’是我做的第二件，第一件在我年轻时，托人送给了日本一位很亲密的朋友，后来就不知道去了哪里。以后才补做了这第二件。思念故友的情分，全在这‘星光’里了。”

“恩公，您说的那位，想必一定是您至为密切的好友了。后来就没有消息了吗？”沐七郎一边问，一边从谢成手中接过“星光”，拿在手中，又放在台上，来回地盯着看。

“嗯。后面就失去联系了。我在想，到时你回去，我写给你她以前的地址，你方便时问问看。”

“好的，我一定尽力。”

谢成点了点头：“七郎，你对你的父母还有印象吗？”

“没有。我还不到一岁，母亲就离开了。我的父亲三木代纲，在我三岁前后，也去世了。关于父母，我只是长大了从祖父那里听了一些。因为祖父有交代，不能随便说三木家的事，所以从小我就习惯了自己叫沐七郎，其实，我是叫三木柒郎的，连我自己都快忘了。恩公，我很羡慕怡风姐有恩公您这样一位父亲，也羡慕清时师兄。”说着说着，沐七郎抬起了头，呆看着窗外，“唉，不过祖父和师父也是爱护我的。”

“我只听木野夫说起你是飞驒三木家的，那你知道母亲叫什么名字吗？是哪里人？”

“我母亲叫明子，三木明子。不过，这是她嫁到三木家后的名字。在我们日本国，女子出嫁后，就跟着夫家姓了。听祖父讲，母亲的外家在九州，我的外祖父是大村领的领主，因此，我母亲的本名，叫大村明子。不过，我还从来没去过那边呢，他们也没来找过我。听说我六七岁时，外祖父就已经去世了。”

谢成鼻子一阵阵地发酸，险些就控制不住。“嗯，难得你祖父和师父了。”谢成强压着心乱，“七郎，你来看。”沐七郎跟着谢成来到书案边坐下。

书案上，放着一个黑漆长方书匣。谢成移开书匣的盖子，一册洒金蓝封面的书出现在沐七郎的眼前，封面上贴着白色的云纹竹纸，墨书“漆工录”三个大字。沐七郎从谢成手上接过《漆工录》，并没有翻开，而是看向谢成。

“七郎，这是我年轻时应那位好友之约，花了十年的时间，一边学艺一边整理的漆工技法实录。只是后来联系不到她，就一直没办法给她。这是我亲自抄的一册，你回去时，帮我找找她，转交给她。万一她不在世上了，你要把我抄的这册，带到她的墓地去，一页一页地翻给她看，然后就留给你，做个纪念吧。今后在日本，遇到有真心学漆的，也可以让他们看。据我的好友说，她约我著录此书，也是为了给长崎的孤儿院教习漆工用的。”

“恩公，七郎明白。”听了谢成这一番交代，沐七郎心中不由得又生出敬意，这是多少年的约定啊，守信践约，这才是读书人的做派！

“七郎，入冬以后，你就要准备往南去黄檗山了。然后从那里出发去香山澳搭西洋大黑船回去。我是左右思量，还是那西洋大黑船安全可靠，加上有陈五爷交代船长关照，我才能放心。你和阿泰先去黄檗山住一阵子，我和风儿也会去看你。兴福寺的广信长老与我交往十几年，我正在教他做脱胎漆佛像。兴福寺藏书也很多，你可以看书，也可以看我和广信制作佛像。”

“全听恩公安排。”

“七郎啊。回去日本后，你要是想学漆，或是想回来看看，我和你怡风姐都是无限欢喜的。这段时间，一边多少跟着学些，一边养好身体，也好让你祖父和师父见到欣慰。”

沐七郎回去前院的房间。花厅里，谢成继续独坐。他只能跟沐七郎谈这么多了，更多的话，只有写下来让沐七郎在船上看了。他轻轻地摸着《漆工录》，脑子里又一次填满了明子的身影。二十年前那场生离，和后面接着的死别，已经把他的心都掏空了。谁能想到，沐七郎的到来，又让他把丝丝缕缕的往事，重新翻了出来。难道，沐七郎真会像陆子忆说的那样，是自己和明子的儿子？是啊，以明子的性子，她怎么可能短短时间又嫁了人？真嫁了，又是被什么原因逼迫的呢？谢成望着桌上的茶仓，眼眶里噙满了泪水。

第十一章　水仙花珠宝盒

这天，沈佑文和陆子忆到新院来辞行。阿泰和泰嫂、叶云，在灶房张罗饯行的酒菜。谢怡风、沈清时和沐七郎，则在二楼的走廊里喝茶闲聊。谢怡风指指点点地向沐七郎介绍着远处的街市风景。

花厅里，谢斯全陪着谢成和沈陆两人茶叙。“成兄，我这十几天在福州城里，虽说四处访友，但是总有那个想法陪着，倒真是心不在焉啊。我敢说，沐七郎就是你和明子的儿子。你想啊，明子我们又不是不了解，那是一个敢爱敢为的贵家千金啊，她怎么可能改嫁他人?”陆子忆越说越激动，“再说了，天赐一个沐七郎送到你身边，这段往事，总要弄明白。我们兄弟们劝你续娶，你是左右不听。哦，成兄，莫怪啊。我知道，你对明子情深，所以啊，沐七郎的事，就更要搞明白啦。”

“老陆，你小点声好吗?几十年了，没见你这么说话的。你让成兄说说吧。”沈佑文又对谢成说道：“成兄，其实我也跟陆兄一样的心思啊。”

“二位，我懂。我也想了不知道多少次了。不是说了吗？无从问起啊。明子的父亲大村纯忠，在明子死后还给我寄过两封信，也没有提到。难道，连他都不知道？明子后面又为什么嫁给七郎的父亲，那个三木代纲？这些，七郎都不知道啊。”谢成说着，只是摇头。

“成兄，别人看不出来。我和老沈还不至于眼花吧。这些天，越看越觉得，沐七郎和你当年的言谈举止简直是……”陆子忆正要往下说，被谢成摆手打断。

“唉。其实，我已经把他当作自己的儿子了。天意弄人啊，谁能想到风儿救的沐七郎，竟然是她的亲弟弟呢。”谢成的声音有些哽咽，“即便不是我亲生的，只要是明子的。”

“哎呀，成兄，你要急死我们哥俩吗?！我有个想法，直接说了哈。”陆子忆手指敲着桌面，哒哒作响，“这样，斯全，你和阿泰陪着七郎回去日本，你就别像你小叔说的什么看看开店这些的。重要的是，你和阿泰要留心查问往事，肯定有蛛丝马迹的。当然，查实了，也不可慢待人家。关山千万里，又过去二十年，这里头曲曲折折，都是可以理解的。成兄，你说句话啊。这要是应老六和陈五哥在，早就不是我这种说法了。”

“陆兄，说了别激动，怕被孩子们听见。”沈佑文推了推陆子忆，“成兄，我看老陆说得在理啊。”

“二位放宽心，我清楚。我让斯全去，也有这个心思，毕竟他以前就去过一次，和大村家的人都见过。我最近也是心乱如麻。果真如此，明子，明子她，当年又是怎么过来的啊……”谢成把头埋进双臂。谢斯全赶紧起身走到谢成身边，轻轻拍着小叔的背。

福州城的冬天，来得早，又来得晚。在沐七郎的心里，回去，已经不像当初那么急切渴求了。可是，早点回去也不是不可以。禀过师父和祖父，他好早些再回来。他要回到明国来，跟随恩公学艺。他要回到这小院来，回到北峰的花厅。他要回到怡风姐身边来。从小到大，他没有过这样的感觉……

花厅里，谢成已经备好一个楠木小书箱：“七郎，你来看看。这里面有我抄写的一册《漆工录》，我还备了两册空白的抄本和笔砚。你到了黄檗山兴福寺后，有空就抄写吧。其他的，我已经去信给广信长老了，他会安排好的。”

谢成让大家坐下，接着吩咐谢斯全和阿泰：“兴福寺有练武的传统，有武僧护寺，所以从来不曾有海寇盗匪侵扰。七郎住到寺内，不会有事。不过，阿泰，还是要辛苦你贴身照护。因此，你这一去，就要七八个月啦。从黄檗山经月港去香山澳，然后跟随陈五爷的人，登船去长崎。斯全，你等七郎和阿泰出发时，再到黄檗山和他们两个会合，一起走。”

“小叔放心，我已经安排妥帖了。”谢斯全接过谢成的话来，向沐七郎和阿泰说道：“从黄檗山出发到香山澳这一路上，我们不只是三个人了。我们大漆行的漆器和茶栈的青茶砖，还有月港应六爷家的大宗生丝等等，都同路运到香山澳，我们一路上跟着货队、镖局走。”谢怡风听到这里，插进话来：“爹爹，那我们什么时候去黄檗山看七郎呢？”

“过几天吧，爹爹先要和斯全把货队的事情安排妥。”

一行人送沐七郎和阿泰来到院门口，只见门口已经有马队装着大小箱袋在等着了。“这是要送去黄檗山的漆工材料。”谢斯全对阿泰说，“跟队的是我从安泰镖局请的镖师，泰哥你来招呼他们吧。你和七郎到了兴福寺安顿妥后，他们就返回报平安。”这时，泰嫂从院子里跑了出来，拿着一袋刚煮好的鸡蛋，交到沐七郎手中，又帮沐七郎整了整衣领：“早点回来啊。”

阿泰和沐七郎翻身上马，一队人马出巷口而去。眼见着沐七郎的身影转过了巷角，谢怡风才转身返回院内，追到谢成身后：“爹爹，不是可以从我们这直接去月港吗？为什么要绕去黄檗山住一阵子呢？”

“哦，爹爹跟广信约好了过一阵要去他那里做一批货。我不在家里，留着七郎在，怎么放心呢？”

次日清早，谢成在书房用过茶后，便踱至花厅，取出笔墨，打算续写他的《漆工录》下卷，却实在写不下去。待沐七郎离开后，跟谢怡风谈他们姐弟的事，这才是谢成送沐七郎去黄檗山的真正意图。要是沐七郎在，以谢怡风的性子，谢成都不知道说完后会乱成什么样子。“丫头啊丫头，怎么跟你说呢？”

正在此时，谢怡风又跑来花厅：“爹爹，我们什么时候去黄檗山找七郎啊？”谢成知道不能再迟疑了，横竖总要过这一关：“风儿，这两天就去。你陪爹爹到花园里走走吧。”

谢怡风听了，高兴地挽着谢成的胳膊，出了花厅。从谢怡风小时候起，谢成在读书或漆作之余，总会带着女儿在院子或花园里闲耍、散步，看花弄草，谈书赏艺。这已成了父女间一个日常习惯。来到水塘边一处新开的小花田，谢成指着田里寄种的水仙花球：“还是斯全想得周到，能记得把水仙移种到新院子里来。”每年入冬前，谢成都会让漳州的叶家寄来上品的龙溪水仙，种在地里，等到临近春节时，再从土里挖出，移栽盆景。

“斯全哥当然知道爹爹最爱水仙了。他还跟我说，爹爹是因为我娘的缘故，才特别爱这水仙呢。还说，是我应家六舅告诉他的。”谢成听到这话，心里一颤。脑海里闪出明子跟他一起种花田、看他雕刻水仙花的画面……

“爹爹，你在想什么呢？”

“风儿，爹爹是在想你娘了。这一晃，快二十年了。你也长大了，爹爹也要老啦。”

“爹爹，再跟我说说我娘吧。你只说她是应家抱养来的，是应六舅的妹妹。可我，到现在，除了六舅，应家其他亲戚我倒是一个都不认识呢。”

“嗯，先跟你说说眼前这水仙花吧。你五岁就随爹爹到了福州，可家里看到的，都是这漳州府的水仙，叫‘金盏银台’。其实，以前我们老家的水仙，却不是这种单瓣的，而是重瓣的，叫‘玉玲珑’。而这水仙，最早也不是我们这里的产物，是几百年前来自义大利国的。唉，这世间万物，千万里地飞扬，生生灭灭、灭灭生生，各种造化，才有我们当下看到的一切。而这美的物事，无论传几代、几十代乃至千百万代，总归是美的，又越来越美的。你娘，在爹爹心中就是这样。爹爹今天就告诉你，其实，你娘她，她不是我们明国人，而是和七郎一样，是日本国人。她也不叫应明枝，她叫大村明子。”

“啊？”谢怡风猛地脱开扶着谢成的手，愣在一旁。

谢怡风呆站了好一阵。她从小都不怎么过问关于母亲的事。记得有一次，谢成带着她去月港，去了应家、沈家和陆家玩，见到了应家舅妈和沈陆两家的婶婶，她回来就问泰嫂：“泰嫂，我娘长得好看吗？”泰嫂搂着她说：“夫人长得比她们都俊着呢，是个大美女。但是小姐，记住啊，不要总在老爷跟前问起夫人，老爷会伤心的。”她也很乖，从来不主动跟父亲提起。可她怎么也想不到，母亲竟然是日本人。“爹爹，你为什么瞒着我？又为什么今天才告诉我？”

“风儿，你娘年轻时就是你现在的样子，美丽、活泼、开朗。爹爹年轻时在漳州月港游历，那时我们家已经在月港做了许多年的生意了。爹爹因此遇到了从日本来的你娘，后来爹爹就娶了你娘。可是，因为倭乱的缘故，无论是泉州老家的人，还是福州城里这些左邻右舍，少有人能够接受爹爹娶一个日本人，尽管你娘是日本有名望的贵族千金。爹爹又担心种种是非影响到你，所以就很少向人提到，也想等你长大了才说。”

“爹爹，那你为什么今天才告诉我？”

“因为七郎。”

“七郎？”

“是的。你还记得吗？木野夫临死前把爹爹一个人留在房内，他看到了你给七郎看的那个水仙花珠宝盒，说是和他以前看到的七郎母亲陪嫁的一件一模一样。你知道的，爹爹说过，这款水仙花珠宝盒，爹爹当年就做了两件，一件留给你，一件其实是你娘带去了日本。风儿，七郎是你的弟弟，是你娘当年回到日本生下的。你和七郎是同胞姐弟。你们今后要互相爱护。”谢成干脆一口气连珠炮似的说完。

“啊！”谢怡风张大了嘴巴，彻底地僵住了，说不出一句话来。

“七郎，我还没告诉他。他从小就没有父母的印象，猛地知道有你这么个亲姐姐，再问起爹爹和你娘，哦，也就是他母亲，当年的事，爹爹现在也难跟他说得清。你沈叔叔和陆叔叔一见到七郎，就说七郎很像爹爹年轻时的样子，爹爹虽说也有怀疑，可是，也不敢就这么断定啊。这才让你斯全哥陪他一起回日本察访明白。眼下，爹爹也是心乱如麻，当年日本国战乱，音讯都断了，你娘后来都遭遇了什么我也完全不知晓……”谢成说着，抬头看着谢怡风，“风儿，后天你跟爹爹去黄檗山，不仅仅是去看沐七郎了，还是去看你的亲弟弟。”

“我不去！”谢怡风大声喊着，转身跑开。谢成呆坐在水塘边，远远地听到院子的大门重重地开了，又重重地关上。泰嫂跑了来：“老爷，怎么了？小姐，小姐她疯一样跑出去了。我去追她回来吧。”

“泰嫂，不用去了。”谢成叫住泰嫂，“我刚才告诉她明子和七郎的事了。让她自己好好待一下。她跑去哪里，我心里有数的。”

其实，此刻谢成的内心何止是百感交集。刚才，在他跟心爱的女儿说每一句话的时候，他都不敢看她。而他在娓娓道来地跟女儿讲着明子时，又何尝不是把自己的这段相思再铭刻一次。谢成忽然觉得再没有力气说话，再没有力气去追谢怡风，再没有力气面对任何人了……“泰嫂，你先忙去吧，我自己待一会儿。过一会儿，你去把斯全叫来。”

转回花厅的谢成，枯坐在内室的桌前。后窗外，一面干净的灰白院墙，没有花草，也没有阳光。面壁一样的谢成，脑海里空荡荡的。他就这样坐着，直到花厅外传来谢斯全的喊声：“小叔。”

谢成把刚才跟谢怡风的对话向谢斯全说了一遍。“斯全，风儿晚上要是没回来，就一定会跑到你那里去。这几天，她爱做些什么你就由着她，我没有点明她对七郎的那点意思，只说了她和七郎是同胞亲姐弟。我想，余下的事，她自己应该就能明白的。少年男女，也很正常。我现在是要感谢上苍啊，要不是这么巧，按这丫头的性子，还真说不好后面的事呢。你呢，和云儿也都不要再跟她提起。她缓过来了，就会找我继续问她母亲当年的事，也会问你，你就尽你所知告诉她吧，也好帮她排遣。她慢慢就会接受现实了。”

谢斯全看着谢成一边说话一边若有所思的样子，低声说道：“小叔，其实我见过沐七郎几次以后，也犯过嘀咕，只是没敢那么想就是。加上忙着琢磨对付野城和刘老大那帮人的事，也不敢跟您提起。沈叔和陆叔这次这么一说，我也越来越觉得七郎就是您和小婶亲生。”

“唉，也许冥冥中就是明子她把七郎送来的吧。我带七郎去开元寺，原想跟智行长老开口，请他想办法帮助联系渡日的僧船，就算仁至义尽了。可是，连我自己都觉得奇怪，竟然几番犹豫不能出口，就又带了回来。”谢成轻叹了口气，又接着说道，“后来费那么多的周折，不报官，自己解决，也是怕官府介入，生出旁的事，或者让顽寇漏网，对七郎不利。”

谢斯全心疼地看着谢成：“小叔，这么多年，这么多事，难为您了。这次去月港的路上，要不要经过金鱼巷老家，带七郎见见尾叔公和婶婆？”

“万万不可。你也别回去了。万一老人家见了七郎，七想八想的，就不安静了。以后再说吧。倒是我要跟你商量着安排下到了日本后怎么行事。好了，你先回去，等把风儿安顿妥了，我们再说。”

谢怡风跑出巷口，又斜穿过几条窄巷，来到安泰河边的馆驿桥头。冬天的馆驿桥还是那么热闹，桥上游人行商摩肩接踵，桥下安泰河里朱漆描金的福船在两岸的榕树荫里络绎不绝……而就在这样的嘈杂中，谢怡风都能感觉到自己一颗心怦怦跳。她的脑子里，除了反反复复闪过的“七郎”“弟弟”这两个词，再无其他。到底怎么回事？谢怡风突然问自己，总要想些什么吧？可是，除了“七郎”“弟弟”，她什么也想不起来。就这样，谢怡风一个人呆坐在桥边的榕荫中，直到夜幕垂下，人散船稀。她想起该回家了。可是，她不想回到新院子的家。回家跟爹爹说什么呢？她什么也不想说了，什么也说不出来。回家爹爹又会跟她说什么呢？她什么也不想听了，什么都听不进去。谢怡风在街巷间茫然地走着，最后，来到雅道巷谢斯全的院子，进门就说："斯全哥，我要在你这里住一阵子。"

"你怎么晚上一个人出来？小叔知道吗？"

"斯全哥，别的不用问了。你去跟爹爹说一下，就说我在你这里，让他不用来找我，爹爹就全明白了。"

谢斯全连忙跑去新院子。听完，谢成一下子释然了。他没有想错看错。谢怡风的身上，有他谢成遇事不乱的骨子，又有她母亲明子开朗干练的性子。他大概是可以放心了的。眼下，可以集中精力安排七郎返回日本的事了。

"斯全，我后天上午去福清，要待二十多天。你回去后只管告诉风儿，不必劝她同去。她要是想去，自然就回来了。要是不想去，就留在家里也好。让她安静一段时间。"

说完这些，谢成让谢斯全添些灯油，又加点了两个烛台，一下子花厅里格外亮堂。谢成从书案上拿过那三款漆艺茶仓和小长台，分别摆好，然后指着其中的"星光"茶仓说："斯全，我最近一直让七郎看这款茶仓。你知道是什么缘由吗？"

谢斯全细看着"星光"。烛光里，细滑的灰色罐身透着如古铜一样的柔光。白天看着浅米黄色的盖子，此时显着暖玉一般的温润色泽。

"这款'星光'是我补做的。原先同款的一件，我和明子去长崎时送给她父亲大村纯忠了，后来不知道下落。但是，如果细细察访，总会有一些线索。虽说大村纯忠已经去世，但是当年他看到这件'星光'，已经视为至宝。先不

说漆作多难，想把木胎处理得这么薄，就要有特别的手法，否则修挖木胎稍过用力就会崩裂的。因此，即便仿制也绝非易事。所以，那件‘星光’要么在大村家，要么就在其他豪贵手中。只要查到所在，接近它的人就接近明子当年的往事。”谢斯全点着头：“那我们就先去拜访大村纯忠家或他当年身边的重要家臣。”

“不。不能先去大村家察访。七郎说他自己都没有见过大村家任何人呢，也不知是个什么情况。这是最后一步，也还需要陈五爷帮你安排。”谢成双手抱臂，沉吟了一小会儿，接着说道，“你和阿泰要先见过隐信长老，然后是七郎的祖父三木友赖。他们两位是最知道当年明子的情形的，又是身份尊贵的老人，不会不实。唉，二十年过去了，我想，他们知道了七郎这次的际遇，知道我还在，有些事无论当年多么难说或没机会说，如今总会说明白的了。从这点来说，让七郎熟悉这款‘星光’，是让他到时心里有数，不至于生出激变来。”

谢斯全听了却似懂非懂：“那万一他们什么都不说呢？”

谢成看着“星光”，嘴角微微一笑，说道：“不会的。你和阿泰只管听。我到时会修书一封，你一到长崎，陈五爷就会先派专人向隐信通报，到时，你把我的信一并交人带去。他们就什么都明白了。但是记住，你和阿泰一路上都不要向七郎说这些。和怡风分开，离开我们，他原本就心乱难舍，再加上我和他的关系一说，当下无从查证，又徒添焦虑。只能让隐信和他祖父谈起才好。”

谢斯全离开后，花厅里的烛光亮了通夜。烛光下，“烟霞”茶仓罐身上显着几抹朱色的流霞；“绿玉冻”罐身上墨绿与浅碧交错，欲滴还冻。

谢成心思已定，其中的“烟霞”就让沐七郎带走。烛光中，写好给沐七郎的信时，天色已露出冬日里特有的清明。

第十二章　脱胎，琢泥如玉

沐七郎和阿泰一行，在一处驿站歇过一夜后，第二天下午来到了兴福寺山门。阿泰陪着马队和镖师卸货，一个小沙弥引着沐七郎去见广信长老。到了知客堂前，沐七郎止步，等小沙弥通报。

“七郎，进来吧。”

沐七郎恭谨应诺，轻步走进了知客堂。只见广信长老和五六个僧俗师父身着工装，正在堂内一侧修着一尊阿弥陀佛泥塑。这尊泥塑，看上去高五尺左右。见广信在忙，沐七郎站立堂侧，不敢趋前。

“七郎，你先坐下喝茶。”

引见的小沙弥给落座的沐七郎倒了一碗温茶。沐七郎接过后，便不再言语，只在一旁静静地看广信他们干活。直到天色微暗，广信才放下手中的骨锹：“诸位辛苦啦，今天就到这里吧。你们把湿布盖上，各自歇去，明天继续。”说完，转身看了下沐七郎：“七郎久等了，这贴上去的泥巴，总要刮到合适的程度，这就慢待你了。”

沐七郎其实一直盯着众人修饰泥模，也不觉时间早晚，听到广信招呼，这才回过神来：“不敢。沐七郎多谢师父收留。”

“一会儿你和阿泰跟着他们去用斋饭。僧舍已经打扫，你们早早去洗漱了歇下。明天早上，我让刚才引你来的智宽带你去寺内各处走走，然后再到这里。”

沐七郎因为奔波疲惫，和阿泰回到僧舍后，稍聊一阵子，就各回房间，倒头便睡。第二天早早就起，这才细细打量住所。

简素的僧舍，一床一架一灯台。床对面靠近窗户的白墙上，有一格嵌着木框的龛，龛里摆着一尊高近一尺的佛像，通身灰褐色，莲台底座黑亮，衬着素色佛像，看着十分雅静。沐七郎来到佛像前，恭谨地用双手托起细看，却没想到，看着有不少重量，上手竟如此轻盈。翻起底座，见有一方细笔落款：“谢成制。”沐七郎这才想起，在福州大漆行的后院里，曾见到过各式不同大小的佛像泥塑坯子，却因为当时匆忙，没能细看。恩公说要来兴福寺做一批脱胎佛像，昨天在知客堂看到广信师父正在做的泥模，大概就是其中一件了。

此时，天色已近大亮。沐七郎去斋堂用过早饭，再跟着智宽小和尚在寺内看了一圈后，来到了知客堂，看见广信和几位师父已经工装装束，正围桌喝茶。沐七郎赶紧合十问安。

“七郎，过来喝茶。”

广信招呼后，又和师父们续着话题：“今天各位再帮忙一天，补好泥，明天起就只用我一人慢工细琢啦。这脱胎

的干漆佛像，泥塑其实是最紧要的起步。泥塑做得越细，后面上漆褙布刷灰成型也就越准确。”

“师父，那我们什么时候再来？”

“等我雕琢成型，上漆时再来吧。”

沐七郎一旁细细听着，忽然发现在知客堂正中的条案上，摆着一尊与僧舍里一模一样的佛像。原来，广信正是照着谢成所制的这尊佛像，放大制作泥像。沐七郎看到这里，不由心想：“恩公和怡风姐什么时候来呢？”

正想着，广信一声轻呼：“七郎，你也来帮忙吧。”

这一忙，除了午时斋饭和短时的休憩，就一直到太阳落山。众人帮着用一块大的湿布罩好泥像后，各自散去。

广信叫住沐七郎：“七郎，以后几天，你和智宽就跟着我在这里参详帮忙吧。等成兄来时再谈别的事。”

于是，接下来几天，沐七郎就在知客堂里，除了帮着广信调水和塘泥，就是盯着广信挖、补、勾、剔泥像，整日间，除了听广信招呼工序外，没有多余的话。慢慢地，沐七郎也如入定一般，眼光只在小佛像和大泥像间来去，心无旁骛。

忙到这一天傍晚，广信安排沐七郎和智宽两人收起木刀、角锹，说道：“修到这个程度，对我来说，已经圆满啦。喝茶吧。”正在此时，有小沙弥来禀：“师父，谢施主已经到山门外了。”沐七郎听到，猛地站起，心中一阵狂喜，跟着广信快步向山门外迎去。

“成兄，许久不见。”

“哈哈，信兄，多有叨扰啦。”

两人招呼着进了山门。沐七郎没有见到谢怡风，又不好当下就问，只好闷着声和阿泰一起，跟着谢成和广信回到知客堂。

一进堂，广信便掀开泥像的罩布："成兄，你看我的泥像塑得如何？"

谢成远近转着看了一圈，颔首说道："嗯，各成各佛。你这尊佛像看来已经圆满自在了。"

"成兄，你这一路劳顿的，我们不妨就在此处用茶，然后斋堂用饭吧。"

广信又道："成兄，这几天七郎一直在这里帮我参详泥像雕琢。按他说法，是跟着我学艺。今天你一来，他也就学艺到此了。我这向你学来的功夫，也无处施展啦。"广信说到这里，朗声大笑。沐七郎连忙回道："这还是我第一次动手学做泥模。师父一边做一边细说关节要领，七郎受益匪浅。"

谢成道："这般大件的脱胎佛像，自然是一物一造，都照着模型去求一模一样，怎么可能做到？也少了变化的趣味。再说了，这泥胎是关键的成型初步，后面贴布、层层涂刷漆灰，其实也都是在跟你所见和心中所想的佛像对话。因此，既要持住大体，又要参详取舍，这就是我说的各成各佛。要紧的是，接下来，贴布要周身均匀。整布要匀，碎布也要匀，不能一头整，一头碎。按此要领，脱完泥胎后，才能做到永不变形。"

"多谢成兄面授要领。不过，成兄，你这次来能住多久？还是又要匆忙赶路？"

“这次会在寺内叨扰久些，我们一起切磋这泥胎成型后的漆工工序，正好七郎也可以跟着体会一些。不过，我这一出门，家里只留下小女一人照应，久则放心不下，所以明天起就上手开工吧。其他的事，再找时间跟信兄细细讨教。”谢成在山门时，已经察觉沐七郎没有见到谢怡风时的神态，心知他满腹疑问。此时，趁着茶叙说起，也算让他安心了。

随后，众人用过斋饭，各回僧舍去歇息。沐七郎或想着明天的漆工安排，或牵挂着谢怡风，竟是辗转难眠。

第二天，谢成领着广信、沐七郎等人，示范着给泥胎涂刷黄泥：“黄泥调松油，用来脱模。必须刷得细致，吃透。所以干后需要检查下有没有漏刷的地方，再补刷。如果没刷透，翻出的模子，就要花大力气修补，甚至不能用了。明天脱翻出来的模子，叫母模。然后要修好母模，再涂黄泥，再翻出子模，子模就可以进入漆工工序啦，比如贴布、刷灰等等。母模做得好，修得好，就可以翻出多个子模来。做一个泥胎佛像很耗时间，通过翻制模子，就不用重复去做泥胎，可以反复复制。就如一生二、二生三，这样的道理。”

众人用功完毕，随着广信到知客堂后的方丈堂用茶。

“信兄，你在这兴福寺武僧的传统外，如今又增加一项脱胎漆艺的修为，我看可以说是‘艺武双全’了。”谢成赞道。

“成兄所赞，和尚我倒是心领啦。修行之道，原本就不只在日日时时诵经一途。习武髹漆，皆能得心智澄明。武僧、艺僧，还有我黄檗山历代东渡扶桑传法的高僧大德，或可称为‘学问僧’的，件件都是功德。”

谢成点头称许，又道：“信兄，七郎过些日子将由阿泰和我侄儿谢斯全护送，前去香山澳候船回日本。”

广信听后一愣：“不是要在这里等僧船同回吗？”

谢成细细说道：“如果能跟上僧船同返，倒也简单。只是思考再三，还是托付香山澳陈五爷更为妥帖些。一来，这僧船行期未定，日久变化未知，七郎的师父家人大概已经焦灼很久了。二来，此地倭寇渔匪混杂，虽说寺里清净又有信兄护持，但因为有前面的这些事端，日久恐怕难免耳目干扰，生出什么变故。香山澳如今与日本间往来船只频繁，那西洋大黑船，体巨行稳，又有枪炮护航，少见海盗侵扰。所以我想，宁可行程辛苦，让斯全和阿泰亲自陪同七郎，到香山澳找五爷，筹划最近船期。”

“如此也好。”

谢成接着又转向沐七郎说道：“刚才广信长老所说的学艺修行，出家在俗都是一个道理。放下当下的苦心纠葛，毕竟不是常人时时能够做到的，动手学艺，看来正是移情修行之法啊。比如七郎你和我，和你怡风姐，说话间就要分别，如果苦苦想着何日再聚，那相聚也是苦的了。只管放心前去，做好每一天的事，相聚岂不是就在眼前？”

“哎呀，成兄，你这一番道理，和尚我也是受益不浅呐。学武习艺，修的正是清净心。”

说话间，谢成叫沐七郎去僧舍取来楠木书箱，拿出那册《漆工录》上卷。谢成轻抚着书面，对沐七郎说：“这卷

《漆工录》在福州时我就交给你了，也是我赠予人的第一册书。这上卷，我用了十几年的时间不断整理补录，里面分类记录了我师父所制漆器的全部材料、工具、技法，包括盘、盒、圆器、多层器，以及几架、屏风种种。这书你带回日本，务必保管周全。如今日本也渐有工于漆作的人了，有机会，你对照着揣摩，也大可精通了。即便你日后不工漆作，遇到可授之才，也不必保守，此书尽可相传。只是，坊间流传多有佚失，所以说你要再誊抄一册，交给隐信长老寺内保存。”

谢成接着说道：“其实关于这册《漆工录》，还有一事我在福州没有说到。七郎，其实你我缘分何止在你留居福州这段日子啊。也许是天意巧合吧，你的母亲，大村明子，二十年前瞒着你外祖父，随他的手下横前次五郎来到漳州月港游历，那时我就在漳州月港。”

“啊？”沐七郎听了呆在桌前。

“七郎，你坐下。在福州我来不及回忆细说，一直在想，我认识的明子，究竟是不是你的母亲明子。细想细看下，你的样子是和明子相像。唉，二十年了，印象也模糊了许多。”谢成长吁了一口气，接着说道，“横前次五郎向我师父，哦，就是你见到的黄师父，定制了一大批漆器。因我师父和他老母亲先后大病一场，没能及时交货，如果按约，就算倾家荡产也不能赔偿。幸亏那时，你母亲明子在场，提议让我记录一册师父漆作的明细作为赔付，这才保全了我师父身家，也才有了这册《漆工录》上卷。”

还没等沐七郎回过神来，广信翻着《漆工录》，已是啧啧称奇："果然是因缘际会啊。成兄，你这么说来，我也要感激那明子小姐的功德呢。没有你这册《漆工录》，我对漆工的体悟大概还只能是一招一式。"

沐七郎脱口问道："恩公，我母亲年轻时长什么样子？七郎一岁后就没有见过母亲，五岁就到了隐信长老身边，也再没有听过母亲的事……"说着说着，两行泪水已滚涌而出。

"你母亲明子，像极了我大明的大家闺秀，美丽，善良，开朗……可惜啊。"谢成感觉自己再说下去就难强装平静了，"七郎，今天就先谈到这里吧。不早了。信兄，明天再一道赏评我交给七郎的第二件东西，如何？"

次日，因广信有访客，谢成正好找出时间，和七郎单独说说话。他不愿意让沐七郎带着过重的思绪离开。因此，只向沐七郎说到自己和明子二十年前就相识，也说了《漆工录》上卷的著述来由。至于沐七郎和风儿的姐弟关系，事关自己和明子的往事，他又如何说，如何能说得清楚，说了又如何面对？谢成感到自己从未像现在这样，想说不敢说，不说又想说。他对沐七郎说的放下心思纠葛，又何尝不是对自己说的？是的，他几乎就可以断定眼前的沐七郎就是自己和明子的亲生儿子，可是，这要等隐信长老和三木友赖来说。这些日子，沐七郎带给自己的，竟全是自己和明子又重新在一起的感觉。唉，他想沐七郎早些回去，又想多陪陪他。

沐七郎，在谢成来到兴福寺前，只顾跟着广信雕琢泥像，倒也心如止水。只是时不时地，既盼着谢成来又害怕谢成来。他知道，谢成来时即是他离开之日。而更多的，是他想着谢怡风来。如今，谢怡风没来，只剩恩公送他回国，这恍惚的心情，竟是前所未有的复杂。没有见到谢怡风，怎么走得动？

两人各有心绪，在知客堂里，几泡茶间，大半是谈着谢成教广信如何制漆。每次沐七郎问起明子在漳州的事，谢成也只好短短地说些。最后，还是谢成咬咬牙问道：“七郎，你可知道你怡风姐姐没能来的缘故？”

沐七郎没有想到谢成会这样直接地提问，脱口而出：“恩公，我想怡风姐姐。”

“我知道，尽管时间不长，你们已经姐弟情深。唉，知女莫若父吧，怡风这丫头最是性情中人，她不愿意和你当面道别。如果你顺利回国，他日风平浪静，尽可以择时再来，你们姐弟常聚，我也宽慰。”谢成从未想过自己要这样去对一个年轻人花心思。种种想好的说法，临到嘴边，又还要想着婉转，再婉转。

而沐七郎因为在寺庙成长，少见风波，听到谢成这一席话，这段日子以来的种种忧郁猜疑也就少了些：“恩公放心，请转告怡风姐姐，我一定设法早日回来看她。”

谢成长出了一口气。他对谢怡风可以直言不讳，毕竟女儿就在自己身边。而沐七郎，即将要远行，眼下只能分外小心，不能生出过多枝节。更多要说的，只能是送他走后，让他看信了。

第十三章 《桼海传》

连日来，在谢斯全雅道巷的大院里，有一个忙碌的身影：谢怡风。谢斯全的大宅里，安排着大漆行的工房。院子的第一进，是谢斯全小两口的起居室。第二进，是制作盘器和盒器的工房。第三进，是制作脱胎佛像底坯的工房，因为泥料、石膏粉用量大，且时常需要清理，所以就安排在有后门通往衣锦坊巷道的第三进，方便清理和运送。

谢怡风来的这些天，就住在谢斯全卧室对面的书房。

最初的几天，听到她起床梳洗的动静后，谢斯全才敢出门。可是，奇怪的是，两三天后，谢怡风就每日早起，匆匆下楼直奔二进和三进，弄得满院子都是“大小姐，您早”“大小姐您来啦”这些问候。

谢怡风自小常在谢成的工作间、工房，或是安静看着漆作，或是看谢成买的绘本刻本及各类画稿。漆作的动与静，一道又一道的工序，一道又一道地接近完美，这些早早地在她的生活中留下了深刻的印迹，也许还锻炼了她开朗性情中的沉静一面。

这些天，她的脑子里一直在想的是，怎么面对沐七郎这个弟弟，对这个弟弟说些什么。还有，沐七郎要是知道她是姐姐，会是什么反应？她还没有答案。正如谢成常常跟她提到的，漆工学艺，其实就是学着怎样解决问题；每一道工序的完美，都含着对前一道工序的检视和修正。此刻，她不想见爹爹，不想见沐七郎，因为她还找不到修正的办法。她也不愿意把自己埋在冬天孤冷的房间，更不愿意独行在旁人目光下的桥边。对她来说，此时在熟悉的漆工劳作场景里，她能找到最需要的宁静。她接受了沐七郎这个弟弟，可她还没有办法面对这场转变，她想象不出和弟弟见面的情景。

她也想象着母亲明子的样子。有时一个人在屋里，就对着镜子发呆。爹爹一直没有再娶，除了像爹爹说的为了照顾自己，还有什么缘故呢？从小，爹爹和祖父祖母、谢斯全都很少提到，她几乎没有机会像现在这样地想过母亲。

晚间饭毕，谢斯全到谢怡风房里，小心问道：“妹妹，我明天要动身去黄檗山了。小叔昨天托人带来的信里说，大概这几天就要送七郎去月港，再到香山澳登船回日本了。你要去送一下吗？”

谢怡风听后久久不语，低头捻弄着披肩的衣摆：“斯全哥，我娘在日本的家，你去过？”

方丈堂里，谢成解开包裹里的一个锦囊，取出一件小巧的茶仓，放到一个约四寸高的黑色漆台上。

广信瞬间看呆了。眼前这个小漆罐，高不过三寸，腹径约二寸许，罐身似圆非圆。罐口约寸半宽，圆敞口，向外翻唇。罐口下又有立颈过渡到罐肩，罐肩挺拔外张，而后向罐底缓缓收足。盖子用深浅不一的仿象牙色漆研磨。罐身远看是黑色的，近看，却是在深褐色和茶色交错的底漆里透出或丝状或块状的朱色和赭色。

“成兄，你可真是宝物深藏啊。我还从未见过这样的漆罐！深色的罐和象牙色的盖子，绝配！”

“嗯。这就是历代福州怀安窑销往日本的一款著名的茶仓小罐。二十年前，我从烧制这款茶仓的吴老板那里得到一件陶制的薄胎小罐，因为造型实在独特精美，后来就依样用漆艺制作了三款。这是其中一款，名叫‘烟霞’。”

“妙极！此品果然是：烟霞润色，荃荑结芳。”

谢成接着又从包裹中拿出另一个锦囊，取出另一款茶仓。这款茶仓远看是乌黑色的，透亮非常；细看罐身却通体如碧玉一般，交错着深浅不同的翠色。广信见了，又是啧啧不已：“这款又叫什么？”

“‘绿玉冻’。这款茶仓，用绿色漆加透明漆和黑色漆，调成暗绿的碧玉底色，再用深浅不同的翠色来提色，这就有通体如冻玉一般的效果。”

“好一个‘绿玉冻’！正是‘不厌东溪绿玉君’。”

沐七郎虽说此前在花厅里见过这两款茶仓，但主要是听谢成谈那件“星光”，直到今天，才听到谢成讲这两件茶仓的细节。在谢成和广信的对话中，沐七郎早已如痴如醉，直到谢成喊他，才回过神来。

“七郎，这些日子，你我算是难得一场际会。我也看出来了，怡风和你更是结成了亲姐弟般的情谊。过两天，你就要离开这里了，这款‘烟霞’，就赠你远行吧。‘绿玉冻’，我就留给怡风了。你们各执其美，常常相见。”

“恩公，这，这我如何承受得起？”

“哈哈。江海相期，烟霞相许。成兄，果然好境界！”

知客堂里，一身工装的谢成带着沐七郎剪麻布。一旁的大桌面上，广信在给几个学艺僧示范调和生漆和面粉：“生漆调面粉，我们称作生漆面，黏性最强，不是鱼胶骨胶那些能比的。用这生漆面把软麻布贴在佛像模子上，再用骨锹刮实，这就叫褙布。”

“嗯。这么大的佛像，就要用粗的麻布，反复贴三四道，才能成型固定。”谢成补充说，又提醒沐七郎，“你看到花厅那件脱胎的梅瓶了？那就是把脱胎佛像的制作方法用到了赏器制作上，才有了那样轻巧的大梅瓶。否则，哪里去找那么大的木头来挖呢。”

佛像褙布十分耗时，贴完布，已经到了午后，午饭也是从斋堂里端了来吃的。众人收拾后，坐下歇息喝茶。广信徐徐说：“‘南朝四百八十寺，多少楼台烟雨中’，这脱胎干漆佛像就是寺庙供佛中的极珍之品。脱胎，妙就妙在用漆布褙刮成型，然后脱去里面笨重的泥胎，制作出大而轻巧的佛像。要不然，你我如今迎请佛像，就不知道要用多少人抬、使多大力气了。”

学艺僧们听了，纷纷点头领会，然后离开去忙。广信和谢成、沐七郎则继续添茶叙谈：“成兄，按你所说那怀安窑已经断烧，吴老板也失踪了二十年，那这茶仓在市面上本来就少，恐怕已成失传之器了。起码，连我都是今天才听到看到呢。你能用漆艺再现，在今天在将来，这都是一件大功德啊。不过，这茶仓总得有个名吧?”

“信兄过誉啦。起名之事，时有考虑，不过，还真没想到极妥之名。加上当年怀安窑断烧的种种复杂情形至今不明，因此也不敢招摇市面。但据我所知，这款陶制的茶仓，在日本倒是已经有了定名，叫‘大海’，听着十分贴切大气，想必是对汉学大有研究的人所起的。”

“大海?”广信听了一愣，旋即猛拍了一下大腿，“成兄，你这漆艺茶仓有名了。就叫‘漆海’如何?漆的大海!”

“漆海?嗯，这名字起得好!不过，这漆字本无三点水，乃象形字，木汁为桼，浑然天成，却被后人造作注水。我看就叫‘桼海’吧，脱掉水分，方显天工本色。看来我要欠信兄一件‘桼海’了。”谢成满面红光，又笑着对沐七郎说道，“七郎，看来你与桼海天生有缘啊。回到日本，你一定要向隐信师父说说今天这段故事。”

这时，智宽来报:“谢施主，您府上谢少爷来了。”

谢斯全和阿泰进到知客堂里，先向广信请了安，接着向谢成禀道:“小叔，茶叶和漆器的马队，后天就可以过太平铺了，我们可以会合去月港。”

谢成问:“风儿呢?”

“哦，怡风还在家里，和清时正在忙着招呼几个外地新到的学徒。她让我转告七郎，且先安心回去，来年一定再来相聚。”

“嗯。那就好。”谢成看谢斯全没有什么特别神情，心

下略安。

其实，这是谢斯全路上想好的话，他也想不出更好的能应付沐七郎的话了。昨天临出门时，谢怡风倒是交给他一封信，托他转交给沐七郎。只是，该不该交，何时交，他心里没数，需要先禀过谢成才好，此时哪里敢说。

沐七郎见谢怡风没来，立时怅然若失，又觉得失态，无奈坐下，又不便多问，已是心神恍惚。他不相信谢怡风会为了安顿几个学徒而不来见他送他。到底是怎么回事呢？一阵阵的失落，一阵阵的心慌，沐七郎低着头，双手撑着凳沿，什么话都听不进去了。

谢成又何尝不知道沐七郎的感受，只是装作不知："好了，大家各自歇去。明天再做安排吧。"

晚间，谢斯全来到谢成的僧舍，说了谢怡风在家的情形："小叔，怡风让我交给七郎一封信。请小叔拿主意。"

谢成听罢，长吁了一口气："这丫头，到底是明白事理的。我和风儿给七郎的信，你到了月港就可以给他看了。我给隐信长老的信，你下了船，先让陈五爷的人把七郎回到日本的消息连同信一起捎去。后面的事，就看隐信长老怎么说了。"

"小叔，我看七郎这么难受，为什么现在不告诉他呢？"

"唉，风儿的信里，一定会说到他们的姐弟关系。我也写了一封，是跟他说说明子。想必，他看后就都能明白了。只是，他可能会跟我一样，会去想我和他的关系。这件事，他和我现在都无法面对，也说不清楚啊，谈了又何益？我这里还带了另一件水仙花漆盒来，里面放了片仔癀药膏，让七郎带去送给他祖父。三木友赖看到这水仙花漆盒，也就什么都清楚了。你把七郎叫来，我跟他说说吧。”

沐七郎正躺在僧舍牵肠挂肚，听谢斯全喊他去见谢成，从床上跳起出门。他想多听听谢怡风有什么更多的话，想多跟谢成待一会儿。分别就在眼前，他觉得自己浑身轻飘飘的，无处落地。

谢成拿出水仙花漆盒，说道：“七郎，这盒子是你怡风姐姐让你带走的，里面装着给你疗伤的片仔癀药膏。你回去后代我们送给你祖父吧。”

“恩公，这盒子不是您专门给怡风姐和她母亲做的吗？这……”沐七郎拿着漆盒的手微微颤抖。

“难得你怡风姐的一番心意。我也很高兴她这么做。没来送你，你无须多虑，也不必担心。只管放心回去，后会有期。”

明天就要启程去月港了。众人用过午饭后，来到方丈堂叙话。谢成看了看沐七郎：“七郎，你这身装束，真的就是我明国的公子了。我已经给陈五爷去信，让他给你登记一个汉名上船，到了长崎下船时也用这个名。”

“恩公想得周全。”

“斯全，到了月港，你们可以在小院稍住几日。你和阿泰带七郎四处走走，不要多耽搁。在香山澳跟陈五爷会上面，万事就妥了。到香山澳和登船前，都记得递信来，免我挂念。七郎啊，这次回去，你就当作一路游历，观赏风物吧。”

广信听到这里，插话问道：“成兄，听你说在福州城另

购了小院，这又是什么筹划？”

“倒没有什么特别筹划。工房已经交给斯全和徒弟打理，又有李员外他们一同帮衬，我也没什么可操劳的。只是，已过不惑之年，心下最重之事，就是《漆工录》下卷的编写了。我想，今后不会再参与工房的制作和生意了。另购小院，正可以安心著述，写写我这些年的漆作心得。”

“成兄原来有隐退之意啊。不过，著述一事，自然是大手笔！钦佩之至！只是，我有一言，不知当否？”

“请讲。”

“这《漆工录》写的是尊师漆作明细，起个‘录’字，倒是贴切的。成兄新著，写的恐怕不只限于新添的器作吧？我想，更应当是成兄为漆立言立传之举，以‘录’名之，又称‘下卷’，好像不能尽意达意啊。何不因着这桼海茶仓，另起书名，叫《桼海传》？”

“哎呀信兄，这可真是醍醐灌顶了！好吧，就叫《桼海传》！”

第二天一早用过斋饭后，众人回僧舍各取行装出到山门。谢成轻轻拍了拍沐七郎的肩头：“七郎，你我就在此处道别吧。有阿泰和斯全同行相护，你此去京都，我也就放心了。等京都诸事安排妥当，我和你怡风姐在福州城里等你再来相聚。”

沐七郎听到这里，扑通跪倒，失声痛哭：“恩公！七郎幸得恩公爱护，今日才可全身返国，恩公再生之恩，七郎永生难忘。只是未能和怡风姐姐道别，七郎心下难安。我这一身单薄，没有贵重之物可赠，只有小时候母亲给我绣的这方丝帕，一直藏身。请恩公交给姐姐。”

沐七郎匍匐在地。此刻，他的泪眼只看到依稀落满泪水的地面，没有了众人的眼光。这些日子的一幕幕，心里想说的话，想见谢怡风的苦，终于可以号啕一尽。

谢成也被沐七郎这撕心裂肺响彻山门的痛哭搅乱了心绪。他哪能听不懂沐七郎的心思呢？他甚至后悔没早把实情相告。在谢成看来，关山千万里，这生离的苦，远比死别的悲更让人难熬。他自己和明子，不就是这样离诀的吗？

福清渔溪一带常刮海风，今天却纹风不动。黄檗山深冬清晨的山谷里，此刻只听到沐七郎那时短时长、时高时低、时断时续的哭声。这哭声，撼动着谢成和众人，大家一时竟都忘记了相劝。

谢成扶起沐七郎：“七郎，不可如此啊。想必在日本原本就一切无事，只是那些浪人和无赖徒增事端罢了。一路小心，平安回到京都才要紧。等诸事安排妥当，你和我，和你怡风姐总能轻松相见。”

“恩公，来年我一定再来见你和怡风姐姐。只是，此刻实在不舍。”

这时，广信过来合十说道：“七郎，只管宽心前去。我送你四句：江海相期，烟霞相许。心向彼岸，花开满园。”

“多谢师父相赠。”

“上路吧。”

沐七郎向众人依次拜别后，转身上马。一路走，一路回头。渐渐地，谢成的身影越来越远；沐七郎寻着谢成的双眼，也被泪水阻隔，越来越模糊……

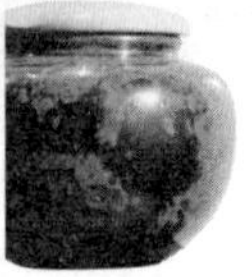

第十四章　新的樱花年

初春的香山澳妈祖阁前，沐七郎和谢斯全、阿泰随在陈五爷身后，拜别前来送行的一众亲友，登上西洋大黑船。船向外海驶去，香山澳的妈祖阁，渐渐隐没在天际。这一夜，躺在回家的船上，沐七郎的心绪，也跟着摇晃的船身起伏不定。

他想起了许多，陈五爷家的华丽、香山澳春节和元宵的热闹，还有他在陈家大屋第一次见到的水仙花，雪白的花瓣簇拥着点点金黄的花心。不过，他更喜欢珠宝盒上那些五彩斑斓的别样的水仙花。恩公，姐姐，你们现在在做什么呢？沐七郎又回想从他被掠上船以来的一幕幕场景。就这样，迷迷糊糊地，也不知睡着没，眼睛睁开时，一抹金色的阳光已经透过舷窗，闪动在床边。

沐七郎到了甲板上，阳光铺满四周的海面，照着高高的白色船帆。一群海鸟，时高时低地，跟着船飞。

谢怡风和谢成的信，沐七郎已经记不清拿出来读过多少回了。怡风姐竟然是母亲和恩公的女儿，是自己的亲姐姐！两个多月过去了，感觉还跟梦里一般，世间竟然有这样的巧合！一路上，他问了谢斯全许多关于母亲的往事，得知母亲和恩公深情相爱又苦痛别离，他没有听够。他想知道，母亲为什么离开了恩公，然后嫁给了父亲？从月港来的一路上，他的脑子里塞满了各种疑结。他也似乎明白了恩公为什么送他去黄檗山，怡风姐为什么不来。他也开始理解了为什么恩公不当面跟他说，而是写在信里让自己离开后看。

沐七郎又想起了隐信师父，想起了祖父。此刻，他多么希望这船能日行千里，飞回京都，飞到飞驒高山。他想象不到师父和祖父听完自己的故事会有怎样的反应，他们又会跟自己再说些什么——关于母亲，关于恩公，关于自己的一切。

沐七郎静静地望着海面，他又想起广信师父给他送别的话："江海相期，烟霞相许。"他往远方出神地望着，那是他回家的路。海天相接的缥缈处，是落着樱花雨的京都正见寺，是开满无名野花的飞驒高山小院，又是飘着漆香的谢家工房，是飘着茶香的谢家花厅。

满载着生丝、瓷器、漆器和吕宋壶、西洋火器等货物的西洋大黑船"阿波那"号，经过近两个月的航行，终于靠近了暮春的长崎港。

一路上，心绪渐复的沐七郎无事就细细品读揣摩谢成的《漆工录》，也向谢斯全、阿泰介绍京都的音羽山、寺庙和市町，介绍他的家乡飞驒高山。由于他从小在京都的寺院里成长，跟隐信长老学习汉学和奉茶，很少出寺，所以他讲的，谢斯全和阿泰听来并不陌生。

船靠岸了，陈五爷来到舱房。“哈哈，总算顺利到达啦。我的护送任务算是完成大半，回去对成兄也好交代啦。”他笑着拍了几下沐七郎的肩膀，随后又对谢斯全说道，“这些年，长崎港的秩序比你们当年来时已经好很多啦。不过，出了浪人绑架七郎的事，我们还是谨慎些好。一会儿，我下船先去商行和货仓。你们跟着船长先去西洋人的商馆，等我表弟任翔来接待。”

在船长的安排下，沐七郎等人需要等到其他所有人都下船了，才作为船长的明国随从下船。透过舷窗，他们看到了长崎奉行组织的迎船仪式，舞乐阵阵，热闹非常。

商馆里，早有几个人在门厅角落相候。“这位可是谢少爷？我是五爷的表弟任翔。一路辛苦了。”会面后，任翔又说道，“五爷说，三位就先在商馆住几天。这里有西洋人武装守卫，相对安全，等我们把周边情形看好了，再搬到陈公馆里去。对了，我已派人去京都向隐信长老报信。等长老派人来了，才择日同往京都。这些天，我会来陪大家到码头市町走走。”

在陈公馆，除了有时跟谢斯全和阿泰到陈五爷的商行货仓以及码头各处走走外，沐七郎就待在房间里，抄写《漆工录》。

一天早上，任翔带着一个武士装扮的人来到陈公馆。沐七郎一见来人，顿时惊呆了：“山田君，怎么是你！”来者正是隐信长老的护院侍卫山田羽下。山田见到沐七郎，立刻趋前行了躬身礼：“七郎少主，总算把你盼回来了。长老一收到陈五爷的信，就派我快马赶来护送你回京都。”

众人寒暄后，任翔安排了两个要去京都办货的伙计，顺路和山田羽下一起，陪护沐七郎和谢斯全、阿泰，动身往京都赶去。

京都正见寺，刚过了樱花盛放的时节。寺内茶寮里，隐信长老正坐在靠窗的席上，捧着一个酱色的茶碗，静静地品茶。窗外是茶寮的侧院，侧院中间有一棵大樱花树，树后不远是一面白色高墙。坐在席上，看不见墙脊，也看不见天空，樱花树旁更无其他景物。樱花树上，已经缀满梨黄色的新叶。树下落满厚厚的樱花，表层稀稀疏疏的像是依旧开放在地里的样子。每年樱花开时，隐信是不让杂役打扫茶寮侧院的。这一刻，隐信突然想起，小时候的沐七郎问他："师父，落满的樱花为什么不打扫干净呢？"

正在此时，沐七郎等人在山田羽下的随同下，来到了茶寮门前。沐七郎强忍住心里的激动，脱鞋走进茶寮，向着隐信跪拜，嘴角翕动着颤声道："师父，七郎回来了。"

"啊，七郎，你总算回来了。"隐信朝沐七郎招了招手，"快来坐下，让我好好看看你。"说着眯着眼睛，上上下下打量着，又伸出右手捏了捏沐七郎的脸颊，笑着说道："好啊，比离开京都时还胖了些。这下，我对友赖那个老家伙总算能交代过去了。"

看着隐信眼神里仍是那般熟悉的慈爱，沐七郎的泪水差点就要滚落下来。隐信从暖茶炉上倒了一碗茶，递给沐七郎，说道："七郎，你看，窗外的樱花落尽，你也正好回来了。陈潮君派人来报信说你平安回来的那天，正是罕见的春风大起，樱花飞如雨下。看来，花落也有让人心生无量欢喜的时候啊。”

沐七郎随即向隐信长老引见了谢斯全和阿泰，众人围坐在茶几边。隐信说：“七郎，喝完这道茶，你带斯全君、阿泰君先去洗洗，然后用饭，歇下。一路奔波，明天再说吧。”

第二天，沐七郎早起后，陪着谢斯全和阿泰在寺内走了一圈，然后按隐信的吩咐，让山田羽下带着两人去京都城里逛逛。安排妥当，沐七郎便来到茶寮等候隐信长老。他推开茶寮的窗时，惊讶地发现，院子里满地的落樱已经收拾不见，樱花树下又复现了黑灰色相间的细石地，偶尔有几粒白砂石或浅绛色的彩石嵌着，像是有樱花依旧在地上点滴开放。按说这样的场景，沐七郎从小不陌生，可是今天，却有一番特别的感触。昨日厚厚的花泥已经不见，而他内心，却还装有许多事，要向师父说。正站在窗前出神，隐信已经缓步走进了茶寮。

隐信落座，指着窗外的樱花树：“七郎，昨天你们走后，我就让他们把落樱和花泥收拾起来了。明天你陪我去把它们葬了吧。你回来了，新的一个樱花年也要开始了。”

“师父，木野君为救我而死……”沐七郎含泪从怀里掏出木野夫的那枚银制家徽，双手捧给隐信。隐信接过抚摸着，叹息道：“唉，如今以下克上不安分的日本，像木野君这样的忠诚之士，已经难得一见了。”然后把家徽放在茶几一旁，“七郎，昨天斯全君给了我谢成君的一封信。我想木野君大概也已经跟你说了一些了。是的，我本名织田信见，当年天下人织田信长，正是我的侄子。因为我是织田家的幼子，从小就被送到了这正见寺。你的祖父三木友赖，也在这寺里度过了年少时期，我们是少时的学伴。不过，友赖后来又回去了飞驒三木家，而我，就在这寺里，待到现在。”隐信从沐七郎的眼神里，看到了他急切的心思，“先说说你怎么来到寺里的吧。这要从十几年前本能寺那场大火说起，从织田信长和你父亲三木代纲说起。”

一阵微风，吹得樱花树沙沙作响。茶寮里，一缕香烟摇散开来。随着隐信的娓娓道来，一场场画面在沐七郎的眼前铺开。

第十五章　织田的天下戏

凌晨，京都本能寺。

寺外，四面八方全是黑压压的兵马和明智军的桔梗旗，重重围困着四墙周长仅六百米的寺所。织田信长身边的两百多名亲随在几番奋力冲杀后，死伤惨重，只剩下了二十几个侍卫。织田信长也已经身中几处刀伤。他知道，那个明智光秀志在他死，重兵之下，冲杀已经没有意义了，于是，奋力喊道：“我将必死，明智来见！”织田信长这一声吼，竟然把逼在最前面的叛众吓退了十几步，殿前霎时安静了下来。见明智光秀迟迟没有出现，织田信长率领剩余兵众退入大殿。

一会儿，叛众里出来一个兵卒，说道：“惟任大人说了，只管留话，见则不必。”

殿内，织田信长对围在身边的侍卫们一声轻笑：“哼，他是不敢来见我的。我也只是为了多争取些时间。”此时，身受重伤的织田信长，在刚才那声暴吼后，已经再无大声说话的力气了。他指着一名侍卫说：“你去传话，天下人将死，而女眷不得相逼。天下之人，当从此意。”

趁着侍卫出去传话，织田信长意识到，交代后事的时机到了。他迅速环顾身边的近侍，突然目光在一个侍卫的身上停了下来，双眼放出重伤之下原不能有的神采来：“三木，你还活着？”

“主公！”那个被唤作三木的侍卫，快速趋前匍匐到织田信长身侧，泪水滚落面颊。

织田信长朝着三木微微地点了几下头，然后面向余众讲道：“人生终有尽头。你们随着我天下布武，已经建立了不朽武功。现在一同赴死，有害怕的吗？”

众人一齐跪下：“只愿追随主公！”

“好！”织田信长喘了口气，“以我对光秀的了解，女眷必放，他也不敢不放，还会保护妥当。这样，我让三木跟随浓姬她们离开，我身后的天下事，将拜托三木君去传达安排。”侍卫们听到织田信长这么说，原本伤痛疲惫的身躯，又个个挺直了。感觉接下来不是赴死，而是又要跟着布阵冲杀。

“嗯，你们后退坐下。我交代好三木，女眷出殿后，我将在火中自尽，你们谁也不许帮我介错。点火后，你们将殿门打开，相从而来吧。”

这时，殿外传来叛兵喊话：“惟任大人有令，女眷可走。”

织田信长冷冷一笑，对身边已经换好女装的三木耳语道：“代纲，你回到家后，向我的友赖老师最后问一次安吧。”他伸出手来，轻轻地搭在三木代纲的肩上，一字一句地说：“你务必把我的佩刀和家徽带出。我已必死，我却不想天下知我已死。就让他们活在不知我死生的阴影下吧。你现在就去，把浓姬请到一侧，将我的家徽和这把佩刀用布包好，交给她贴身带出。出殿以后，你再从浓姬那里取回，找机会逃走。你放心，他们怎么敢搜浓姬的身！即便是明智光秀那浑蛋，非但不敢，还须礼待。去吧。”

三木代纲问道：“主公，还有别的交代吗？”

织田信长看了看三木代纲，嘴角扬起微笑：“天下还在，天下人还活着。我的交代还需要多吗？等火光渐起后，贼众目光尽在我这边，你们就可以轻松离开了。”

一名侍卫奉命出殿，大声喊道：“织田大殿行将自裁，请让女眷行目视礼离开！”

织田信长已经褪去外袍和上衣，手持一柄长刀。两名侍卫将柴火分层铺在他的四周。其余侍卫则围坐在柴堆两侧。

织田信长吃力地坐起身来，来回拭着长刀，抬头望着屋顶，声调从高渐低地反复吟唱着：“夜色苍茫，我心明亮。那古野城的三郎，回去母亲身旁。”

侍卫们点起柴火，火苗迅速燃起。三木代纲一边注目，一边后退到边殿，推着浓姬等女眷往殿外撤出。

本能寺在大火里熊熊燃烧。三木代纲随着女眷退出重围后，趁乱来到浓姬身边，要回布包，消失在火光、浓烟和漆黑的夜色中。

第十六章　香灰

一件小葫芦形状的彩漆香插里，一炷香已经烧尽，几段香灰落在黑漆的香台上。

隐信说到这里，幽幽地叹了口气："唉，这个吉法师，哦，吉法师就是信长的小名。难怪他母亲不喜欢他。信长的言语行事总是出格，家里上下还给他起了'笨蛋'的绰号。而他父亲信秀和我却始终认为，以他那与众不同的性情，将来必有一番惊天动地的作为。你看，临死还不忘布下这迷幻之局。"

沐七郎也听得入了迷，这才想起来问道："那信长公又为什么要来布这样的迷局呢？"

"那个年代，大大小小的藩城经常混战，若没有信长这样的英雄，谁能够像这香台一样，接住散落的灰。本能寺之变的结局，不是谁生谁死，而是信长累了，英雄累了。我想，在重重围困中，熊熊大火里，人生的尽头将至，他只愿意独自享受那份戏谑与悲凉。"

沐七郎从未听人这样讲名扬天下的织田信长。他不禁好奇地问："难道这迷局只是为了游戏？"

“嗯，说游戏又错了。以那时织田家的实力，即便他死，织田家也不至于立刻倾倒。但如果说他生死未卜，以信长之威名，可以为织田家应对危局争取更充足的时间。好了，香灰落尽，后面的事，明天再说吧。”

沐七郎应诺。隐信又道：“七郎，明天一早，先随我去葬樱花吧。”

沐七郎和谢斯全随在隐信身后，沿着茶寮边的松林小山坡拾级而上，一旁小和尚见澄的手里托着一个布包。不多时，转到山腰一处稍平的小敞坡。只见坡旁一棵松树下，立着一块木牌，上面墨书“樱之冢”三个字。山田和阿泰已经等候在坡侧，旁边摆着几个大大小小的麻袋，袋子里应该就是落花和花泥了。

山田和阿泰开始用锄铲挖土。隐信说：“七郎，我把木野夫的家徽也带来了。我看，也跟着今年的樱花一起葬在此处吧。”七郎双手合十，哽咽着：“多谢师父收留木野叔叔了！”

见澄走了过来，将布包打开，只见里面除了那枚家徽外，还有一片小木板，上面写着“三木门下木野夫香丘”。隐信吩咐道：“把这木牌跟家徽埋在一起吧。然后堆上花泥。木野君心爱之物，得藏此处，也算天意人愿两全了。”

“师父……”沐七郎有些不解地看着隐信。

“每年葬樱，都选不同的山坡林间，这你是知道的。巧的是，今年此处山坡正对着木野君的家乡飞驒高山。当然，也正是你们三木家的方向。”

沐七郎抬头看向远方。从音羽山向西北望去，正是飞驒高山的方向。此时，远方的三木家在沐七郎的脑海中，显得那么清晰，他仿佛能看见祖父三木友赖正站在院子门口，向他招手。昨天他听织田信长的故事那么入迷，几乎忘了故事里提到的那个三木代纲，他的父亲。此刻，他多么想知道关于三木代纲的一切。

众人掩好土，向土堆行了鞠躬礼后，隐信吩咐道：“山田、见澄，你们去煮一壶茶来。我和七郎还有斯全君，就在这旁边的石座说会儿话。”

这里有暮春的和风，有山间的松涛，正合适静坐远望，说说远方的往事。

第十七章　那古野城的三郎

本能寺冲天的浓烟大火，被黑压压的兵马围着。京都的那些小姓町户，完全不知道到底发生了什么。可是，在京都东面音羽山山腰的正见寺，却能一目了然。清晨，隐信还没起身，就有小和尚跑来急促地敲门：“师父，不好了，京都起大火了。”隐信急忙披上一件外衣，跑出寺门。手搭凉棚远望，隐信心下大惊，那不是本能寺方向吗？他甚至还有些不敢相信，问身边的小和尚。那不是信长住的地方吗！能发生什么大事呢？前晚他还派了侍卫三木陪着信忠来看我，还送来一件御茶物。隐信的心里有些慌了，随即吩咐两个小和尚：“你们赶紧去本能寺周围看看，打听下到底发生什么事了。顺便去信忠住的妙觉寺也看看。快去快回。”

此刻，三木代纲已经趁乱向东跑出城门。他原想跑去妙觉寺织田信忠那里，但这个念头一闪即灭，他身上有织田信长的重要叮嘱，不能去冒险。他要火速跑向岐阜，跑回安土城。

一路上，他精疲力尽时，也只敢在野外打个盹。就这样，夜幕垂下之际，终于赶到了安土山脚下。三木代纲实在没有力气了，找了一处远离山道的隐秘林间歇一下脚，啃几口玉米粉团，他也要再想想怎么去见织田信长的母亲土田御前。三木代纲坐在地上喘息了一阵，心下稍安，便抬起头来，这才望见了远处的天主台。

黄昏的安土城，天空依旧清亮。高耸的天主台，顶层金色的阁楼，在琵琶湖波光映衬下，格外辉煌耀眼。可是，安土城里的人哪能想到，怀抱着一统天下雄心的主人，竟然已经……

三木的悲愤之情又涌上心头。而这悲愤，又给了他站起来的力气。他要赶紧到天主台，赶紧见到土田夫人。

正要起身赶路，他的脑子里，想起了织田信长的叮嘱："我的佩刀和家徽，你不可交予任何人，也不可出示。你也不必收着。找一个你自己都不可能记住的地方埋了。"于是，他在旁边找到一棵柏树，挖了坑埋好。他故意挖得很深，埋得很实，然后迅即跑开。

作为织田信长的近身侍卫，一路上没有遇到任何障碍，三木代纲很快地就来到了天主台，来到土田御前所住的第四层。

安土城建成后，土田御前就随着织田信长从岐阜城移居到了天主台。自从二十五年前她的爱子信胜因为再次谋反被信长处死后，她便跟着信长居住。信长只要在家，就会信守当初的话"母亲，我会每天陪您吃饭"，但她知道，她其实是被儿子温暖而又冰冷地囚禁了。信长还说："母亲，我不会让你离开我身边了，免得您对我这个儿子犯下更多的错而不可收拾。”她只能认了。可是，她坚信这个向来天马行空、独断专行的儿子，早晚会毁掉织田家的一切，因此，她才不惜一切地笼络家臣甚至信长的敌人，来支持信胜谋夺家督之位。可结果是，她毁掉了信胜的性命，而信长毁掉了她的自由。一转眼，她已经年近七十了。她慢慢地从开始时不能出房门到平静地享受着优渥的生活，可是，不知是出于怨恨还是她自己与生俱来的不安分，还是时不时地因为信长“天下布武”的东征西伐而心乱不已。

晚饭后，她一如往常同信长留在安土城的侧姬和侍女们聊着家常。居高临下的天主台，装饰华丽的居室，窗外波光浩渺的湖山天际，正适合这样无忧的美景良辰。

三木代纲到了。这样的美景良辰，也到了尽头。

“夫人，主公他，他……”三木代纲扑倒在地，已经哭到语塞。

“三木，快说，三郎怎么了?!”

“主公，他，死了!”

“什么?你疯了吗!”

“夫人，今天凌晨明智光秀谋反，主公已经自裁了!”

“啊……”在一众姬妾的惊呼中，土田御前猛抖着身子，昏倒过去。

众姬妾和侍女们赶紧围拢在土田身边，前后揉捏一阵后，土田才慢慢地睁开了眼睛。此时的她，好像又恢复了平静，她推开身边的人，坐了起来，低声喃喃自语：“这个笨蛋!他怎么可能死?明智光秀?这家伙，有什么本事谋反!”其实，她心里已经是相信了的。因为眼前这个三木代纲，从来都是安静本分、不多说话的人。

“三木，你留下。其他人，你们都退出去吧，把门拉上。谁敢胡说，我就杀了谁。”待到众人退去后，土田才缓缓地问三木代纲：“三木，你亲眼所见吗？你，又是怎么逃出来的？”

三木代纲前前后后地把本能寺发生的一切说了一遍。土田夫人侧耳听着，从头到尾都很安静，表情没有丝毫的变化，就像一面雕好的石像。

“他啊，还是以前那个捣蛋的吉法师。可是，三木，谁能保证他的传说传下去呢？”

三木代纲听了，身子冷不丁一颤。他清楚土田御前的性子。在他来到织田家前，父亲三木友赖就跟他说了许多土田冷酷孤僻的故事。他赶紧向土田禀道：“主公也这么问我。我向主公起了誓。”

“好。你刚才还没跟我说这一段。说说吧。”

三木代纲抬头看了一下土田御前，他能感觉到，土田盯着他的眼神中，隐隐有一股寒气逼来。

本能寺大殿里，殿侧的蒲席上，织田信长因为伤痛，倾着身子，左手慢慢抬起搭在三木代纲的肩上：“这只是一场你我知道结局的游戏，我走了，你能演好这个完美的结局吗？”说到此处，织田信长的眼神又放着光彩，仿佛在歌舞中陶醉，好像没有眼前的灾难。

“三木向主公发誓，谨遵主命，保守秘密。”

“不，这不是我的秘密，是天下戏。懂吗？你和天下人一起演一出天下戏。”织田信长的嘴角微微一动，似笑非笑地说着。忽然，他眉头紧皱了一下，忍着背上的刀伤痛楚，低声问三木代纲：“听说你和那个大村明子的儿子已经有一岁多了？”

三木代纲立时怔住。他完全想不到织田信长这时会突然问他这个问题。还没等他回答，信长已经把手撤回，微微抬头示意侍卫们过来把他移到殿中。他对三木说了最后一句话：“拜托啦！”

三木代纲怔跪在原地。看着信长褪去上身的外袍和内衣，闭上眼睛，听着信长从有力到无力、从高声到低吟地唱着他的辞世歌……睁眼看时，信长周围火苗已经蹿起。三木跪爬几步近前，向信长再拜：“主公放心。我发誓我儿七郎也将终身不娶，为主公保守这个秘密。”

火光里，声息微弱的织田信长似乎听到了，他看向三木代纲，挣扎着似乎要说话，但身子已经彻底不听话了。织田信长，终于倒下了。

三木代纲说到这里，内心的痛楚已经搅得他魂销肠断，他跪在土田跟前，无力地垂着头，双手不停地颤抖着。这一路上，他因为拼命赶路，难得回忆凌晨的细节，他最不愿回忆的就是这句关于儿子七郎的誓言。他最痛苦的，也最悔恨的，就是最后自己竟然向织田信长说“七郎不娶”。他那时脱口说出后，就已经后悔了。这句话，他想从脑子里挖掉，但他却做不到，而是一路上折磨着他，折磨到现在。

“三木，你真是一个浑蛋！真是什么样的主公带出了什么样的手下！抬起头来！”土田御前向三木代纲低声吼道。三木代纲抬起头来，看向土田御前，却已经完全不见了那股杀气。

土田御前缓缓地说：“三木，你对主公的忠诚，我是清楚的。可是你牵扯上你儿子，这又是何苦呢？就像信长说的，只是一场游戏罢了，能玩多久？能玩到下一代吗？信长不是没有应你的话吗？我想，即便他还有力气，他也是不会答应的。听着，小子，我和信长都不允许你这样想、这么去做。懂吗？”

三木代纲听完土田这番话，猛然间放声痛哭：“多谢夫人开导。可是，可是，当时的情形，我，我有一百个一千个心思要随主公同去啊。主家的恩德，我就算粉身碎骨也不能报答。”

“三木，你走吧。回你的高山去吧。我还要安排这里的许多事情。”

三木代纲收拾眼泪，向土田御前深深地叩了几下头，站起转身往门口走去。

“三木，等等。”

“三木，你能再为我学唱一次他那几句歌吗？”

三木代纲转身，一脸懵然。土田撑起身子，又向三木代纲微微地点了下头：“拜托了。这是我最后一次听他的歌了。”眼神满是渴望。

“夜色苍茫，我心明亮。那古野城的三郎，回去母亲身旁。夜色苍茫，我心明亮。那古野城的三郎，回去母亲身旁……”

土田御前垂着头，两手撑着身前的横儿，像是在静静地听。三木代纲一边唱着，一边向门口慢慢退出。当他走到楼梯尽头时，屋里传来了土田御前撕心裂肺般的号啕哭声。三木代纲愣了一下，旋即飞步向楼下跑去，也顾不上和侍立在门口两侧的女眷们招呼见礼。

土田御前的脑子里，满是信长小时候的样子。她想起了信长将她幽禁时说过的一段话：“母亲，你还记得吗？我六岁那年，你和父亲离开那古野城时，你只是把信胜抱了又抱就走了。那一刻，我是多么嫉妒啊。”想到这里，土田再一次忍不住放声大哭。也许，只有她才明白织田信长临死前为什么会问三木代纲那句“听说你有一个一岁多的儿子”。那傻傻的三木代纲，居然会错了意。

土田御前此刻哪里会去想织田家的事业，她滴淌的泪水仿佛在说着：“三郎，你这个笨蛋。母亲不是偏心你弟弟啊。母亲只是粗心了。你为什么不跑过来扑到母亲怀里呢？这么笨，你怎么能够成为天下之主呢？”

“天下人”死了，没有了。在土田御前的内心，是她的三郎回来了。

月光笼罩着天主台的金色阁楼。台下的琵琶湖泛起了阵阵金色波光。

第十八章　信长家传来

茶寮里，沐七郎给隐信添茶，他突然想起师父说的那件“御茶物”。“师父，信长公不是在明智叛乱前夜给您送来一件御茶物吗？是什么呢？”

隐信还沉浸在回忆里，被沐七郎一问，才回过神来。他指了指茶寮门侧的一架矮几。沐七郎走近一看，矮几上，新铺了一张像是西阵织的桌旗，上面摆着一个木箱，以及沐七郎从福州带来的漆匣和包裹。隐信见沐七郎好奇，便说道：“这是京都织布町的和织，以后再跟你细说。你带回来的，我也全摆在上面了，我还没有打开，等后面你自己来开吧。你先把左边的木箱搬过来吧。”

沐七郎小心地端着木箱轻轻地放在茶几上。他能感觉到自己一阵阵的心跳。他没见过御物，但这御物的分量，他是清楚的。这是织田信长送来的。

隐信端详着茶几上的木箱，说道：“七郎，要知道，这里装的可是信长名物中至为贵重的一件。”沐七郎凑前定睛一看，上面墨书五字“信长家传来”。

“这是我前几年置办木箱时写的。我们先看这件。另外一件在本能寺之变后，你是第三个见到的人，第二个就是你祖父友赖了。我并非名器自珍，而是因为关系太大，不得不谨慎万分。信长在本能寺之变的前一天，举办了一场盛大的茶会后，才派了信忠和你父亲三木代纲，送了那件过来。切记，你今天见到的，不可轻易向他人提到。”

沐七郎看着隐信凝重的表情，再想象着那晚织田信长专门派嫡子信忠和近身侍卫父亲送来给隐信，不禁坐直了身子。这件御物和一会儿要看到的究竟会有怎样惊人的故事？他凝神看着隐信慢慢解开木箱的系绳，心跳加速，呼吸停止……

隐信从木箱里，双手托出一件华丽精致的织锦仕覆，放在桌上。他没有马上解开仕覆的结绳，而是停了下来，轻吁了一口气，对沐七郎说：“这里面装着的，是信长‘东山御物’里的一件唐物茶入，叫‘大海’。信长赐过一件给美浓的稻叶一铁。听说那个稻叶举办茶会时，也只是让人看看，不舍得让茶头用。后来就传说稻叶只是为了炫耀那件‘大海’才办的茶会。”说完，隐信取出木箱中的一方缎子，铺在桌上，然后解开了仕覆的结绳，将仕覆轻轻往下抻开，把“大海”茶入放在了缎子上。整个过程，沐七郎目不转睛，“大海”露出的时候，他忍不住喊了一声：“啊！”

隐信指着“大海”说：“如果我没有看错，这件‘大海’最晚应该是元代的。你看，这象牙盖子已经有老黄色泽啦。这么美且珍贵的东山御物，想必东山殿在世时，也不舍得用吧。”

隐信说着，又喝了一口茶。他看了看呆在那里的沐七郎，继续说道："七郎，你看这'大海'的肩和颈，真是妙不可言啊。因为这挺立的颈，这个圆罐就站得特别稳；又因为这连着直颈的平折肩，这个罐子虽是圆的，却又见出方了。圆中见方，像是俗世中的一股坚毅。唉，这又让我想起了信长。你再看这釉色，酱色的底子上流着蚯蚓一样的铁锈纹，单靠人工巧设如何能够有这般天趣呢！七郎……"

"七郎！"隐信叫了两声，原想让沐七郎上手抚摸一下，却见他还在发愣，"嘿，七郎，你在听吗？"

沐七郎这才回过神来。此时，他的脸色已经有些涨红，颤声向隐信说道："师父，我在福州恩公那里，也见过一件形状一样的茶入，只是釉色和盖子不一样。"

"哦？"隐信听了一惊，"有此一件，足可名重一时了啊。谢成君还有给你看过别的吗？"

"有的。不过听恩公说，这'大海'茶入，在明国已经断烧了。他用漆艺仿制了四件。有一件，他年轻时和我的母亲明子送来了日本，现在下落不明。哦，对了，恩公让我带了其中一件回来。"

沐七郎说着，从矮几上取过包裹，回到茶几一侧。他取出一件黑漆泥金的长方小漆台，摆好后，把裹着两层缎布和一层油纸的"烟霞"黍海茶仓取了出来，放到漆台上。

透亮如镜的"烟霞"黍海茶仓，和朴拙浮光的"大海"唐物茶入，同时摆在茶几上，隐信看得怔住了，竟忘了提问。而沐七郎，也只顾着看，想不起要说什么。隐信没想到，十多年后的今天，他又看到了从明国来的同样的漆艺茶入，而且毫无疑问，都是谢成做的。

“七郎，这真是太不可思议了。”

“恩公说，推光漆的泰海茶仓，他只做了两件，这件叫‘烟霞’。”接着，沐七郎把初见泰海茶仓和谢成赠他“烟霞”的前后经过，细细地说了一遍。

隐信听后，禁不住一阵唏嘘：“七郎，我从接到陈潮君递来消息说你由明国人护送返回，就已经猜到你在明国际遇不少。后来看过谢成君的信，才决定向你说说往事。你和谢成君竟然有这般奇遇！这就是天意了。”

隐信边说边端详着“烟霞”。他盯着茶仓的漆艺纹饰，想象着谢成制作这款茶仓的由来和广信起名“泰海”的画面。他看到黑褐底色里时隐时现的朱色光芒。隐信只顾想着，一时间好像忘了刚才说到哪了。倒是沐七郎想起来问道：“师父，您说的本能寺之变前信长公送给您的那件呢？”

隐信指了指身后的一架矮柜，说道：“七郎，你把中间的格扇推开，有一个一样的木箱，搬出来吧。”

木箱、锦囊依次开启，沐七郎一声惊呼，整个身子僵直。

“七郎，这件也出自谢成君，听说起名作‘星光’。我想，你应该听谢成君说起了吧？”隐信拿起“星光”，轻轻地摸着，看着沐七郎。

“师父……”沐七郎已经哽咽，过了一会儿才说道，“我在恩公家见到过一模一样的另一件，恩公说是他后面补做的。这一件，说是，说是他和我母亲送给外祖父大村纯忠的。师父，怎么，怎么后来到了信长公手里呢？”

“这就说来话长了。你祖父送你到寺里来，可不是为了代纲那句慌乱间的誓言，而是为了保全你。这件‘星光’茶入，想必应该是信长在本能寺茶会上展示过的。据说茶会上展出了三十八件东山御物和信长御茶器，应该不假。因为这么重要的茶会，按例都会有抄写员记录的。但是，后来清理现场，却找不到一件。这件送到了我这里，那另外三十七件呢？一旦传出去说三十八件里有一件在我这里，那我和友赖，甚至你，都不能安宁了。性命攸关啊。这也是友赖送你到寺里来的一个主要原因，他希望你清静成长啊。所以，如果不是你这次在明国遇到谢成君，我恐怕还没这么快给你看这件‘星光’。至于‘星光’为什么到了信长那里，我虽然知道大概，但未必如实。还是等你回到飞驒，让友赖告诉你吧。”

沐七郎听了，心情渐渐平静下来，他刚想再问，隐信摆了摆手：“七郎，我知道你想多听一些明子的事。十几年了，我们正想告诉你的时候，没想到你被浪人海盗掠走，更没想到因此又遇到谢成君。这就是因缘啦。无论是谢成君，还是我，还是友赖，都会跟着这因缘走。你呢，如今安然归来，皆大欢喜，但也要跟着这因缘走，慢慢静心理清吧。”

沐七郎似有所悟地点了点头。他看向窗外，夕阳照在墙上，映着樱花树的枝丫和稀疏的初叶。这场景，这心境，让人格外流连。

第十九章　心有漆香

安民巷谢家新院的花厅里，谢成正凝神看着摆在书案上的“绿玉冻”茶仓。

《桼海传》他正写到《器之漆味》这一章。关于合器的漆作，他首先想到的例作，自然便是这桼海茶仓。在谢成的写作里，所谓合器，就是有盖有身的器。带盖子自然就有漆的气味，而其中，装茶的合器最怕漆味窜扰。“茶用之漆合器，若有漆味之扰，盖因漆作之急也。”而移开“绿玉冻”的盖子，却丝毫没有漆味。这又是为什么呢？其实没有特别之法，以谢成的经验，是每涂一道漆后，要等到这道漆闻之无味才可涂下一道漆，如此，漆作时间比非合器要多出几倍。“设若一道漆味不得尽散，又道道涂盖，漆味弥固，无味乃不可期。”因此，谢成制作合器，通常需要几十道工序，少说也要一两年之久。

以桼海茶仓为例作，来写《器之漆味》和《漆之器味》，在谢成的著述中，实在是顶顶重要的一节。除了体现桼海茶仓造型之美和漆作之难外，如广信所言，谢成还有为桼海茶仓“立传立言”的心思。

"漆作之妙趣，非用也，乃识也，似《文心雕龙》所言之'操千曲而后晓声，观千剑而后识器'。识漆之要，于漆作亦然。"谢成接着蘸墨写着，"而漆用之识，要在察知生漆之活性。生漆不死，故漆味不得尽散。即如初用久作之漆器，冬夏闻之无味，春秋复有极淡之漆香再生，盖因生漆于春秋季最具活性也。而久作之漆器，只余生漆细柔之本香，移盖即去，不和物味，更添缥缈意境。故珍赏漆作者，善知漆性，心有漆香。"

心有漆香。谢成放下笔，脑子里又闪过明子说的："这漆工房里真香啊。谢成，要是我能不回去，就这样待在这里，该有多好啊。"

谢成又想起沐七郎在旧宅花厅抱起脱胎大梅瓶的样子，惊奇中羞红了脸的神态，多么像他的母亲明子啊！这孩子，应该是到京都了吧？他找到明子没有呢？看到《漆工录》，明子又会是怎样的神情呢？

在谢成心中，明子是活着的。这一缕心香，是明子留给他的，离不断，化不开。

第二十章　太阳，这么快就下山了

隐信吩咐沐七郎：“先收好这三件茶入吧。哦不，应该说收好‘大海’茶入和‘烟霞’‘星光’茶仓。”说着，指了指茶寮廊下的炉子，“顺便添些炭和水。看来今天我们都有兴致多说一会儿呢。”

沐七郎落座添了茶，隐信接着说道：“七郎，过几天，你还要去一趟织布町，给这件‘烟霞’配上一套仕覆和木箱，顺便带上斯全君和阿泰君，多看看京都的手艺。”

沐七郎禀道：“师父，恩公另有一册书稿赠我，并嘱我呈给师父。”说着起身从矮几上捧来黑漆书匣，打开后，摆到隐信面前。

隐信一边听沐七郎说着经过，一边翻着《漆工录》。“漆作之详，大概不出此册了。唉，也只有谢成君这般博学又躬亲漆作之人，才能著成此录。七郎，我看在日本与漆最有缘的，就是你啦。”

“这书先放这里，我再找时间细细参详。你可按谢成君所嘱，再誊抄两册。”隐信合上《漆工录》，拿起茶碗啜了一小口，“谢成君说得不错，你母亲外家是肥前藤津的大村家。横前次五郎是大村纯忠也就是你外祖父的家臣，依靠大村家做唐物生意。谁能想到，你母亲居然跟着横前去了明国，还与谢成君有了这样的情缘。世间的事，真是难料啊。”

“师父，母亲为什么身故呢？到底发生了什么？”沐七郎问着，眼眶里噙着泪水。是啊，从不到一岁时起，他就再没有过母亲的印象。原本淡忘的“母亲”这两个字，却在福州开始牵动着他的思念，他越来越强烈地想从所有人那里知道母亲的点滴。

隐信轻轻地叹了口气：“这又是一段很长的往事。关于你母亲明子，过几天你就回到飞驒了，友赖会讲得比我清楚。我还是接着从你父亲离开安土城时讲吧。”

三木代纲拜辞土田御前出了安土城。他要回到飞驒高山。除了回家，他还能去哪呢？他要尽快见到父亲，商量后事。

可他走到安土山脚的石道上时，又想起了织田信长的佩刀。三木代纲有些恋恋不舍。尽管主公让他埋掉、忘掉，他还是想找找看，万一真记起来了呢？于是不由自主地又往石道边的林子里走去，心想如果不能找到，自己也就算是完成了主公所托。脑子里这么想着，低头一看，脚下正踩着一堆新土，天呐，这不就是刚才埋刀的地方吗？他把土刨开，信长那把刻着五瓣木瓜家纹的金柄佩刀，又闪亮在眼前。唉，这佩刀总像是与安土城无缘了！

三木代纲怀抱着佩刀，瘫坐在山坡上，一时间不知道该怎么办了。他知道他不能把佩刀带着回家。且不说这一路上会否遇到不测，他只懂得必须完全遵照主公的吩咐：不可让任何人见到此刀。三木代纲望向远方，黑夜下的琵琶湖，金色波光映着天主台。突然间，他拿定了主意，就让这佩刀归入湖中吧！对，就这么办了。

三木代纲又原路返回，来到离安土城城下町较远的琵琶湖边。他从怀里掏出织田信长的佩刀，久久地来回抚摸，然后投入湖中。他向湖中叩拜，反复说着“主公，对不起”，然后转身跑入黑色的夜里。雄伟的安土城，渐渐地消失在他身后。

初夏的飞驒高山，最叫人迷恋。春天的气息依然新鲜，好像抗拒着夏天的到来。三木友赖最喜爱这个季节的清晨，花香鸟语，院前溪水潺潺，一切都那么安详。自从几十年前把家督之位让给侄子后，他就离开了热闹的城堡，带着家人移居到了这个小村里，过着两耳不闻窗外事的日子。这些年，除了每年接待一次织田信长派来问候的使者，每年去一次京都正见寺探望学伴隐信外，他就没离开过这高山。所有人都说，因为他和织田家两代人的深厚交情，他的侄子才不敢对他下狠手。而在三木友赖自己看来，让出家督之位，却也不算无奈之举。他喜爱的是看看书、写写诗。那些打打杀杀的事，他已经厌倦好久了，干脆让给侄子去做好了。就这样，他把名位让给了侄子，侄子把清静让给了他。

每天清晨，他都在走廊或院子里，一边品茶，一边看风景，一边等小沐七郎来。一岁多的七郎，学会喊的第一个词就是“爷爷”，这是三木友赖最开心也总爱拿来炫耀的事。自然，这也是三木友赖培养的结果。从沐七郎不满一岁时起，三木友赖就总爱抱着他顺口唱一小段自己编的歌：“爷爷，爷爷，快来吧，我好喜欢他。”

沐七郎的母亲明子去年回了长崎的外家，三木友赖派去跟从护卫的侍卫木野夫却只带回了明子的一方手帕。而沐七郎的父亲三木代纲，又在织田信长身边效力。家里，就剩下这祖孙二人，平静地过着日子。

三木友赖疼爱地抱着沐七郎，倒了一小碗薄茶，喂着逗他。小沐七郎小嘴咂巴的样子，逗得三木友赖开怀大笑。

突然，院门被重重地撞开，木野夫架着疲惫的三木代纲扑进了院子，代纲一下子跪倒在三木友赖跟前：“父亲，我回来了！”

“啊？看你这样子，出什么大事了？”

“父亲，信长主公前天凌晨在京都，在本能寺，被，被杀了！”说到这里，三木代纲又累又急，一下子栽倒在地上。

“啊？这是真的？怎么会是这样！你快起来！木野，阿秀，你们快扶起代纲进去躺下，热些米汤喂他喝下再说。”说着，三木友赖抱起沐七郎，跟进了屋里。

三木代纲喝完米汤，沉沉睡去。从前天凌晨跑出京都到安土城，又连夜从安土城奔回飞驒高山的家，他也累到头了。等到他醒来时，已经日薄西山。三木代纲洗漱换衣后，来到前厅。

三木友赖听代纲讲完，不胜感慨："这个吉法师啊，生生死死，总是出乎意料。当年土田谋立信胜当织田家家督，他父亲信秀被搞得不胜其烦时，我曾对信秀说：若立信长，织田家或可迎来太阳；若立信胜，织田家就只是传了一支火把。唉，想不到，太阳，这么快就下山了。"三木友赖说着，望向院子。夕阳的余晖还在温暖地斜照着院墙；金色和黛色交织的远山，呈现着一天中最美的壮丽。这落日余霞，多么让人不舍！

"小子，土田御前跟你说的，你都听清楚了吗？你对信长的忠诚，我很欣慰。但是，把七郎带上，说为了保密不让他将来娶妻，是你在当时情形下的疯话。土田这个人错了一辈子，对你倒是做对了。看来，你还是不了解你的主公啊。信长问你只有一个儿子的事，是临死前想到土田溺爱他那个小弟信胜才说的。"

三木代纲回想着当时大殿里的情形，诺诺称是。此时，他的内心如同刚刚睡饱的身躯，也开始轻松了起来。可是，他不知道接下来该怎么办，问道："父亲，那主公说的天下戏，又该如何？"

"吉法师是个第一勇武聪明的人，他也是不断有新主意、喜爱新鲜事物的人。他何尝不知道那些人都希望他死？明智光秀就算了，就连羽柴秀吉，还有三河的德川，信长不死哪有他们的将来？信长的天下戏，可以理解成为织田家多争取些时间。你难道不知道他素来爱演戏、爱玩出格的花样吗？"

"这……"

“只要他不死，织田家的底子就还在。不过，以信长的禀性，他若今天逃出，还能等到明天才处置光秀吗？”

“那，父亲，我该怎么办？”

“唉，你是不能再露面了。按你所说的叛众如此之多，重重围困下，想必在妙觉寺的信忠也难免一死。信忠之后，谁来继承家督之位呢？这又是织田家内争的开始。织田家你是肯定回不去了。你一露面，怎么回答种种问话？你都可能被当作假三木代纲处死。”三木友赖分析到这里，不由得又轻叹了几声，“唉，其实，信长生死，倒不是关键。你不露面，没有谁会为了信长的生死来找你的。不过，另一件事情，却是实实在在让人担忧啊。”

三木代纲顺着三木友赖这么一通分析，觉得有道理，心也放宽了一些。正在想着怎样做到不露面时，听友赖话锋一转，心下又是一惊：“父亲，你说的难道是？”

“正是信长的‘东山御物’和名物御茶器。按你所说的，本能寺之变前日，信长与公卿家臣们的茶会上，摆出了几十件唐物茶器。这些御物名物，件件都是国宝啊，毁于大火，着实令人叹惜。而茶会所用的御物名物，每次必有记录，其中自然也包括了你和信忠当晚送到隐信那里的明子那件‘星光’茶入。你如果露面，这些御物的去向，又可能引起觊觎之心啊。”

三木代纲不得要领：“主公赠予叔父，这不是明明白白的事吗？”

“你错了。唐物茶入，如此珍贵的御物名物，茶会又有记录，无论赠予何人，赠予隐信或正见寺，按常理都会有正式的通告。只是本能寺之变来得太突然，信长来不及发布。正因为如此，如果你被发现逃出，这些原本不该是秘密的，就会引人猜疑、追问。到时，你将如何澄清？追逼下你又如何自保？”

一时间，父子二人对坐无语。

三木友赖随后说道：“当下，有两件急事先要办。一是我让木野夫潜入京都去见隐信，送信给他，嘱他务必不可对任何人说起你和信忠送‘星光’茶入这件事。唉，名物尘封终究可惜，只能待时日久后再说了。至于你，这几天先在家里休养吧，陪陪七郎。记住，不要出门，免得人多嘴杂，节外生枝。我呢，再细想想后面的安排。”

难得的几天里，祖孙三人倒是享受了一段久违的天伦之乐。看着三木代纲在院子里和小沐七郎捉迷藏，三木友赖又高兴又惆怅。他的心里很清楚，代纲是不能在家里久留的。且不说邻里熟人好问，如果被他那个贪心的侄子知道，就必然生出难以应付的乱子。

这天，木野夫终于回来了，带回了隐信的一封信札。三木友赖打开阅后，眉头大展，心里一块石头，总算落了地。他把三木代纲叫到跟前：“代纲，隐信长老的意思是，你可以去长崎的平山寺暂居一段。平山寺的长老隆次义久和他交往甚久，照应你应当没有问题。”

“为什么去长崎呢？这附近不是也有相熟的寺院？我也还能常找机会回来照顾父亲和七郎。”

“代纲，看来你还是对我们的处境不很明了啊。我何尝没有这么想过？就算躲起来，也不能躲在这近畿地带啊。

当下，近畿一带必然是信长之后混战的中心，天下争雄、兵锋迭起。何况，还有你那个自不量力的从兄，说不定想拿你去做什么文章！到时，不光你，我和沐七郎的清静日子恐怕也就到头了。而九州肥前一带的领主们，经商都是好手，却素来没有争天下的雄心胆气，也就少有人会关注你的身份。当然，你去长崎一带，也可以再留心打听下明子的事，明子是怎么死的，要是能弄清楚，将来也好给七郎一个交代啊。”三木友赖说着，低下身摸了摸坐在代纲腿上的沐七郎，“不过，切记，不能直接去见大村家或有马家的人。万一被他们一通追问，知道你把‘星光’茶入送到了正见寺，再牵扯出信长东山御物的事来，传出去，情形又将复杂。”

第二天一早，三木代纲便辞别老父去了京都。他要先见过隐信后，才去长崎。

在京都正见寺，代纲又细细谈起本能寺之变的详情，然后拜别隐信，以正见寺杂役的身份，前往长崎平山寺。晨曦中，三木代纲心情轻松地出发了。此时，他不会想到，此去长崎将再也没能回来。

第二十一章　繁花，繁星

沐七郎和隐信，坐在茶寮廊下的石凳上，各垫着一席蒲团。四月的京都山上，即便日在天中，廊下也还是有些微凉的。石桌上，除了煎茶壶和茶碗外，清净无它。听到隐信说祖父三木友赖有意让父亲三木代纲去查访母亲明子身故的详情，沐七郎的心绪又翻动起来。他想知道母亲怎么到的飞驒，后面又究竟发生了什么……当然，他内心里也越来越强烈地想着，有一天，他要回去福州跟姐姐更多地说说他们的母亲。

想到这里，沐七郎返回茶寮里，取来一件小包裹放到了石桌上。打开包裹，正是那件黑漆点洒螺钿粉的水仙花珠宝盒。黑漆珠宝盒在屋外的天光下显得格外鲜亮，特别是用螺钿粉填绘的水仙花，在黑漆底上闪着迷幻的星星点点。乍看繁花簇簇，细看却像夜空的繁星，有一种内敛的华丽。

“师父，这是福州的姐姐谢怡风留给我的。姐姐讲，恩公只做了一对。一件给了母亲，一件留给了姐姐。姐姐给我这件，是想如果我能找到母亲神位，就和她留在飞驒家的那件合摆在一起，好让母亲知道我们姐弟团聚。”说着说着，七郎的眼眶又泛红了。

“嗯。按木野夫的说法，友赖那里肯定是有的，我倒没有听他说起。这要等你回到飞驒去，再跟你祖父要了。”隐信一边说着，一边反复抚摸着珠宝盒，“多美的水仙花，多么奇特的缘分啊！”

翻开盒盖，里面先是一本竹纸册页，上题“成兄惠存片仔癀南山李识”，册页下是一个用细麻草绳捆扎的黄色油纸包，印着火漆封。隐信看了一惊：“片仔癀？这可是明国的奇药啊！听说这几年才有人带了些来，领主们和公卿们都视为极品。我虽有听闻，却是今天才得见呢。”

隐信感叹着，盖上珠宝盒，又说道：“明国古代有一本书叫《韩非子》，里面说到了‘买椟还珠’的故事，相传这里的‘椟’，说的就是漆的珠宝盒，可见漆盒的华美贵重。不过，你这次带来了这漆盒和盒里的奇药，倒是没有还珠一说了。这盒里，装着谢成君的至深情义啊。你母亲明子，我没有见过，不过，能与谢成君和你三木家有如此际遇，想来，一定是个不寻常的奇女子啊。”隐信收起漆盒，继续说，“七郎，我所知也不详尽，或者不实。过几天你就要回去飞驒了，见到你祖父，想来他会告诉你更多更全的。唉，你有两年多没见到他了吧。他也老了，走不动了，看来也只能你以后常回去看看啦。”

第二十二章　金鱼巷的小六哥

福州安民巷谢家新院里，后花园藏书楼一楼的书房，已被谢成改成漆工房。木质的三角层架上，分层摆着几十件不同工序中的珠宝盒坯子。旁边的桌面上，横着一条约半尺宽的长木板。木板上，一个盖子跟着一个盒身，顺次有五个珠宝盒的坯子。桌角，整齐地摆着各种铁制灰刀、牛骨锹、调漆的厚木板等等。

不同于《漆工录》按器具记录制法和用料，《髹海传》是以器型为例作来写漆工技法与器用之美，近日正写到方盒器漆作的分类与鉴赏。用水仙花珠宝盒做例作，是谢怡风的主意：“爹爹，就用你给我和母亲的那款珠宝盒来示范，好吗?”谢成自然是应允的。其实，在山上他就已经做了几件了。

沐七郎走后，谢怡风只有一次问谢成七郎什么时候能到，其他的时间都在新院和谢斯全的院子间来回地泡在漆工房，谢成也不多问。父女间除了日常起居问候，就是谈漆作和工房的事，彼此像是心照不宣一般。谢成看到谢怡风慢慢地又开始有说有笑，心下渐感宽慰。

这天上午，谢成带着谢怡风和沈清时两人，按步骤制作珠宝盒，一边做着工序，一边讲着要领和效果。他讲到漆灰的运用："按常理来讲，只有涂刷漆灰做了底的，才能叫漆器，木底上直接涂刷底漆然后描彩，这就不能叫漆器，只可说是漆绘木器。这两者是大有不同的。漆灰刮磨得好，是制作上品漆盒的根本。不过，漆灰之用，不全在做底。近年我尝试用细漆灰直接调色涂刷并擦漆成品，也十分精美，这就是我常说的'我有我法'。那件'星光'黍海茶仓，就是这类制法。再比如，通常镶嵌螺钿，大概就是按纹饰图样割片粘贴，然后刷漆磨显出图案。不过，在我看来，这种方式用于大件制作还行，而这款小巧的半掌珠宝盒，如果也用螺钿片来贴饰花纹，就显得俗气啦。因此，我此前是将螺钿捣研，筛出不同粗细的螺钿粉，填饰在纹饰上，然后刷漆磨显，这就出现了清雅的星光效果。"

"爹爹说的就是你给我和母亲的水仙花珠宝盒了。"

"正是。"谢成沉吟片刻，"那是用蓝色做底色洒的螺钿粉，底色还可以有更多的搭色、配色，这就全在个人发挥啦。"

午后，谢成独坐在花厅廊下。花厅前的小池，阳光照着水面，大大小小的鲤鱼闲适地游来游去。谢成此时倒是没有什么特别的事琢磨，水边喝茶，静心赏景，是他漆作之余最喜欢的。猛一抬头，谢怡风已经来到廊里。她轻轻走到父亲身边坐下："爹爹，你跟我讲讲我娘好吗？"

听到女儿这样问，谢成的内心算是彻底宽松了。他一直盼着女儿能够回到往日那样，轻快如风，谈笑逗趣。她开始问母亲的故事，说明她已经平静接受了沐七郎是她弟弟的现实。而关于明子，谢成也觉得是要跟女儿好好说说了。

“这要从爹爹像你这样的年纪时讲起啦。”谢成看着水面，娓娓道来，“我们谢家，世代久居在泉州金鱼巷，以前那儿叫谢衙巷，因为宋代时出了一个进士，皇帝赐了一条紫金鱼袋，所以改叫金鱼巷。金鱼巷边上就是泉州府的文庙，所以，金鱼巷谢家历代都出了不少读书人。爹爹我也在十七岁那年考中了举人，在乡里有些名气。不过，爹爹其实并不中意做官。那时，你祖父常往漳州府月港经商，我便缠着他带我去月港游玩。这才在一次酒席上认识了你应家六舅，而后认识了我的师父黄三。那时的漳州月港，是朝廷唯一允许货船出海的地方，因此，各种生意和商铺热闹得很。我们家在月港也有一家货栈，经营茶叶和茶器。你应家六舅，是宁波府经营生丝出洋的巨商，家道殷富，因为海禁，就在月港设了分号。应六爷也是读书之人。而爹爹虽说是独子，但从我祖父一支来论，也是行六，所以从小被叫作‘小六哥’。这样，就和你应家舅舅特别投缘。以后，你祖父回来，我却借口不归，和应六爷四处畅游。你祖父见我在月港交了好友，也就任由我盘桓不归。谁知我这一待，便是一年多，就是因为遇到了你娘，明子！”

第二十三章　月港的“大海”

每年的六、七月间，是漳州府月港最热闹的时节。从日本和南洋西洋来的各种商船，大多在这个时候乘着季风扬帆到港。繁华的月港码头边，有一家黄记漆行。漆行的师父，也是老板，大家习惯叫他黄三。因为总去应府送漆器，谢成跟着应六爷和黄三处得很熟。不过，谢成嘴甜，不像应府上下直呼“黄三”，而是称他“黄师父”，又在无事时常去店里看黄三漆作，关系就更加贴近了。

那时，又听漳州画界的好友常提到苏州的名家叫仇英的，人称“青绿第一”，传说他出身漆工，因此着色精致非他人可比。这也是谢成好奇常去黄记看黄三调漆髹漆的一个缘故。而月港是日本商人采办唐物的重地，各地行商和货栈齐集在此交易、装船。单是漆器一项，就有扬州、苏州和福州的各种制品，推光的、描金的、款彩的，还有剔漆的、堆红的，琳琅满目。谢成每每流连在坊间码头，又请教黄三，于是，短短时间，对漆作一事，竟是入了迷。

这天，谢成正在黄记漆行看黄三做活，门口闪进了两个日本人装扮的来客。

“黄老板，别来无恙啊。”只见前面一个矮胖的来客，向黄三拱手打着招呼。黄三看到，脸色微变，连忙上前拱手回礼：“哦，横前老板，你来啦。”接着介绍道：“谢公子，这位是我的老主顾，横前次五郎。横前老板，这是我的小友谢成公子。”

眼前的谢公子看着骨格清秀，举止斯文，这出身非富即贵。横前次五郎连忙躬身笑道：“谢公子，幸会幸会。”接着，横前也把随从山也清一做了引介。众人落座。

“黄老板，我这次搭船来，是要运走去年那批货的。尾款我也已经备齐带来了。”

“这，这……横前君，恐怕这次我还来不及给你货带走。可否，可否宽缓到下次船期再交货？”黄三吞吞吐吐，低声答着。

“什么？怎么会有这样的变故呢？”

“唉，说来实在是不得已啊。年前老母卧病在床，后来去世，我忙着照护，又料理后事，不想之后我也重病一场，半年多没能动手，紧赶慢赶，还是凑不齐货。”

横前听到一半，已经面露愠色：“黄三君，你这可是严重违约了。交不了货，日本国内的货主我无法交差不说，你要知道我这一路的时间、费用，还有运货的仓位订金，上上下下疏通，可不是一笔小数啊。”

黄三自知理亏，只能不停地赔礼：“横前君，你我相交多年，这次实在是家中出了大事，才耽搁下来。可否先运回已经做完的货，那两百件‘大海’，我想两三个月内就可以完成，到时，我再找船给你运回？”

“唉，黄三君，你想得简单了。你可真耽误大事了。不是我不能通融，要紧的就是那两百件‘大海’茶入啊。这批‘大海’我没能带回去，其他的带回去，我就更不好交差了。你也知道，这批‘大海’，我可是费尽力气从福州订齐了的，几乎把身家都顶了进去，何况件件在我们国内都有订主，也都付了订金给我的。”

“那，那，我愿意赔些订金，稍展些时如何？”

“黄三君，恕我无礼了。不用说你赔不起啊，恐怕连累我都要破产！”说到这里，横前次五郎急得站起，“没有别的办法，只能拜托立刻增加人工赶制，你们赶紧商量吧。否则，要出大事！我在商馆内还有要事，先告辞了。”说完，就带着山也清一怒冲冲地出了门。

漆行里，黄三一下子颓坐在椅上，两眼紧闭，连声叹着气。谢成一旁听着，又是吃惊，又感觉云里雾里一般，“大海”？究竟是什么物件？“黄师父，别急。你跟我细说下情形，看看还有什么办法没有。你们说的两百件‘大海’是什么？我怎么从来没在你这里见到过呢？”

“谢公子，‘大海’，这是横前他们的叫法，在日本是装茶末用的，叫茶入。听说特别金贵，我也不得其详。因为横前有约，不能让别人看，我就只能在一间库房里制作，只有我店里的徒弟知道，不能请新人或帮手，大概是保密的意思吧。所以，我也就没跟你提起。”

“哦，还有这样的奇物！黄师父，若不见外，可否带我看一看？也许，我可以帮着商量一下办法。”

黄三此刻也是没了主意。对谢成，他是信得过的。何况当下如果能多他相助，虽然不知道能有什么办法，也胜过自己无计可施啊。

谢成跟着黄三从店房后门出来，走上门边的十几级台阶，来到内院。这内院倒也收拾得干净，院中有两个漆工看着像是在调制漆料。两人来到院侧一处大房前，黄三掏出钥匙开锁，推开房门。谢成跟入一看，立刻就看呆在门口。只见房内除了门墙，其他三面墙前都整齐地摆着约五尺高的木架，木架的层板上摆满了像是小圆罐的器具。房子中间是一排长桌，桌上各有几块木层板，板上又是一排排的小圆罐。靠近窗口的两张长桌上，散摆着各种漆工工具。谢成被这样的漆作场面震撼了。此前他只是在店房里看黄三研磨零星的几件漆器，讨教漆器制作技巧，想不到内院里竟然有这么大的工房。

黄三领着谢成，先走到中间墙的一排木架前。木架从上到下搁着十几片层板，每片层板上整齐摆着一排盖子和罐子，一个盖子跟着一个罐子，顺序丝毫不乱。“谢公子，这就是‘大海’了。”黄三拿起一个罐子说道。谢成看这罐子，似圆又挺，黄三曲着手指夹着，小巧极了。

“这些罐子，都是从福州怀安窑烧制出来的。听横前说，那个窑做工极细，凡是烧后不合型的，统统毁掉不出售，因此，每次开窑成品极少。你看，这么薄的胎，其他地方我没有见过能烧制的。想必单单是陶土配方和拉坯的工艺，都有独到的秘传呢。”黄三转身把罐子放到房子中间长桌的空位上，又把边上的黑色漆盖取来盖上。小巧的圆罐挺肩而立，罐口向外翻唇，再盖上黑漆的盖子，一下子又在小巧中添了稳重。

“真漂亮！”谢成不由得脱口而出，又蹲下细看。

“我这是在给这批‘大海’陶罐配制漆盖。为罐子配制盖子，还是有许多讲究的。你看，必须一盖一罐跟着，时时对口，不可偏紧，也不可偏松。不能一堆盖子做完，然后才对口，这是不行的，多半对不上。因为这些陶罐全是手工拉坯，加上入窑烧制温度不同，难得会有罐口大小一样的。因此，别看只做盖子，也十分费工。”

把罐子和盖子放归原处后，黄三和谢成来到另一侧墙前。只见层架上摆满了朱色的长方折沿漆盆，看着像是成品了，光亮得很。黄三说道：“这是放‘大海’的漆盆，刚涂完最后一道面漆。你看着很光亮了，实际上离完工还差好几道工序。等我磨完漆揩完光后，比这还要亮。”

谢成指着对面墙前摆着的木箱：“这里面又是什么？”黄三走到桌边拿起一个小木箱：“那个大箱子里装的，都是这样的小木箱。日后完工了，将‘大海’装箱运走。”

谢成看到这里，长长地吁了一口气：“那这批制作现在到了什么阶段呢？”黄三指着窗台边的长桌：“最后的研磨和揩光的阶段了。不过，越是最后的这几道，就越难做。只有在白天光线充足又安静时，细细地做，才行。有杂事干扰，就做不得。”

两人回到前面的店房，谢成起身告辞：“黄师父，我明天再来商议，看看有什么能和横前商讨的办法。”

“多谢公子相助。”黄三这么说着，心里却是一点数都没有，怔怔地看着谢成出门离去。

第二十四章　女神

第二天，谢成早早地雇车赶到黄记漆行。他也没有想到什么办法，只是不知道那横前又会来跟黄三理论些什么，担心黄三一个人应付不了。自然，他也想更多地了解其中的来龙去脉。

谢成正要上去敲门，店旁的小门已经吱呀开启，黄三弯着腰出来，一脸倦态，看来昨夜不曾歇好。谢成赶忙招呼："黄师父，早啊。"黄三吃了一惊："谢公子，你怎么来得这么早？"

黄三和徒弟们卸好门板，招呼谢成进了屋，落座沏茶。谢成问道："黄师父，恕我唐突多问，你这两百套'大海'，包括漆盖和漆盆，横前要付给你多少工钱？"黄三一愣，他不知道谢成问这个的意思，不过他信得过谢成，于是实言相告："每套五两银子，一共一千两。横前给了我订金五百两。"

"哦，那也不算多啊。"

"公子，如果横前不能相商，索要赔偿，恐怕不是只退订金，我就算倾家荡产也赔不起啊。何况，事情传出去，不管出于什么原因，总归是我未能按约交货，今后这碗饭看来也是没脸吃了。再说，怎么知道那横前又会有什么说辞，或者有别的不利于我？唉！”黄三一夜未眠，正是在翻来覆去地琢磨这些念头。

“师父所虑极是。不急，看看横前来了怎么说，我们再商量。”

正说着，门口闪进两个人来，问道：“哪位是黄师父？”黄三连忙站起：“正是在下。请进。”谢成定睛一看，只见问话的人中等身高，身着一色青布衫，头戴一顶灰缎短翅巾帽，干净利落。再细一看，好一个俊美小生。

“请问公子高姓大名？”

“哦，我叫林……忠。这位是我的随从阿清。”

谢成顺着看一眼那个阿清，立刻认了出来，这不是昨天来的那个横前的随从山也清一吗？今天怎么换了装束！那黄三倒没看出来，可能昨天忙着跟横前谈交货、赔偿这些话题，无心看旁人了。而谢成自幼便是过目不忘，一眼就心里有数。

谢成这边还在琢磨其中蹊跷，那位叫林忠的公子直接找了把椅子坐下，一边瞟向谢成，问道：“这位公子是？”“这位是谢公子。”谢成微微地抱了抱手，也不搭话，正琢磨着，就听这位林忠哈哈一笑：“不瞒你们啦，我叫明子，今天是改穿了明国男装的。”

“这是我们横前老爷主家的大小姐。”山也清一说完，垂首侧立在明子身后。

一转眼的事，来得太突然了。谢成还在想着一会儿怎么戳破这出乔装改扮的戏，哪想到，人家竟自己报了家门。谢成盯着眼前的明子，惊呆了。

听到这里，黄三倒是明白过来了：“原来是明子大小姐驾临小店。失敬，失敬。”

“黄师父，你能带我去看看那批茶入吗？”

黄三连忙起身应道：“可以的，当然可以。谢公子，一起去吧？”见谢成呆着没应声，黄三轻推了下谢成：“公子，请吧。”被黄三一推，谢成这才回过神来，“哦，哦”，站起了身。明子看了扑哧一笑。

谢成脸红心跳，随在黄三和明子身后，来到了内院。库房前，明子吩咐山也清一：“山也，你就在院子里等着，我们进去看看就出来。”

库房里，明子随着黄三的介绍，看看这个，摸摸那个，不时赞叹。而谢成，此时哪里是陪着看库房，他没有挨近，只是远远地跟着，看着明子抬手，看着明子侧身，看着明子点头，看着明子专注的神情，听明子轻柔浅笑地说话。如此失态，谢成竟浑然不觉。

出了库房，几个人又回到店房落座。一杯茶下去，谢成这才缓过神来：“明子小姐，我是无意间知道了你们这桩生意。这到期不能出货，自然是黄师父的不是，我们也在商量办法。你也看过库房了，不知道你和横前君有什么处置的办法？”

明子从进门到现在，还是头一次听到谢成说出完整的一段话。她喝着茶，眉头微微皱起：“你们可是给横前带来大麻烦了。”

昨天的商馆里，匆匆赶回的横前次五郎，来到明子跟前："大小姐，我回来了。唉，没想到，出货成问题了。"接着，把黄记漆行谈话说了一遍，"其他采办的漆器倒好说，按黄三的说法也都基本备齐。重要的是那两百件茶入，恐怕赶不上这趟短季风回船了。这，这回去可怎么办啊！"横前在屋里搓着手来回走着，已经急得满脸通红，"我跟他们讲到赔偿，他们怎么赔？此地的加工费，还不够我在长崎卖价的零头，按加工费赔了又管什么用？加价让他们赔，别说他们赔不起，一旦事情闹大，我们在明国又没有照应，唉！"

"横前叔叔，别急了，你晃得我都看晕了。再想想办法。我知道这批货对你很重要，我也遵守诺言，帮你瞒着，没有告诉父亲。或者，我们可以看看能不能先赶一批，这次搭小船回去，你也好应付已经收了订金的客户。余下的等明年西洋大黑船的船期才运回去？实在有些应付不到但比较好说话的，就说明情形，你在此地买些礼物赔谢？"

"哎呀，大小姐真是提醒了我。这个法子看来是有些可行的。不愧是主公家的大小姐！"横前向明子弯着腰，深深地鞠了一躬。

"横前叔叔，不如这样。你明天先去市集转转，买些额外要带的货物。山也清一陪我去漆行走走。我也想亲自看看。"

"大小姐，这恐怕不安全。还是我带你去吧。"

"不用。你去了，就又要谈这交货赔偿的事。我先去看看。山也清一陪着，你就放心吧。我们改扮一番才去。”

不过，快言快语的明子向黄三和谢成说了“大麻烦”后，却没有说出她在商馆里给横前次五郎出的主意，问了些盖子的后续制作工序后，就告辞出了门。

和黄三送走明子后，谢成没等黄三留他续茶，也找了个事由，匆忙离开。他感觉什么事都谈不了了，脑子里全是明子的一举一动、一颦一笑。他不想在黄三面前继续失态，明子提到的那些“大麻烦”，他什么都谈不了。出了店门，他也忘了叫车，只顾一路茫然往回走。

傍晚的月港，丝毫没有要安静下来的意思。主街两旁的店铺依旧人头攒动，支巷深处的酒家茶肆点起了灯笼，呼应着街尾远处依稀的晚霞。

谢成到月港已经半年多了，他却似乎没有见到过如此迷人的街巷夜色。是的，他没有见过像明子这样的女子。在家在外，他见到的都是彬彬有礼和谦谦应答，而他从来就不喜欢那么多的规规矩矩。他不想去读那些规规矩矩的经书，他更不想去写那些规规矩矩的文章。考中举人，族人欢宴庆贺的酒席散后，他就跟父亲说：“孩儿不想再去应试了。中了举，孩儿也算为乡族和这金鱼巷争了光了，但是已经耗尽孩儿所有的精神了。”从那时起，在开明父亲的默许下，他计划游冶四方，于是来到了月港。

然而，今天的月港，却给他带来了一道大大的考题：明子。从来不怕考试的他，面对明子，却写不出、说不清一字半句来。谢成啊谢成，你今天是怎么了？

就这么一路走着，他回到了父亲在月港购置的小院。这一夜，谢成辗转难眠。第二天，直到日上三竿才起。今天去哪呢？不行，还得去黄记漆行。兴许那个明子今天还会来。

正这么想着，只见黄三的徒弟一路小跑着进来：“谢公子，我家师父请你快去。”

谢成连忙起身，简单交代院仆：“老钱，你跑一趟后街应家大院，跟六爷说我有要事，今晚的酒局就不去了。”说完，出门直奔黄记漆行。

一进门，谢成就看到了明子的背影。今天，她换了一身藏青色的布衫。谢成按住心跳，来到桌前，向横前次五郎拱手招呼：“横前君，来得早啊。”话音未落，就听明子咯咯一笑：“贵国的公子家如此俭朴吗？昨天的衣服，今天还穿？”谢成脸一红，可不是嘛！只好随着明子的话打趣道：“唉，怕你们要黄师父赔命，这才慌张赶来。”一边说，一边瞟了一下明子，只见她嘴角微翘，似有愠色，却又含着浅笑。这浅浅的笑，又深深地打动着谢成。

横前说道：“黄师父一定要请你来了才说话。看来谢公子在这月港也是数得上号的人物啊。我们言归正传吧。无论如何，从去年到现在，工时应当是足够的。如今交不出货来，我回国后左右都无法交代。黄师父，虽说是因为你家有变故，可是，生意的事，终究是信用第一啊。”

“唉，总是我黄三耽误了。原本是可以赶完的，又因为横前君你再三交代不可外请帮手，这才……”

谢成听到这里，忍不住插进话来：“黄师父，你可真够

笨的。他远在长崎怎么来得及商量呢？时间不够，你赶紧请帮手不就行了，这远隔重洋音讯不通的，你这才叫耽误啊……”

“哟，谢公子就是这么变通的吗？”明子轻哼了一声。谢成被噎了一下，顿时语塞。心里想，我这是怎么了，要是换作和六爷他们一起，谁能把我呛着。

不过，按他的少爷脾气，又忍不住脱口而出：“能不能变通，还请明子小姐出个章程，我们自然要郑重商议。若能说出赔偿之数，我既然已经被拉入局内，自然不会袖手旁观。”

横前接着说道：“大家清楚，这‘大海’茶入的漆作工钱是一回事，我们运回国卖多少钱又是另一回事。加上我在福州筹算这两百件茶入前前后后的无数心思和花销，真要赔起来，黄师父，别说是你了，你家几代怕也是赔不完啊。”

还没等黄师父说话，谢成的少爷脾气又上来了：“赔得起赔不起，横前君何来断言？这里，我先把话说在前头，黄师父若赔不起，我泉州金鱼巷谢家一定帮这个忙！”

“谢公子，你这时又不变通了吗？”明子笑着，不紧不慢地说。

谢成看向明子。两人的目光第一次对视，明子赶紧转向一边，拿起茶杯。谢成却还是盯着明子：“变不变通，还是听听明子小姐怎么说吧。”

横前看了看明子，把话接了过来：“这样吧。赔偿的事先不说了。两个月后，就有一条日本船趁着短季风经过月港回航。我刚才也去库房看了，黄老板，两个月内能否赶工先完成一半装箱，和其他漆器先赶上这条船。其他的，只好等明年的西洋大黑船，再运回去了。”

黄三听事有转机，面色顿时舒展开来：“能够这样安排，那就太好了。两个月，全部赶完工都可以。但有一条，即便是一半，也必须再去请三两个师傅帮忙，靠我一个人决计完不成啊。”

“请的师傅靠得住吗？”横前听到可以全部赶工完成，心中一喜，早已经顾不上保不保密了。这两百件“大海”茶入搞得妥，运回日本，除了挑出几件献给主家，其余陆续高价卖出，他横前家几代富贵都不可限量啦。

“当然是靠得住的，不过要多花些工钱就是。因为这后面的几道工序，非得大师傅不可，才能确保不出差错，而且他们要能放得下手头的活，到这里来帮忙。哦，我没有要横前君来付钱的意思，自然是我黄记来想办法补上。”谢成听到此处，也是心下大宽，看来这横前也不是那种不近人情的人。于是，接着黄三的话说道：“黄师父，工钱不难。只要能找齐帮手，把活做好做完，缺什么的，我来帮你筹措就是。”

黄三听罢感激不已，站起向谢成躬身拜下：“谢公子的救助之恩，日后必当相报。”又转向横前拱手一揖：“横前君，如能这般处置，定当全力办妥！”

横前转向明子：“大小姐以为如何？”

明子端起茶杯抿了一口，眼角里见谢成正微张着嘴看自己，于是放下茶杯，故意正色说道：“虽说出钱事小，谢公子侠义之举，倒是令人佩服。我倒觉得赔偿之事，如果不能谈好，两边都不得宽心做事。总要有一个定论才好。”谢成听到这里心想，这明子是什么意思？动人外表之下，难不成内里竟会是个刁滑的人？他有些坐不住了：“明子小姐，看来你有什么办法了，不妨直说。”

横前也是一脸不解地看着明子。关于赔偿一事，来前都没商量过啊，不知道这素来刁钻任性的大小姐又有什么新鲜的说法。

明子又端起茶杯抿了一口，转头看向横前，轻轻问道：“横前叔叔，那我就做个主张了？”横前连忙回道：“大小姐想必有了两全的办法，请说。”

谢成心里一阵急鼓：“明子姑娘，快说吧。”看谢成急得脸红，明子忍不住扑哧一笑：“我说了后，不知道谢公子还能仗义吗？”

谢成被她这么一说，心跳得更厉害了，她可千万别说出那些不中听的办法啊。在谢成心里，什么赔偿不赔偿的，都无关紧要，他期待着的，是一个完美的明子。

“照我看，拿钱赔偿的事，就不谈了，只要货品及时做完赶得上船期就好。不过，谢公子需要在一年内，把横前叔叔这次向黄师父订制的各种漆器，详细记录制作过程，写成一本册子。如何？”

谢成听了呆在当场，一时间竟反应不过来。这算什么赔偿啊？

为什么要我来写？他抬头看了看明子，明子也正看着他，那种眼神，既犀利逼人，又温润动人。

横前倒是一听就明白了，心下不得不佩服，直拍着脑门："嗯，主家大小姐，毕竟见识不寻常。"

黄三听后，却是面露难色，犹豫地说道："明子小姐，这，这实在是有些难办啊。从我在师父那里学艺起，师父有些制法就只传我一个人，到我如今制漆时，这些制法也是关门独做，只有收到合适传人才往下传。写成册子示人，我实在是没想过，也不敢想啊。何况，还是传到外国。"

横前向黄三摆了摆手："黄师父，恕我冒犯，你这是多虑啦。从贵国隋唐两代时起，就有漆作传到我国。如果都是黄师父或尊师这般想法，如何能流布宇内，声闻四海？如今，我国京都一带也有制作优良的漆行，只是也像贵国这样，师徒手口相授，秘不示人，导致量少价昂，实际上也对弘扬漆作无益。我与黄师父相交这么多年，自然是因为黄师父工艺精湛、价格合理，其实也早就有请教撰录之意，不过还没有机会谈到，也没有合适撰录的人。大小姐今天有此提议，倒是提醒了我，确实令我敬佩。我们来之前，也真没有谈过这件事。"

黄三听后也还是没有主意，不知如何应答，便问谢成："谢公子以为如何？"

谢成此时已经大体明白了明子和横前的意思，于是侃侃说道："横前君这话倒是说得不错。譬如我国几代高僧东渡传法并带去典籍名物，如果都担心人家学了去，哪还会有这般大功德？何况技法一项，法自他人，用则在我，每个人都能凭各自的悟性发扬。黄师父，我是赞同著录这件事的，并非只因与赔偿有关。以师父这样的手艺，能让更多人受益，无论中外远近，都是大功德一件啊。不过，明子，为什么我来写呢？”谢成说着说着，竟没意识自己开始直呼“明子”了。

明子轻笑了几声。谢成一听，又有些走神了。

“谢公子，你不写，难不成黄师父来写？”明子斜侧着脸，看着谢成。

黄三连忙说道：“我只是一个漆工，没怎么读过书，识字都不多，哪能写得来？”

“谢公子，这桩生意，就用你的笔来赔偿，如何？”

明子的话音和语调，都让谢成无法拒绝。大概明子此时无论让他做什么，他都是愿意的。“那，那我就试试吧。”

正在此时，门口传来一阵脚步声。“六弟，什么急事啊，弄得我们晚上酒局都开不起来。”

来人正是月港本埠巨商应少波，人称应六爷。只见他身穿锦边土黄缎子圆领长褂，头戴一顶深灰色垂着两条银边丝带的方巾，看着就是富家子弟。不像谢成，只是角巾盘发，一身灰色的土布衫，一副读书人的清净架子。

谢成忙起身笑着拱手：“哈哈，虽说是急事，不过倒是赶上六爷你来收场了。”接着互相引见。

“我说嘛，能有什么急事，连一月一次的雅集都赶不上了。原来是会美人来了。”应六爷一落座，就打起了不正经的腔。谢成连忙摆手：“六爷莫开玩笑，我和明子真是帮忙谈师父与横前君的买卖来了。”

“嚯，还‘我和明子’！”

谢成知道失言，脸上一下子挂起了红：“六爷，这……”他不好意思地瞥向明子。明子却是依旧端坐浅笑不语。

应六爷说着就要走：“六弟，那就还是到我家来吧。正好你们大事谈定，明子小姐和横前君也请赏光？六弟你就帮我邀请。我还要回去安排宴席，福州还来了客人。先告辞了哈。”

门口应六爷一阵风走后，谢成就邀请明子和横前次五郎下午先到他家小院，然后一同赴席。见明子和横前允约，谢成心中大喜：“几位，那就按方才商议的办。黄师父，你下午起就可以张罗请人和安排库房。至于撰录一事，我再慢慢请教。”

谢成目送明子和横前次五郎远远地拐进街巷，这才辞别黄三往家里走。一路上，他的脑子里时不时浮现明子刚才说让他写书时的表情。

午后的阳光落满了谢家月港小院的天井。谢成用过午饭，赶紧洗浴换衫，又换了一套角巾，这才坐到前廊的矮几边，准备喝茶看书。“老钱，你叫个车，去街头那家升通商馆接一个叫横前次五郎的日本人和……哦，算了，还是我自己去吧。你在家收拾收拾。”谢成这会儿哪里看得下书呢？

老钱纳闷，这少爷今天怎么了？从回家起就说收拾，到现在又说收拾？看来，这来人不是寻常客人。

谢成叫好三驾车，在升通商馆门边等着。他不时地往商馆里探视，左拍右拍自己的长衫。一会儿，就见明子在横前的陪同下，款款走出了商馆。

只见明子一身汉家小姐装束，步态轻盈地向他走来，髻上插着一支碧玉簪子，两鬓各留一绺垂发，没有戴耳饰。身上一套圆领宽袖对襟的粉色缎子长衫，外罩一件绢丝的长披肩，清爽又高贵。

“谢公子，我们走吧。”明子看着谢成呆住的样子，掩嘴一笑，“你回去就洗了换装了吗？”说完又是一笑。谢成被她说得有些不好意思了，连忙说道：“二位请上车，我前头带路。”

谢成领着明子和横前，依次参观谢家小院的前厅和后院。来到宽大的后院时，看到明子和横前有些惊讶，谢成指着院子里成排的木架和架上的圆形竹筛说：“家父主要经营福建的茶叶外销南洋和西洋，有些也卖去你们日本。因此，这后院都是工房和库房。天气好的时候，他们要把库房的存茶搬出来晒，打开库房通风，保证茶叶在出货前不受潮。所以就需要大的场院。”

走上十几级台阶后，穿过门洞，进入花园，顺着石径，来到一栋两层木楼。木楼的样式格外别致，大大不同于月港本地的民居。“这是家父去年新添的跨院，是按照西洋楼的样式设计的。‘紫气东来’门匾，是我们泉州金鱼巷谢家代代相传的。你们看，楼门也是正对着东向。”

横前不由得感叹：“谢成君，你家这院子，都能比得上我们日本国一个城主的家了。”

“横前君说笑啦。你一会儿去应家院子，再说这话吧。”谢成笑答着，请明子和横前来到花园中的茶桌前，“二位，应家大院就在我这后街不远，我们喝茶后再慢慢去。”

明子一路上跟着看着，没有说话。她感觉今天才第一次细听谢成讲话，第一次细看谢成的举止。

茶桌上，早有老钱和钱妈备好的茶具、水果和点心。刚落座，明子就被一碟看似小面饼的焦黄点心吸引住了："这是饼吗？好看。"谢成答道："不只好看，还好吃。这是我们闽南最受欢迎的点心，叫贡糖。外皮焦黄酥脆，内馅却是入口即化。这是月港前街的老许贡糖，不会太甜，不腻口，用来茶歇最合适了。"

明子拿起一块，边吃边问："你和那位应六爷的雅集，是什么？"

"我随家父刚到这月港时，因为生意来往的关系，第一个就认识了应六爷。我在家正好也是行六，又和应六爷同岁，这就特别投缘。后来，又通过应六爷认识了本地几位好友，大家就约了每月在应家和我家各办一场雅集。今天是第二场。"

横前说："那谢公子自然是这雅集的领袖人物啦。"

谢成连忙摆手："这可真是不敢了。应六爷家虽说是宁波豪富，累代经营江南生丝，不过他其实也是读书人出身，因为家族生意相传，这才出来操持家业。今晚雅集的其他人，也都各有所学。"说到这里，谢成突然想起一件事来，"因为这雅集每次会友都不定人数，特别是应六爷，交游极广。所以，今晚雅集，先不要向人说起我写书一事，免得座中的人四处传说。"

明子听了，娇嗔问道："难道写书的事，还没定下？"

谢成赶忙回道："既然我都答应了明子小姐，自然会勉力为之。只是我对这漆工技艺实在是所知太少，还需要和黄师父细细请教。”

“我也可以来帮你一道参详。”

谢成听到明子这句话，惊喜不已，压着心跳：“那，那就再好不过啦。”

横前补充道：“对了，这批‘大海’茶入，也不可轻易让人知道。之前让黄师父保密，实在是因为这茶入在我国太过稀罕，而且这么大的量，更是不敢声张。拜托了。”

说着，就到了要去应家的时间。

三人也不用叫车，出小院的东门，往上走十几级石阶，就来到月港后街，再往东走了不到半里路，就到了应家大院。明子抬头一看，果然好气派，单是门楼就比邻近人家要高出一倍，还有一个侧门用于平时进出。门口早就有应六爷的随从在候着，见谢成他们到了，迎过来引路进门。

这时，横前说道：“谢公子，送大小姐到这里，我这粗鄙之人，就不进去打搅你们雅聚了。酒席后，还劳烦谢公子送大小姐回商馆。”谢成一再邀入，横前执意要走。谢成见明子也没有留他，就只好随他去了。

进到院里，谢成一路向明子指点介绍。穿过两进院子，又经过一个跨院，终于来到了内院。这内院占地也不小，院子半边是个大水池，池边靠院墙的方向，是假山垒成的一处高台；另一边坐落着带两侧耳房的大屋，谢成说：“这就是今晚雅集所在了。”

两人刚进屋门，就听应六爷大嗓门喊道：“各位，今晚雅集三位主角到了。咦，六弟，怎么少了一位？”谢成说了情形。

“哦，这位日本朋友，倒是明白事理。”应六爷说罢，开怀大笑，谢成竟不知如何应对。倒是明子走近前问：“你们两个，一位六爷，一位六弟的，平日里也总这么打趣吗?”

应六爷收住了笑，向明子一拱手：“明子小姐，你冤枉我了。平日里，都是你家谢公子打趣我啊。”话刚说完，屋里众人被逗得一阵哄笑。谢成赶紧向明子赔礼：“明子，不要介意啊，众位兄弟嬉笑习惯了的。”应六爷也赶紧点头：“正是，正是。”

众人落座，靠门一侧，留出了一个空位。应六爷说道：“今天，正好福州城来了一位老朋友，去办点事，一会儿才到。我们不必等他了，先开席。六弟，你来把兄弟们给你家明子小姐介绍介绍?”看到明子瞋目盯着他，连忙改口，“呀，不好意思，又说走嘴了。给明子小姐介绍介绍。”众人听了，又是满堂笑声。

谢成先向大家介绍明子：“这位大村明子，来自长崎世家，自幼习读汉文，这次因家族生意到月港游访，大家多关照。”说罢，又向明子依次介绍了雅集好友：“这位是本地丹青高手沈佑文沈公子，这位是前街陆家书坊陆子忆陆公子。这位是黄公子，家里经营一个船队，往返长崎和香山澳两地。”

应六爷举杯说道：“这第一杯，我们先敬明子小姐和六弟吧。”明子嗔道：“六爷，你又来了！”

“明子小姐，这回你错怪我啦。一来，你是远道的贵客，先敬你，这应该吧？二来，今晚雅集，六弟原本就是主角，自然也是要先敬的。诸位，我说得不错吧？”在座众人纷纷附和。

“我这是为了加快进入雅集主题，所以一并敬酒。倒还怪我？谢公子，你代罚一杯吧。”应六爷说罢，一桌笑声又起。

谢成举杯站起：“诸位，这次轮到我出题，我就不自谦啦。喝过这杯，各位边吃，我边说。”饮尽落座，“说到雅集，我想，学古仿古不如稽古论古。”

这话一出，在座众人顿觉新奇。陆公子脱口而出：“论古？有意思！”谢成接着说道：“古人雅集，最著名的莫过于晋时王羲之的兰亭集和宋时的西园雅集。而在我看来，若说论古，以西园雅集更佳。兰亭集年代较远，人物偏多，除了右军所书《兰亭序》外，可论之文、书、画皆少。而西园雅集四五百年来，单是李公麟的《西园雅集图》，便多有历代名家摹本。何况雅集之十六人，东坡和苏门四学士且不说，其余众人也是名家，诗书画艺尽集一代风流。”

“那怎么来论古呢？”沈公子放下杯子，问道。

“按这雅集十六人，各位每次自选一人一作，或诗或文赋，或画或典故，做些评注，大家再一起赏评，如何？”陆公子听到此处，拍桌称绝：“妙啊！这样不光是大家雅聚，久了还可以成书，书名我都想好了，就叫《西园雅集论卷》！”

明子入神地看着谢成高谈阔论，又担心让人揶揄，才不时移开目光。听陆公子说完，侧脸问谢成：“公子刚才提到的李公麟，可是龙眠居士？”

还没等谢成答话，一旁的沈公子吃了一惊：“明子小姐好学问啊，难得你在日本也知道？”一旁的黄公子接过话来：“沈兄有所不知了吧。家父曾说过，这李公麟在日本，可是大大有名啊。明子作为世家千金，又自幼学汉文，自然是知道的。”

“嗯。我小时学汉画，就临摹过版刻的《西园雅集图》，教我的画师说了，这李公麟的白描画和宋徽宗的书法，在我国曾被记录为汉作之上上品。”明子答道。

应六爷听了，连忙接过话头：“看来，六弟，你的雅集题目来点难度吧？我看就是李公麟的《西园雅集图》考，如何？我们都是一个人，你和明子小姐可是两个人啊。”

大家又是一阵哄笑，谢成和明子干脆就不敢对视了。

正喝着，门口跑进一个人来，先跟应六爷拱了拱手，又环座打着招呼。

“哎哟，老吴来了。各位，这位是福州府怀安县吴家窑的吴老板。”应六爷引见后问：“老吴，事情办得顺利？”

“托六爷的照应，两个月后就有一条日本船，船方已经答应我交货出海。”

“什么货这么金贵，要吴老板亲自跑来打点？”黄公子趁着酒兴，好奇地插了一句。

“一批小圆罐，日本商行定制的。唉，难搞得很。足足花了我一年多的工夫，其他活都不顾了，这才做完。”

“哦，什么好东西，可有样子看看？”应六爷也不知道这吴老板要运什么去日本，只是推荐了吴老板给船行。

“这次只是来联系船期。日本商行非要定他本国的船不可，我只好跑来找六爷。罐子嘛，还真没有带来。”

众人听后也就作罢，大家接着喝酒。谢成却是若有所思，难不成跟黄三这批“大海”茶入有关？于是问道：“吴老板，你说的这罐，可是一款装茶叶的茶仓？”

吴老板听了手一抖，汤勺掉进碗里，看着谢成，惊愕不已：“不得了啊，茶仓？谢公子你是怎么知道的？”谢成瞄了一眼明子，回道：“哦，家父主要经营茶叶茶器，因此对茶器之用还算略有所知。吴兄你说的小圆罐，到那日本国，也应该是装茶叶用的。说到茶器，我首先想到的也是茶罐。各位想想，我们所喝的茶，不管来自哪里，什么茶树，近在眼前的，不就是从这茶罐里来的吗？不过，我倒是一直推崇用‘茶仓’二字来指称茶罐。我看陆羽所撰《茶经》和前人论茶之作，少有茶器讲究之论和茶罐之称。茶罐二字显得俗套，我以为称为‘茶仓’才合茶事之雅。这茶仓，顾名思义，就是茶的仓库。即席用的小茶仓，虽说茶量只供当前之用，却也有茶源不断、茶香不绝之意。”

众人听了，赞不绝口。吴老板说道：“这批茶罐非同小可，前后忙了我一年多。我虽然不很明白这茶罐，哦，茶仓，在他们日本国究竟如何用法，但是，制作之难，却可以说是如何夸张都不为过的。”座中众人无不好奇，催着吴老板细细说下去。

“这款小圆罐，听老祖们说几百年来都有烧制，但都不确知用处。有说装香油的，有说装茶油的，想必也有来装茶叶的。器用之变，全在用的人。说它很难做，一则胎很薄，粗陶土不行，需要精选细白陶泥反复过滤，还要精湛的手工拉坯，才能成型；又因为胎薄，后面的工序，比如修坯、施釉等等，都需要手艺精到；最后入窑烧制时因为胎薄，又容易变形。因此，量产成品不定，往往需要多备几倍的坯件，才能有估量的成品。因为难做，卖价又不高，如今，怀安一带能烧制这罐的师傅，恐怕也就只有我吴家了。”

众人啧啧称奇。吴老板转头问明子：“明子小姐应该知道这茶仓在日本的用途吧？”

明子正听得出神，冷不丁被吴老板问到，她看了下谢成，娓娓道来：“日本国饮茶，也有种种讲究。非但茶会讲究用具，即便平常饮茶、煎茶，茶器之美也备受关注。比如，用来装茶末的罐子，我们叫茶入。早期从这里去的，叫唐物茶入，无比贵重。其中，天皇或将军用的，更是称作‘御物’，难得一见。”

听到这里，应六爷忍不住啧啧几声：“吴老板，原来经营着这么名贵的宝贝。难怪前两次去福州都难得见你。”明子接着说道：“当然，这是指的古老唐物了。传承有绪的名贵唐物茶入，我在茶会上，也只见过几次。听说，那些有功的武将就有宁可要茶入而不要封地的。新制的唐物茶入，因为难求，也是贵重得很。不知吴老板是给谁做的呢？”

吴老板耸了耸肩：“唉，我只是接活去做。这里头有官府的人在经营。早年做的，也被日本商行四处搜罗，运去日本国了。”

应六爷听得明白：“如此佳品，也得找机会给我们大家见识哈。今天这么一说，才知我中华之物在日本竟如此贵重。”

吴老板连忙站起作揖：“各位，实在不知这罐，哦，茶仓，在日本有如此盛名。我这趟回去福州，再安排制作。”众人到此已经尽兴，看时辰不早，互相话别。

谢成送明子到商馆，见山也清一已经静静候在门口。明子下了车，回头问道：“明天还来接我吧？”

谢成求之不得：“去哪里？”

明子又是扑哧一笑：“去漆行看你写书呗。”

第二十五章　后来佳话

黄记漆行内院，库房前宽大的走廊下，谢成、明子和黄三围坐在桌边喝茶。

黄三呷了一口茶，说："公子，昨天已经谈妥了，两个师傅明天就可以来帮忙了。只是，写书一事，尚需从长计议。"

"黄师父，前人可有写过与漆工有关的书？"

"漆工一项，大多是手口相传，听说宫里或官府有些记录，我也不曾见过。倒是识字又勤快的漆工各自有抄记备忘，不过和写书是两回事啦。我因为小时读过两年蒙课，识得一些字，也有鬼画符地抄写一些。只是，几十年了，不知道还能不能找着。"

明子听后扮着鬼脸："那就看看小六哥怎么鬼画一通啦。"

"小六哥？"黄三不解。

谢成哈哈大笑："黄师父你不知道，这是我的小名。昨晚雅集，明子被我和应六爷一通六爷六弟地搞晕。我虽是家中独子，但在祖父这一房的孙辈里行六，家父大概希望我撑起房头家业，因此就给我取了‘六哥’这个小名。不过，族中长辈、哥哥姐姐都不好这么叫，于是不约而同地加了个‘小’字，这就成了小六哥了。”

谢成接着说道：“黄师父，我们还是说回正题吧。关于写书一事，我这两天倒是来回琢磨了好几遍。如果真当它非同小可，还真不知道如何下手了。不如就按明子说的，把横前订制的这些漆器，分项录下用料、工序和技法，清楚明晰。再说了，我于漆作毕竟知之甚少，就是这样简单的记录，还怕词不达意呢。”

黄三点头称是：“嗯，如果想尽览漆作全貌，还是要到我家福州城才好。”

明子听了，拍手就说：“好啊，我们就去一趟福州城。听昨晚那个吴老板说后，正想去看一看那茶入的作坊呢。”

“明子，你能在这里待多久啊？去一趟福州城，来回少说大半个月。何况，这里还要写书。”说着说着，谢成有些恍惚了。前天听横前说两个月后就有船运货，那明子不也就随船回去了吗？

“写书是你的事。我带上山也去不就行了？”明子也不正面回答，只管把话岔开。

“那可真不行。这一路匪盗出没的，出点什么事，都是大事。”谢成瞥了明子一眼，“对了。横前这两天做什么呢？怎么没来。”

“哦，他去拜访几个老主顾了。我们随船自然也是运了货来的。回去前，要把这批货出手才好。”

“什么货？”

“一批日本刀。黄师父久居月港，应该是知道的。这里的人十分喜欢日本刀，一把刀的售价竟然可以十倍于本钱。横前忙得不亦乐乎呢，我也就不让他来陪同了。谢成，帮工的师傅明天到了后，黄师父自然要交代安排一阵。不如你明天先陪我在这月港街前后走走好吗？”

谢成冷不丁地听明子直呼自己的名字，愣了一下。从“六哥”“小六哥”“六弟”，到“成兄”“谢公子”“少爷”等等，竟没有被人直呼名字。如今听明子这么叫，感觉动听极了。

接连三天，黄三在库房带着两个漆工师傅打磨茶入漆盖的面漆，谢成和明子也跟在一旁观摩。井然有序的漆工场面，两人都是第一次看到。

只见其中一个师傅坐在木车架前，两只脚轮番踩着踏板。车轮和嵌在车轮里的盖子越转越快，师傅就用棉布蘸着油和灰粉轻按在盖面上摩擦，而后用裹着布头的木槌敲出并更换盖子。黄师父则带着另一个师傅，在窗边的长桌上，用手细细推磨掉从车架上退下来的漆盖面上的残留浮光。

谢成脑子里有一堆问题，看黄师父如此专注，也只好等歇工片刻时，才想起一二项来问：“师父，这打磨漆面的讲究是什么？”

“漆器的表面应该是光亮的，细腻润滑的。只有磨去表面的漆膜，露出漆地，再推出光来，这才是光亮。现在我们做的，叫磨光。要做到光亮又润滑，还要推光。推光又有许多步骤。所以我说这最后几道工序，工最细，也最耗时间。”

“那这打磨的材料用的是什么？”

“各地漆工，各家漆行，都有自己的讲究。不过，大的道理是一样的。首要的一条，就是不能把漆面磨破、磨出刮痕。磨破露出灰地，这是用力过度或者灰地不平，就需要补漆面或补平灰地重新涂漆；磨出刮痕，那就多半是磨料不精细。你看，我这磨光用的砖粉，洗晾过滤少说有七八道了，用前还需要再筛，自己确认细匀了才可上手。”

明子不住地点头会意：“这漆艺，不用说完美的成品了，单是看这漆作的过程，就好享受呢。”而谢成三天下来似有所得，却感觉写不出来，又担心影响黄三手头的活，不好时时究问。

这一天，横前来到黄记漆行清点要运回日本的漆器。黄三带着众人，打开另一间库房。进到库房里，就有幽幽的漆香飘来。眼前的漆器，漆盒漆盘，漆箱漆几，还有漆屏风，光彩照人，琳琅满目。明子瞠目结舌，禁不住朝横前挤了挤眼：“横前叔叔，你这是要发大财了吗？那边还有那么多的茶入！”横前哈哈笑道：“这可是两年的备货啊。这些是早就做好的，后面又做了那些茶入，这才来一船运回。”

谢成看到这满屋的漆器，倒是心头一惊，这要是分类写下来，还真不知道要花多少心思。

回到院子里，众人围坐喝茶。横前看谢成若有所思，心下已经猜到缘故：“谢成君，这些漆器看着很多，实际上不过几类。我看你面色凝重，是有什么顾虑吗？”

“多谢横前君体察。的确有顾虑。哦，我不是说写不写，而是在思考怎么写。我对漆工手艺毕竟无知，又没有前人著述可以参考。加上时间仓促，恐怕力不能及。这几天，思来想去，还想不出路径啊。”

明子听了，接话说道：“不然你就简单地按项列下材料、工具和技法，无须细做说明。看你这几天正经皱眉的样子，大概是我的提议欠周全了。”谢成听着不语，只管喝茶。明子又说：“时间也不用担忧，放宽心思来写，什么时候写完都行。”

没等明子说完，谢成突然站起来说：“我要拜黄师父为师，学做漆工。”此言一出，众座皆惊。黄三随之站起：“漆作乃匠人之业，谢公子世家子弟，又是举人功名，正是前途无量，怎么可以降尊学徒？我又怎么敢自称师父？万万不可。”

“黄师父，我意已定。明天我再来向师父细细讨教。后天应六嫂回来，我来张罗洗尘，就一并请个拜师宴吧。”

明子默默听着，她没有想到谢成竟然会有这样的决心。原先只是无足轻重地随口一提，原意也不在写书，原只想……想着想着，不觉又是红晕上脸。“明天我也来评判下。”说着，又笑着看向谢成。

转天，交代好内院漆作事项的黄三，回到店房煮水泡茶，等谢成和明子到来。举人来学漆工？这是他从来不曾想过的事，恐怕也是古来未有的。不过，在他内心，他早就喜爱上这位举止温雅、谈吐纵横又侠肝义胆的谢公子。

明子和谢成来到店里。一泡茶过后，明子托着腮，扬着眼笑问："谢成，说说吧，你的拜师？"

"师父，我这学艺一事，并非昨日一时意气。这些天，关于撰录漆器工料技法一事，我是一边看一边琢磨。一般漆工写书，自然不能；但是，如果随便叫个读书人来写漆，要写出精要，也必然不能。比如昨天师父谈到的磨光，字面听起来似乎不难，但这一物一料、一招一式，初磨到什么程度，细磨又到什么程度，磨不到位又该如何，除非自己动手，否则一定是一知半解。如果每道工序都是一知半解，那就不能写了。"黄三听着点头："嗯，公子你有这般体会，已经是平常学艺之人难有的悟性了。"

"唉，都怪我。一句写书的话，竟要把一个举人出身的公子，逼成漆工。"明子盯着茶壶里冒出的热气，话里又冒出些俏皮的语气。

"明子你这才是说笑啦。虽说写书一事来得突然，不过，我于漆作爱赏之意，却是这半年多渐渐累积起来的。师父，你知道的，这半年多，我基本上是泡在你这里了。"谢成又侧身笑看着明子，"不过，被你逼的，倒也不算全说错。"

提起写书，黄三说："如果真是学漆，终归是要日久才能见功，这写书一事，怕是不能等吧。"

明子一听，让谢成轻松的机会来了，赶忙接话："师父不必多虑。写书一事，倒真是不打紧的。有谢成这一大漆家，不怕将来不成书。其实，在日本国，凡是名物，传承都有记录。我提议写这些漆作的工艺录，原意就在此。如果谢成学艺再来写，岂不更好？何况，既然是传世名物，又何必介意这区区三年五载呢？”

听明子这么说，谢成投向明子的眼神里已经满是欣赏。而黄三心里更是五味杂陈，这可真是珠联璧合的一对啊，唉，可惜……

“不过，谢公子，你必须答应我三件事，学艺之事才可以谈。”

“师父请讲。”

黄三端起茶杯慢饮了一口：“这第一件事，公子你不可拜我为师。所有漆作，我自然倾囊相授。但是，我又何德何能，可以有公子你这样的徒弟？你我就亦师亦友地学艺论艺吧。公子你这次盛情相助，我黄三已经看准你啦。旧日师门规矩之类，实在不能用在你我身上。漆作之法则技艺，一家一门不能尽美，一时一代不能尽善。以公子的才情，哪能是我黄三的徒弟，应该是漆艺的徒弟啊。”

明子听了，心想这黄师父果然是读过几年私塾的。这些天第一次听到他谈出这样的识见，明子倒有些为之前的赔偿一说感到惭愧了。

黄三接着说道：“我这么说，并非恭维公子。单从漆作来论，各家都有所长。但凡学得好的，必定是一边学着本家的，一边观察别家的，能融会贯通。我因为长年制货售往外洋，才到了月港这里。其实，如果有机会回到福州城，我家所在的黄巷周边，就有多家漆行，各有专攻。细访之后，公子对漆作，定有更多体悟。”

谢成起身拱手：“师父抬爱了。师父所言，我听来真是通透。那第二件呢？”

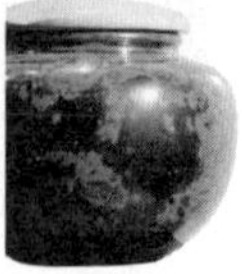

“这第二件嘛，是要公子你学艺头一年完全听我的，第二年半听我的。”黄三看谢成和明子疑惑不解，就耐心解释道，“读书人学手艺，恐怕与学徒不同，好问敢问，又常有究底求新之心。而这正是读书人一大弊啊，因为分了心，进不到工匠的状态。特别是在学艺之初，需要放下学问心态，只管动手，一招一式熟了后再说。这是我说的头一年必须全听我的，公子只管按我教的，反复去做。头一年，自然是辛苦的。苦不在于工累，而在于要忘掉你是读书人，只管练熟招式。第二年，一半的时间里，仍旧做我安排的活，因此还是要听我的；另一半时间，公子可以自己选些器型或纹饰，和我商议后，我来做公子的帮手，一起研制。”

明子忍不住插话：“那第三年呢？”

“第三年，公子可以给你写书了。”黄三哈哈大笑，向谢成说道，“要按学徒来说，满师少说六年。六年里，学艺事小，察人育人才是师徒根本。既然与公子有这样的机缘而能师友相待，我自然是尽我所知所能相授。而以公子之才情，只从技艺研习来说，两年足够。公子两年内变身学徒，沉潜此中，日后不可限量啊。”

“多谢师父垂爱。那，这第三件是？”

“这第三件，是要公子盘算银两。不是我黄三要，而是要给公子自己。”

黄三添了一杯茶，还没等谢成开口，明子急着问道：“多少银子？做什么用？”黄三又喝了杯茶，正要说话，明子又追问：“师父，快说嘛。”明子这样子，倒把黄三逗笑了。

“公子随我学艺，要从灰地制作入手。不会从现在做茶仓漆盖的工序开始，这些都是接近成品的末道工序了。学徒学艺慢，除了刚才讲的那些，还有三个原因。一则，师父大多只能就着现成制作的器具来教，也就是说，学徒只能跟着师父手头的活来走，像打杂帮工这样来学。而要想快速熟练某个技法，做一件两件又如何能够？最少一批十几二十件这样反复练手才行。二则，漆作的精华，需要从大件入手。这并不是说漆器以大小来论价值。如果只是拿小件漆作在手头摩挲，没有机会上手大件，漆工的大要领和漆性的根本就很难领会。所以我们才说，大件练性，小件练心。要成就大漆工，必须从练大件开始。你们想想，一丈多长你都能运刀自如，那方寸小件的漆作，不是更能胸有成竹、驾轻就熟吗？这第三嘛，是漆料和工时贵重。师父带徒，哪能让学徒随便上手？只能是打杂、多看、抽空试手。有订单的货品，工期就有约定，学徒做差了，师父还要来修正，这就误了工时。即便没有订单的日常店售的货品，让学徒上手，师父也要安排出时间，把学徒做坏的漆灰铲过重调来用。漆灰漆面干得很快，不立刻处理就不能用了。漆料贵重，自然是禁不起这般靡费的。”

谢成和明子听得聚精会神，这漆作师徒间带工学艺，竟还有这许多道理。黄三说完半晌，谢成才记起问道：“那师父，刚才说的银子，如何来用？”

“公子你看过西边库房里横前定制的那批漆器了，屏风、箱案几架和漆盒、漆盘，几乎全了。公子可以挑选其中样式合意的定制木坯，也可以另选几款想做的方器和圆器制坯。一两个月之后，这批茶仓漆盖和托盆做完，正好木坯陆续备妥，我就带着公子开始练手。”

“哎呀，这真是太好了！相同样式重新做一批，正好就可以一边做一边整理记录了。”明子拍手赞道，“要是可以，我也想代父亲定制一套。我来做帮手，可以吗？”

黄三点头称可：“明子小姐心地明快，通情达理。这次如果没有小姐居间调解，交货事宜也许还在磕绊着。我正想着无以回报呢。也好，小姐你这一套的费用，就按漆行的工价来付吧，不按卖价了。”

明子赶忙摆手推谢：“黄师父不可，心意我领了。但还是按此前横前同你定的价来吧。师父肯接我这多余的制作，我已经很是感激啦。”

黄三又笑着说：“横前这批制作，几乎就是全套的名贵陪嫁漆器啦。”

谢成听了，故意笑问明子：“原来你是想做一套嫁妆？”

“谢成，你也取笑我吗？”明子说着，脸上泛起了红晕。

两人打趣间，黄三说道：“公子，你在我这里的习作制作，只要付给我和徒弟工钱就好，其他的货我就不再接了。我和老妻无儿无女，专心带公子做完这批漆作，也想回去福州城啦。”

“师父深情厚谊，谢成定当图报。那就照师父的安排，近日就开始吧。只是这拜师宴，还请师父出席。”

“不了，公子。你我师友相待，已经足够啦。日后，我还会引介公子认识几位手艺独到的师傅。公子之名号，不可限于‘出自黄记’啊。再说，我本是匠人一个，你和应六爷他们的风雅酒席，我去了也不自在，还是在家忙这批货更好。”

谢家小院的前院厅堂里，已经摆满了各式酒菜。谢成陪着应六爷夫妇坐在首席，明子紧挨着谢成落座。谢成举杯说：“六爷、六嫂，今天我可是请来了月港一带有名的乡厨，备了这一桌本地海鲜和乡间美食，给嫂夫人接风洗尘啦。”又转向明子和在座众人，“也多谢明子小姐和诸位一起赏光。”

众人开席畅叙。应六爷问谢成：“六弟，听你这一番介绍，这黄师父有如此见解和心思，还真是个不一般的漆工哈。你当真下了决心投身漆作？”

“投身漆作，目下可不敢吹嘘。不过要想写好漆作，恐怕非亲自动手不可。”

“这么说，那就是为了明子小姐动手了？”应六爷说着，和众人一道哈哈大笑。应六嫂忙拽了一下应六爷，隔着应六爷和谢成对明子说道：“明子小姐莫怪啊，六爷这满嘴油滑的，也只有嫂子我才受得了他。”

沈公子一口酒下去，连叹了几口气：“唉，以谢兄这样的高才，又已经是举人出身，竟去投身漆作，可惜了未来的天子门生喽。”

陆公子接过话来：“话倒不见得这么讲。照我看，以谢兄这般凝脂点漆的风流样貌，又学富文史的诗文才具，躬亲漆作，为漆立言，必是后来佳话。”

应六爷又接过话茬：“后来佳话？那得多后来！眼前不就有了？你们刚才不是听说了吗？人家上来就要做陪嫁的漆器了啊。”

他这一起头，座间又是笑声迭起。惹得明子捅了一下谢成：“你快敬六爷两杯，省得他总在胡说。”

第二十六章　炭块磨出的满头青丝

接下来的几天里，谢成和明子每天到黄记漆行，一边看黄师父几人给漆盖和朱漆盆做磨推光，一边对着图纸细看西边库房里横前的那些漆器，反复端详漆器面板和彩绘图稿。遇到黄师父歇工时，才分项请教。明子还是一如往常的一身男装打扮。谢成不解，明子说："我让山也清一每天都随横前去办货，我一个人常出门，总是男装方便些。再说了，要是帮你干活呢？"

"你还能帮我干活？两个月后船期到时，你不就跟横前回去了吗？"谢成那幽怨的神色，别说明子了，就连黄师父都能看得明白。明子也不回话，只管在东西库房和店房里左看右看。

明子看谢成经常看横前那些漆箱的描金画稿和诗句，忍不住问道："这些诗画有什么问题吗？"

"嗯，哪天要约沈公子来请教下。这沈公子不仅笔墨好，还精研画论，又因为常去苏杭一带交游，见识很广的。"

转天，沈公子果然应约来到了漆行。谢成带他细细看了库房里的那些漆器后，大家坐下茶叙。

谢成说：“我看横前交给师父的这些画稿，应该不是我朝历代画作，所以想请沈兄来一起参详下。”

“谢兄所言极是。这些画稿都不是我国画作。我去江南一带游历，认识些画家，还见过几个日本画僧，因此略有所闻。比如，这屏风上的绘稿，在日本就称为‘屏风绘’，已经大大不同于早先他们称为‘汉画’的我国画作了，而是有了他们自己的画风，听说叫什么‘大和绘’。”

明子听得明白，不由得连声赞道：“对，我们是叫‘大和绘’。沈公子果然好见识，好学问。”

“难得明子小姐夸赞，我就照单收下了哈。”说罢呵呵笑着问谢成：“不知谢兄想用什么绘稿呢？”

“沈兄，实不相瞒，我正在想请沈兄构思作一幅《西园雅集图》，日后我来描制在新做的屏风和漆箱面上，如何？这不是正好与我们雅集所说的稽古论古关联上了吗？此外，其余漆器描金所用的诗句，也从西园雅集那些人物的传世名句中来选。”

“哈哈，好主意！有意思！谢兄才情，果然高明。你看，吴中有位大家仇十洲，他也画过《西园雅集图》，听说是漆工出身，用色清丽独到。仇十洲把漆色带入水墨，谢兄，你这可是把文墨带入漆作啊。”沈公子说完端起茶碗，一边还在晃着头啧啧称赞。

明子听了，心下也是暗暗赞许，脱口就说：“我那一套，也画《雅集》吧。”话才出口，又惹得沈公子哈哈一乐，旋即说道：“有明子小姐捧场，看来我是推不掉你们二位啦！不过，我可有言在先哈。这《西园雅集图》，历代各家所作，在李公麟白描绘本的基础上，布局各不相同，用笔各有添减，说到底，实在是各画各的雅集。因此，我画成什么样，就是什么样哈。”

谢成赶忙说道：“这是自然。我们就等着沈兄的雅集大作啦。”

沈公子又道：“既然是为这屏风和漆箱绘稿，那改天我再来量下尺幅，按此作画，免得后面再改。到时，我来量我的，跟黄师父讨茶喝。你们二位不用管我，专心做你们的嫁妆好了。”说完大笑，起身告辞。

黄三见此情景，心想：“唉，这明子小姐要不是日本人，该多好啊。”

又是连续几天，谢成和明子都在库房细看黄师父做漆。茶仓的漆盖今天要进入磨光的第三道，也是最后一道工序了。于是，二人相约早早来到黄记。只见桌上摆着清水一盆，几个乌黑的小炭块，几片棉布。

谢成问道：“师父，这炭块磨光的讲究又是什么？”

“先前灰粉磨光，是磨出平整的漆地。面上漆膜的光磨掉后，你们看到的，漆地本身没有光亮，需要靠后面的推光，把光推出来。不过，在这之前，要用这细木炭来做最后一道磨光。我们福州漆工，用的是‘拣’这个字，大概意思就是最后收拾一下漆地。”

明子拿起一块木炭端详：“师父，什么样的木炭都可以吗？”

黄三笑答：“用炭细磨，这是讲究；用什么木头来烧炭，自然也是有讲究的。各种硬的杂木炭，用来生火可以，拿来磨漆肯定不行。因为硬木原本就疙瘩太多，虫眼裂痕处处都是，烧成炭后又硬又不容易找平。至于松木杉木这些软杂木，原本就没有人拿来烧炭，不成块又掉粉，更不用说来磨漆面了。烧磨漆的炭，我们通常选的是山榉木，木质软硬适中；烧出来的炭，选细面的炭块，整理备用。一般来说，我们都是自己去山上找树存着，晾过多年的，才烧制木炭。其实，这炭块细磨，还有一层讲究，就是为了磨润。比如这黑漆面，推出黑，和推出青润，是不是听着就有差别呢？初看漆作的人，自然看到漆面的光亮就喜欢上了；更讲究的，赏漆久了的，把经过炭磨和没有炭磨的，摆在一起细盯着看，就能感觉到细微的不同。”

谢成听到这里，不住地点头，又若有所思地说：“师父，是不是可以这么说，一头黑发和满头青丝，这就是不同。”

黄三赞道：“公子好悟性！”

“这几天，我们就在用炭磨漆盖和朱漆托盘了。炭磨这一道后，水磨的工序就算结束了。接下来，就是推光和揩青了。你们二位可以随时来看。公子还要和我整理木坯。”

这天，应六嫂派人来商馆请了明子去应家大院，和沈家、陆家等一帮女眷们小聚。谢成就在自家院子里查看木坯图纸。横前所制的这批屏风和箱几，虽说还是明式大样，却又有些细微改动，大概是按照日本国的流行款式。黄三做了不少贩去日本的漆器家具，因此特别提醒谢成需要考究木坯样式。在漳州城里木工作坊修改图纸后，今天是最后一次审图。过两天，就可以去漳州城里交定稿图，开始制作了。

下午刚歇过，明子就来到了院门口。她叫山也清一先回商馆，自己则提着竹篮，来到了后院小楼。“正要泡茶呢，看来这茶也识人啊。”谢成笑着迎上去。

明子把竹篮放到桌上，打开盖子：“快来尝鲜吧，六嫂让我给你带的荔枝，说是今天一早从乡下新采的。我还是第一次吃到这‘一骑红尘妃子笑’里的荔枝。”两人坐下，谢成尝着荔枝说：“还真是鲜甜。没想到今天是你送来的。”明子笑看着谢成吃荔枝的样子，轻轻摇着小折扇，不觉出了神。看到谢成吃好一颗快要抬头，这才赶紧移开目光，看向小楼。“谢成，到你楼里看看吧。”

一楼一间用作账房兼书房。“对面那间如今用作细库房，存些前院放不下的各种瓷类茶器。”谢成说着带明子上了楼。二楼的中厅两侧，各有一大间。“那间是家父来时住的，不过他一年最多只住上半个月。这间我住，来看看吧。”

明子进屋一看，原来还隔着里外间，外间兼做书房，看着宽敞清雅。靠窗摆着一条不大的书案，案上一套文房齐备。案边摆着一个米色的小花盆，种着一丛溪草。门边两架书橱，隔墙边一张梳背式罗汉床，床侧一架花几，几上一个青花的瓷花瓶。

明子指着青花瓶问道：“谢成，这是什么瓶？刚才在六爷六嫂的书房里也见到一件一样的。”

“这是梅瓶。你们日本国没有吗？”

“没有。我没见过，真漂亮啊。”

“怎么说你没见过就没有呢？”

“我父亲和从兄就管着进出长崎内外港的码头呢。所有从明国和吕宋来的船卸下什么货，哪样好，我家肯定是见过的。这么漂亮的瓶子如果到了日本，他们还能不知？”明子一边说，一边弯腰细看，“为什么叫梅瓶呢？这名字也好听。”

谢成介绍道：“这件梅瓶和六爷家的是一对。听家父说是景德镇一家瓷行老板到月港运货时，各送给六爷和我家一件。这瓶子细口宽肩，圆腹撇足，端庄挺拔，很受文人官家喜爱。听说早先是装酒的矮墩瓶子，慢慢地就成了赏瓶，变成各种高挑的形状。我们家里还有好几件，样式都不同。听说是因为细口只容插入一枝梅花，所以传称为梅瓶。”

明子听谢成说完，才直起身子问道：“谢成，这梅瓶能做成漆的吗？”

“这我还真没想过。不过，听起来是个好主意。改天我们问下黄师父。”

明子有些得意地接着说道：“你看啊，要是能做成漆的，那岂不是各种颜色和画稿的都可以？就更美得不行啦！”

谢成看着明子兴高采烈的样子，忍不住打趣道：“看来这漆艺梅瓶，也是你的一大嫁妆了，而且古来第一。”

“谢成，你也来胡说了。”明子有些气哼哼地说，“等我真带着这些陪嫁回去，你会开心吗？”说着，急得眼眶都泛红了。谢成见状，手足无措地赔笑：“明子，是我胡说了，是我胡说了，你别这样好吗？”

“那以后不许再说了。应六爷他们爱怎么说就怎么说，我听了好玩。你，不许说陪嫁的话。”

谢成听后躬身一揖：“漆工遵命。”

两人回到花园中，说笑一阵后，谢成送了明子回去。回来的一路上，他反反复复地想着明子登船回去的场景，感觉心里空落落的，不知道如何打发。

黄记漆行店房里，桌上摆着谢成从家里抱来的青花梅瓶。“师父，梅瓶可否加入你说的漆器制作中呢？”

“当然可以。不过，这器型偏大了些，需要改小。漆器不像瓷器。泥坯瓷器，器型可以做得比较大；木胎漆器，特别是圆器，靠车工车坯，那就需要尺寸合适的原木整木来车，像这么大的梅瓶，很难找到这么粗的圆木啊。”

明子紧接着黄三的话：“改小也会好看。”黄三笑了笑：“看来，这梅瓶还真招明子小姐喜爱啊。不过，话说回来，改变器型尺寸，也并非容易的事。器型由大化小，有时又不好看了，反过来也一样。我还没有见过有做漆艺梅瓶的，没有可以参考的。不过，月港前街的街尾就有一家车工，倒还方便试做。要想省事，可以让他们试车几款，你们看看哪里需要调整，再车过。找准样式了，就可以试一批。”

“师父，那要是想做大件梅瓶呢？”

“那可能只能用布胎来试试啦。也就是我们福州做脱胎佛像说的‘脱胎’。”

“什么叫脱胎呢?”

“这个嘛,以后做到时,我再跟你们细说,我最近也留意下有没有大一些的木头,甚至可以再车一个比这个青花瓶更大些的梅瓶,试试脱胎的路子。你们今天可以先去找车工试试车几件稍小的梅瓶木胎。车工师傅跟我很熟的。”

“太好了!那我们现在就去!”

“去吧。不过,谢公子,明天我们开始推光了,你们可以早些过来看。”

谢成抱着梅瓶陪着欢天喜地的明子走出店外。黄三看着,心下又是高兴,又有些发愁。这说话间,货也快赶完了,明子也要回去了。唉,这一对金童玉女,到时可怎么分别呢?

第二天,谢成和明子早早来到库房。明子急向黄三说道:“黄师父,车工说下午就可以车好了。”

“嗯,车工只是凭经验来车样,到时,你们需要自己揣摩,觉得厚肥的地方用刀削薄,觉得窄瘦的地方用塘泥堆厚,慢慢修到满意。你们先来看这茶仓的盖子。”

两人走近一看,真是神奇了!只见黄师父手上拿的漆盖,已经光得发亮。再看看桌上漆盖的黑蒙蒙的漆地,越发觉得推光后的效果不可思议。

“磨推光,是漆工的基本功。漆行招人,多半会问‘会做磨推光吗’,以此来安排工事和酬劳。不会做的,那就只能打杂了。当然喽,七八个人的漆行,一般来说,漆工师傅没有不会磨推光的,只是做得好不好而已。”

明子看到桌面上有一团团的头发丝,不解地问:“师父，这头发丝是做什么用的呢？”

“从推光开始，就要用这头发丝蘸着油和细灰来磨啦。这头发丝需要选年轻男女的，才够细润。”

明子听了，又是一通感叹：“唉，真想留下来，也来向师父学漆。”

谢成原本全神贯注地听黄三的介绍，听到明子这么一说，猛然间心里一慌。这几天，总被明子就要回去的事困扰煎熬，只是强忍着不问不说。这时听明子提起，一时心神黯然，自己就走出了屋外。

明子还没反应过来，见谢成走出库房，便追出来喊道：“谢成，你去哪里啊？”

“哦，我去那边库房看看。”

时间过得真快。就在谢成和明子每日往返漆行、商馆和谢家小院间，黄三和师傅们已经开始整理包装了。看着茶仓漆盖和朱漆盆在师傅们的手中，一天天地接近完品，谢成的心里也更加坚定了研习漆作的想法。他已经写信向父亲说了他的决定，他甚至每天都在盼着那批漆器的木坯样式赶快敲定。

可是，这时间又过得太快了，快到丝毫不恤人意。连续几天，横前次五郎都来到漆行，陆续搬来他在月港采购的各种瓷器、棉布和茶叶、药品等等，也在帮忙茶仓和漆盖、漆盆的装盒装箱。每次他们谈起船期和船票的事，在谢成听来，就好像都是一句话：“明子就要回去了。”

而明子却是前前后后地跟着横前忙着。她正在反复挑选十件“大海”茶入，准备落上“大村家”的款，署上她的名。这是她和横前的约定。横前回去送她父亲大村纯忠的茶人，要由她亲自挑选、亲自题款。父亲看到一定格外喜爱，也就不会怎么计较她这次偷偷跟着横前来明国的鲁莽了。她感觉自己快挑花了眼，就对谢成说："我实在挑不出来了，感觉每一件都不舍得放下手。谢成，你帮我挑吧。你挑哪十件，就是那十件了！"

谢成帮着挑好后，几个人坐下茶歇。黄三说道："横前老板，总算大功告成啦。明天就可以锁进库房等着装船啦。我呢，明天也休息一天，后天去漳州城里看一下木坯。"随即又转身对谢成说："公子这几天就把梅瓶木坯带回府上细看细修，等我回来一起裁定，如何？"

"师父尽管放心去，我一定帮明子把这梅瓶的型定好！"

"明子？梅瓶？"横前不解地环视着众人。

明子看着横前一脸懵然的样子，扑哧一笑："横前叔叔，不好意思又让你吃惊了。等我弄好了，再给你看。"

第二十七章　红月亮

这天，谢成早早地去了商馆，跟明子说应六爷一早差人找他。两人于是约好晌午后在谢家小院一起喝茶、看梅瓶器型。随后，谢成从商馆去了应家，明子无事，就在商馆帮横前抄写些账目。

七月的月港码头，午后的阳光火辣辣的，在屋里也能感觉到热气灼人。明子洗浴梳妆一番，叫山也清一陪着，套车来到谢家小院。

谢成还没回家。老钱和钱妈在小楼的走廊里备好了茶具点心，点起了烧水的炭炉。明子谢过老钱："钱伯，你去前院忙吧，我自己烧水泡茶就好。"

明子喜欢这东楼和花园的清静。今天，她还是头一回独自在这里，享受这份安逸的同时，好像也在享受着等谢成回家的感觉。今天，她要告诉谢成自己的决定，她在想谢成会是什么反应。唉，他能是什么反应呢？他是喜欢自己的，就像自己第一眼就知道自己喜欢他一样。明子呆呆地盯着花园里的小花，想着和谢成一起的情景，想着等下告诉谢成时他的表情，竟然没觉察谢成已经来到跟前。

“明子，想什么呢？”

“啊，你回来了？也不吱一声，吓人家一跳。”

“罪过罪过，惊扰大小姐的夏梦了。”谢成嘻嘻一笑，“不过，你看我带什么宝贝回来了？”说着从袖兜里拿出一个锦囊放在桌上。明子打开一看：“天呐，这不是‘大海’茶入吗？”随即拿在手上端详，“这件太美了！比库房里那些都要美！”

谢成坐了下来，一边喝茶一边看着明子：“你今天也比哪天都美。”

“真的吗？难道我以前不美吗？”明子故意瞪了谢成一眼，“要是在酒席上，你要罚三杯才是。”说完莞尔一笑。谢成就像没听见似的，还是直盯着明子。

“好了，谢成，快告诉我这件是哪里来的。”

“你还记得那天那个吴老板吗？他又来了，来找应六爷帮忙安排船期。他看大家喜爱，这次特意找出来两件送给应六爷，应六爷转送给我一件。”

“为什么说特意找出来呢？”

“这就是我为什么晚回来的缘故了。据吴老板讲，茶仓极为难烧，这你是听说了的。这两件，是他以前烧的，虽有些瑕疵，但器型还算周正完美，舍不得砸掉，才存起来的，所以说是特意翻箱倒柜地找了出来。要跟你说的还不止这些。这吴老板竟然告诉我和六爷一个天大的秘密。”

“秘密？”

“嗯，他这批茶仓，就是‘大海’茶入，其实是去年福州府怀安县知县找他烧的，卖给京都的一个商行，而且那知县另外给了他一笔买断的银子，那以后就只能给知县大人烧制这茶仓，不准外走一件。应六爷的意思是，让吴老板想办法给他也烧制一批，这才让我过去他府里商议。”

“这也可以？”

谢成听明子这么问，伸出大拇指：“大小姐高见。”

“别耍嘴皮子了，快说说。”

“那吴老板说了，知县派了两个家丁在他窑里，管着泥料和坯房，想要另制，难办得很。六爷送我出门时，让我用些心，后面找时间去福州再跟吴老板想想办法。”

明子点了点头。她又想起：“你刚才说吴老板说这茶入有瑕疵，是什么呢？”

“哦，你看，接近底部的，不是有流釉吗？你看到有手指抓的痕迹了？因为是抓着罐底搅釉，没抓好，就留下指印。不过，我倒是觉得没什么，这指印留在上面，更像是人意天趣都有了。”

“我也这么觉得。就因为有了这指印，所以比库房里那些都要奇美。”

说着说着，谢成想起黄三交代的梅瓶木坯一事，又看看天色将晚，便说道：“明子，梅瓶的样式还没谈呢，只是有些晚了。明天我还要跟六爷去那吴老板的货栈。不如这样，趁着今晚月中十六，我让老钱去街上叫几样菜，我们一边赏月，一边看梅瓶吧。”

谢成收起“大海”茶入到二楼，随即到前院找到老钱，嘱他到商馆给横前和山也捎信，说明子小姐留在谢家用过晚饭后才回，然后到前街宜兴楼叫菜。一番安排妥帖，谢成才回到花园跟明子说："今天跑了一天，满身湿透，你先坐一会儿，我去楼后擦洗下就回来。"

明子在一楼走廊里接着喝茶，见钱妈楼上楼下地张罗，就问："为什么把餐具拿去楼上呢？不在这里吃吗？"钱妈笑着回道："哦，我家少爷平日里常在二楼用餐，他说风景好。"

"是吗？我上去看看。"明子说着来到二楼。厅堂里却不见摆桌，看钱妈刚从谢成屋里出来，就问："在哪里吃饭呢？"钱妈回道："里面，少爷房间的前厅。少爷说看风景最好。"

明子走进房间，屋里的陈设，她是熟悉的。只见花几上又摆回了青花梅瓶，书案上的文房用具已经撤掉，摆着两副碗筷。东边和南边的大窗，已经全部打开，窗外，海天尽展。明子走到窗前，九龙江口片片白帆浮动，前街的红瓦依山铺开。江面、灰墙和青石板的巷道，泛着夕阳的柔美霞光。此刻的月港，正在迎着夜的到来。

明子还在怔怔地看着窗外的天色、江海和街景，门口传来谢成一声轻咳："明子，这回没吓到你吧，不用再罚三杯了。"明子转回头来，看着换过衫的谢成，柔声说道："这里的风景真美。想不到，你在家吃饭也这么讲究。"

"那也不总这样。难得今天风平浪静，满天清明，真是少见的赏月机会。"

说话间，老钱提着一个泥金描饰的朱漆竹篮，摆上酒食和餐具。

"明子，我们边吃边聊边赏月，饭后再来看梅瓶坯子，如何？”

“这时哪里来的月亮好赏？”

“这你就不知道了。等月亮出来看，那不叫赏月。我喜欢的是月出。那时的月亮是火红色的，像晚霞一样，朦朦胧胧，叫人看着有念想，这才是赏月。等月上中天、月光尽洒时，那就该是嫦娥姐姐在看我们了。”

“好吧，那我就陪谢公子先喝一杯待月酒。”

两人说说笑笑品完菜肴，眼看着天色就要昏暗，老钱和钱妈点了两盏油灯送了上来，收拾起餐具，又下楼换了新茶上来。谢成嘱道：“老钱，你们先去忙，我陪明子小姐在这喝茶赏月，一会儿我送明子回去。”

谢成酒后微红的脸，在灯下愈加泛着红光。“谢成，你的脸怎么这么红，快赶上你说的红月了。”谢成听了，闭着眼双手擦了擦脸，喃喃说道：“是吗？你在看我还是在赏月呢？”

“你看，月亮出来了！”明子拍了拍谢成。只见天际慢慢地露出红晕，海面也慢慢地铺开了红色的波光，红月一点点地升起。月光照进了窗，照着明子的脸，分外迷人。谢成的双眼，呆望着正托着腮看海上红月初升的明子。他忍不住握向明子的手：“明子，难道你真的要回去了吗？我这些天，感觉就像在梦里，你忽然飞来了，又忽然要飞走了。”

明子低着头，一只手轻摸着桌面：“你想我走吗？”

谢成站起，来到明子身后，俯下身子，双手绕过椅背，抱着明子：“你要是不用走，你要是我明国小姐，那该多好啊！”此时，明子再也坐不住了，她站起身来，扑到谢成怀里，把头埋进谢成胸口。两人就这样紧紧地抱着，窗外高高挂起的红月，已经照亮了书房。

明子把头抬起，看见罗汉床上的几件梅瓶木坯，在月光的照射下，拖着影子，显得格外挺拔秀美。“谢成你看，这些梅瓶，拖着影子，就像身穿了长裙一样，这场景真美啊！”

“嗯，也和你一样。”谢成说着，又搂紧了明子。

“谢成，我如果不回去呢？”明子低喃着。

“那你就嫁给我。”

明子抱着谢成肩膀的双手，缠得紧紧的。就这样，时间一刻一刻地走着，慢慢地，红月亮变成了白月光。

谢成托着明子的手放在胸前：“你真的能不走吗？或者迟些走？或者我跟你一起走？或者我带你回金鱼巷禀过父亲，再去你家提亲？”

“我们明天再说，好吗？”

“嗯。那我晚上就盼着嫦娥托梦，看能否给我好消息。哦，天不早了。我去叫老钱点两盏灯笼来，我送你回去吧。”

“嗯，我的举人老爷，我的漆工。”明子闭上眼睛，又把头埋到了谢成的臂弯里。

商馆里，明子用了一上午，总算写好了给父亲的信。这封信，真难写啊！

从小，她就知道父亲最疼爱她，以至于她在弟弟妹妹面前都优越得不好意思了。很小的时候，她去父亲的家臣横前次五郎家，在横前开的“唐物屋”里，对那些来自明国的唐物爱不释手，放下这件又拿起那件，好久都不愿回家。父亲就让横前腾出一间给她住。后来，干脆在横前家旁边买下了一栋院子，让她带上贴身侍女富永千惠过来小住。渐渐地，长大了，她有时过来一住就是半年，甚至更长。骨子里，她喜爱简单的家，简单的生活。可是，大村家有哪一天是简单的呢？除了家臣们进进出出，还络绎不绝地往来着明国人、西洋人等等，还要时刻提防着龙造寺和后藤家的袭扰。父亲也有意让她跟着横前次五郎待在热闹的长崎，学些贸易上的事。每隔一段时间，父亲会接她回去小住几日。她知道，这是父亲想她了，也乖乖地在家陪父亲说几天话，不过，待不上几天，她就会编出各种理由回到长崎。

这回，她瞒着父亲，偷偷地跟着横前来到明国，心想玩个三两月就回去了。可是，她遇到了谢成。从她第一眼见到谢成的那时起，她就觉得，眼前这个清瘦俊秀的男子，就像她喜爱的汉画里的美公子，有一种让她熟悉却说不清的依恋。

其实，从她说要再定制一套漆器开始，她就有了先不回去的心思。可是，该怎样跟父亲说，才能不让父亲派人来催自己回去呢？给父亲定制一套漆器，留下来帮忙记录一些明国的漆工制作，是她能想到的一个好借口。

此时她又浮想开来，她倒觉得这套漆器，还真可以说是自己的嫁妆。嗯，要是这样的话，岂不是为谢成做了？

想到这里，明子忍不住笑了起来。在给父亲的信里，提到的关于谢成的那些话，父亲能不能看得懂呢？

正在浮想联翩，横前次五郎来到了房间："大小姐，有事找我？"

明子打量了下横前，请他坐下后，心里又数了几下节拍，吸了一口气，说道："横前叔叔，我想这次我先不跟你回去了。"

"啊？"横前次五郎吓得跳了起来，"大小姐，为什么不跟我回去？这可万万使不得啊。本来这次带你出来明国，如果被主公知道，就已经是大错了，我还指望着大小姐你保我呢。你这又不回去，万一在这里出了什么事，我横前全家都不能活了。不行不行，绝对不行。"横前次五郎把头摇得都快冒出了汗。

"横前叔叔，没事的。我写了一封信，你带给父亲就好了。你拿去先看看。"

横前一边看着，一边又听明子说道："你看，我这信里说了是我逼你带我来的，父亲知道我的性子，肯定相信的。另外我又说了在明国找到人写关于漆工的书，这是父亲很想要的不是吗？这本书，对你和父亲，还有托雷斯神父打算在长崎孤儿院开设的漆艺传习班，多么重要啊。还有，我把向黄三定制一套明国漆器的事也说了，父亲一定高兴的。"

横前看完信，还是直摇头："大小姐，话虽如此，可是你的安全，对我来说，哦不，对大村家来说，才是头等大事啊。不行不行。"

“横前叔叔，你都看见了，明国这边几个朋友，他们都对我们很好的。有谢成他们照护我，你还有什么不放心的呢？”

“这，这……不行不行，总之不行。”

“横前叔叔，难道非要我以明姬的口气跟你说话吗？”

横前一听，立刻扑通跪下：“大小姐，你，你太为难我了。”说罢，低头叩在地板上。

明子连忙站起，扶起横前：“横前叔叔，等明年大船期到，你再来接我。好吗？”

“那，那就让山也清一留下照顾大小姐吧。我一个人回去就行。这是我们日本国的船，我没事的。”

明子一听，立刻摇头：“不用啦，这边这么多朋友。你们走后，我就借住到谢公子家，这你该放心了吧？”

留下山也清一，那得多么不方便呢。她想到这里，脸都有些发热了，又想着好笑。

“大小姐，这事倒是不能商量的。谢公子，还有那个应六爷我也信得过。可是，山也清一留下来陪你，不管派不派得上用场，都是我们大村家的体面。再说了，主公就算原谅我带你来，如果不留下山也清一，把你一个人扔在明国，这也是我的死罪啊。”

明子听横前这么说，也觉得不好推却了：“好吧，那我听横前叔叔的。”

月港码头，日本“内山丸”号船已经装货齐备。横前次五郎因为不好在一众人前对前来送行的明子行大礼辞行，只能鞠了个躬："大小姐，多保重。"然后又向谢成、黄三两人告别，最后向山也清一深鞠躬："山也君，拜托啦。"山也清一连忙回礼。

"内山丸"启航，渐渐地远离了港湾。这时，突然有人招呼："谢兄，你也来送人？"谢成回头一看，是吴老板，连忙应声施礼："吴老板，货都走完了？"

"是啊。我这就要赶回福州城。现在就等这批货到长崎交割明白啦。希望早日平安到达。"

黄三说道："这内山丸号，往来月港少说十几年了，我到月港以来，每年来码头送一次。听说船上也跟西洋大黑船一样，配齐了火炮枪械。吴老板尽可放心。"

"那就多承黄师父吉言啦，我这一路上也好宽心回去。谢兄到福州城，别忘了给我一次做东的机会哈。"

"多谢吴兄。一定去宝号叨扰。"

谢成、明子等人，随即回到离码头不远的黄记漆行。大家坐到茶桌边，都是一副轻快的心情。其中，数明子最为开心："黄师父，这回我来，顺利完成交货，你还收了个举人徒弟，你要怎么谢我呢？"说着，向谢成扮了一个鬼脸。

谢成顺着明子的话头，打趣她说："明子，那我也要多谢你了。又让我写书，又让我学漆，还让我……"差点儿说溜了嘴，谢成赶紧收住笑，回头招呼坐在外屋的山也清一，"山也，过来一起喝茶。"见山也清一笑着摆手不起身，谢成明白了，看向明子。

"山也，坐过来吧。这段时间，你大可不必拘礼，听谢公子的安排就好。我们今天就搬到谢公子那去。”

山也清一坐过来后，黄三端着茶碗说道：“明天我跟两位帮忙的师傅结一下工钱，再请个酒。大概这两天，漳州城的木坯也寄到了，我们就可以开始了。”

“师父，让山也跟着一起帮帮工，如何？”

“公子安排就好。”

“师父，我这是听明子的。明子说，写书一事，其实是他父亲和西洋神父为了开办长崎孤儿院漆艺传习班才要的。这等胸襟，倒是让我敬佩啊。山也没什么别的事，正好也可以学学。”

山也清一感激地看了看谢成。作为横前家的一个杂役，在日本，他哪里能有机会跟大小姐、跟谢公子这样身份的人同桌喝茶呢？还让他学手艺！

谢家小院二楼的房间，打开东向的大窗，总能照着第一缕阳光。不过，明子倒是喜欢不开窗时透过纸窗的柔柔的光。她打开南向的窗，清晨的月港也就只有一小段难得的安静。山坡下，远处月港前街早贩们的吆喝声，唱小曲儿似的，混着花园里和院外树上小鸟的叫声，像是清亮的叫早声。打开房门，钱妈已经将一壶热水放在了门口。

明子提回房内洗漱，正理着发髻，谢成从身后抱住了明子，把头埋在明子的发丝里：“真香啊！”

就在这时，听到楼下老钱喊：“少爷，门口来了一位兵爷，说是从漳州卫来的，有急事禀告。”

“哦，知道了。你把他迎到前厅，我洗洗就来。”谢成这才不情愿地走出明子的房间，回去匆匆洗过赶往前院。刚走到厅堂阶前，一个兵士装扮的人扑通跪倒在地：“谢老爷，我跟斯全大哥一个营的。请老爷快去救人。”

“救人？快起来，快起来。家父不在，我是他儿子。”

“啊？那，那怎么办？”

“不急，不急。快说，斯全出了什么事？”

“不是斯全大哥的事，是我们营的把总林阿泰被人诬陷，下了牢狱。”

“那斯全为什么不来？”

“斯全大哥正和一帮弟兄商量着找指挥使大人说理去呢。这才派我火速赶来。这，这，谢老爷不在，可怎么得了？”

谢斯全小谢成五岁，按辈分论却是谢成的侄子，也是谢成从小到大的跟班玩伴，头年被招募到漳州卫投了军。把总林阿泰，福清江阴人，是个老兵，精悉当地倭匪情势，又待兵如友，因此深得兵士敬爱，与谢斯全情同兄弟。林阿泰这次随本营一名副千总前往诏安探察分水关倭匪行迹，一路上并没有什么发现，也就带兵返回。想不到这副千总立功心切，回营途中经过一处街镇时，见到一帮倭装打扮的人在街头嬉闹，也不同阿泰商议，随即带人捕杀，然后召阿泰一起具名报功。阿泰却深知，当时闽粤沿海一带已经少有倭寇敢零星出没，身着倭装或佩饰倭器原本就是当地游商、渔家的风气，或为避开倭寇袭扰，或为显摆异装等种种原因。如果不加细勘，随意捕杀，虚报之下，反倒极有可能逼出匪祸，因此，就不愿意具名。而那位副千总，却已经快马向卫所递了战报，又怕阿泰回去向千总揭发，居然先告了阿泰一个“剿匪不力”的状，将阿泰下了大牢。

谢成听后，沉吟片刻：“你们不要慌张。这样，我这就去找应六爷商议。他在本地人脉广，应该有办法的。这位兄弟，你现在必须赶回营告诉斯全，千万不可轻举妄动，先安分待在营里，等我这边的消息。”

明子到了前厅，听完谢成这一番安排，过来说道：“你先去忙吧，我这几天就在黄师父那边，帮师父整理下漆器木坯，等你回来开工。”

黄记漆行内院，明子和山也清一随在黄师父身后，帮忙摆放新到的漆器木坯和漆作工具。黄三看到明子一身工装地前后忙碌几天了，正想说歇歇手时，谢成风尘仆仆地跑了进来。明子见到谢成，高兴地迎了上去：“好些天了，你可算回来了。”这可是她头一次离开谢成这么多天，因为黄师父众人在场，只好忍住。谢成又何尝不是这样的心思呢？

三人回到前面店房坐下。只见明子熟练地打开炭炉的封盖，再拿过一把小蒲扇轻扇炉口，然后提着炉上的铜壶，给谢成倒了一小碗温茶端来：“少爷，先解解渴吧。一会儿再泡茶伺候。”说罢自己一乐，抿着嘴笑。

谢成拿过茶碗，一脸狐疑地看着明子。

“公子不知道吧，你走的这几天，明子小姐已经把这里泡茶煮茶的功夫，全学会了。”黄三笑道。

“师父，快别说我了。谢成，情形如何了？”

“嗯，应六爷果然有办法。他带我去龙潭找了一位退居在家的游参将，阿泰那个营的千总正是游参将的部旧。几番交涉下来，最后竟然因为那位副千总是指挥使刘大人的乡里，不好深究，只能做了个‘不通匪情，管兵懈怠’的处理，除籍回乡。斯全也心境全无，于是让我向千总告病。我想，如今这兵营里有了这么一位仇家一样的人物，今后怎么谋事？干脆，就把两人都带回月港了。”

“那，人呢？”

“都在家呢。我连家都没进，老钱说你们在师父这里，就直接来了。”

三人回到谢家小院。

前厅里，谢斯全正陪着林阿泰喝茶叙谈，一见到谢成进来，两人连忙站起，林阿泰一躬身就要下跪，谢成赶忙扶住：“林兄不可。这怎么敢当？”林阿泰朗声说道：“公子相救之恩，阿泰必当涌泉相报。”明子听着，心想，看来事情并不像谢成说的那么轻松呢。

众人见过后落座。谢斯全细说事情经过：“幸亏小叔和六爷赶到，不然后果不堪设想呢。被错杀乱抓的那些穿倭装作乐的游商，都是当地豪强的钱袋子，于是当地豪强就闹到了卫所讨要说法。那副千总被情势所逼，又怕事情闹大，居然把误杀一事硬推在泰哥身上，然后他自己出面装好人调停。谁知道那些豪强们就喊着要泰哥偿命。眼看着事情就要闹大，小叔他们找到千总回营，几头商议，赔付了一千两银子安抚了事，放了泰哥。要不还真不知后头会被这奸人弄到什么境况。”

谢成接着说：“那副千总事后酒席上也是左右赔礼、千恩万谢，我和六爷虽然心下不屑，可按照千总的说法，那副千总何止是指挥使刘大人的乡里，还是他的小舅子！真把刘大人牵扯进来，这不是要让他大义灭亲吗？没准一千两银子都打发不了了。”谢成摇了摇头，连声叹气，“不过，事情总算过去了。你们回来也好，与这样的龌龊之辈同伍，后面的危险还不知道多大呢。”

桌上酒菜已经摆满。谢成招呼大家：“我们今晚就给阿泰和斯全接风，痛快喝酒吧。”

阿泰端起酒杯来到明子身边：“大小姐，这次阿泰我差点就被安上通倭通匪的罪啦。要是有大小姐和山也君这样的倭匪，我倒是愿意相通呢。”明子欠身回敬道：“泰哥，以后就请多多关照啦。”

谢成放下酒杯，接着“通倭”的话题说道：“要说这海禁之策，其实是倭乱祸端之始啊。你们看这月港码头，各种肤色人等，不都在往来贸易，和平相处吗？海禁一起，沿海的渔民游商没了生计，这才铤而走险，日久竟成了匪。这倭寇中，十有八九恐怕是我明国自己人。说是平倭，实则多为剿匪。”阿泰和道：“这是实情。难得公子了解这般精透。”谢成摆了摆手：“这都是游老将军告诉我的，应该是你们打仗打出来的见识。”

第二十八章　捉缝

清早，众人齐聚前厅用饭。桌上的早餐，对久在兵营的谢斯全来说，简直就是天上的美食，何况今天钱妈还一大早从前街的太和楼多买了一大份的五香肉卷。“昨晚还没什么感觉，睡过一顿安稳觉后，还真是饿了哈。”谢斯全说着就夹起一大片五香卷塞进嘴巴，又喝了一口线面糊，咂巴着嘴：“美！美味！”

谢成一边吃着，一边交代阿泰和谢斯全：“你们两个久在兵营，想来也是格外想家了。就按昨晚商量的吧，今天再休养一天，在月港四处走走。明天我写一封家信让斯全带回给家父。你们二位可以结伴回去小住一阵。然后过来月港，一起在漆行帮忙吧。”

明子听了，问道：“昨晚我先走后，你们居然谈成这么大的事？”

谢成笑道：“你还看不出来？黄师父这是想把漆行让我接手呢。做好我们这批漆器，少说两年。两年后，有你这么一个大买主，说不定再订几套陪嫁呢？”明子听着止不住笑起来：“那我就先谢过谢老板了。”

谢成和明子、山也清一三人来到漆行。黄三正煮着茶等他们："公子，眼下诸事妥善，我们是不是就可以开始做这批漆作了？"

"全听师父安排。"

"那好。此前我可是说了第一年全听我的哈。那我们下午就开始吧。我已经给公子和山也各准备了工服一套。你们看看再让街上的裁缝多做两三套，才够用。不过，我时间只够带一个学徒。所以，公子的活我来安排，山也先跟着后院的徒弟们。公子一边学着，一边带山也，实际上带徒也是学艺的紧要一步。带会一个，就能带会两个，公子日后做大漆业，就全从现在起步了。"

谢成答道："师父安排了，就这么定了。"没等谢成说完，明子插进话来："黄师父，那我的工服呢？总不能让我一直穿着谢成的吧？"黄三被明子逗笑："明子小姐，煮茶就用不着工服了。"众人听了，也跟着哈哈大笑。

"不过，可以让公子也带你做两套。那，今天下午，我们就先从捉缝这一步做起吧。"

黄记漆行内院的东西库房，已经收拾得整整齐齐。黄三安排山也清一跟着徒弟调制各种漆料，顺便向谢成和明子介绍说："调制生漆和透明推光漆，是最基础的工种，做多了，也就熟悉各种地方产的不同季节的生漆性状，没有更多可以用巧的。至于调配色漆，特别是朱、黄、绿、青几种，就最好是师父自己来，明暗偏色，心中有数，能调准。福州城漆业繁荣，有专制各种漆料和漆工辅料的作坊，可以不用自己调漆，直接去买了来用。不过那也需要试色，试了觉得有色差，还要自己调过，当然比全由自己调漆轻松省事了许多。”

随后来到东库房。只见十几片屏风板分成几组，架在长木凳上，铺开在库房中间。窗前的长桌上，摆着大大小小铁制、木制的刀片，各种大小形状的砖块，还有几块厚达近寸的大小木板。桌边立着一架层架，上面摆着不同大小的各种盒、罐，各贴着不同的纸标签，这就是各种漆料了。

黄三指着屏风板说：“之前讲过，学漆需从大件入手。因此，这十二片屏风板，正适合练手。前天，我已经让徒弟磨过板吃过清了。吃清，就是调稀生漆后把木坯整体刷一遍，一是为了加固定型，二是能使板面密实，不会吸后一道的漆料。吃清，虽说是重要的第一步，却也简单，公子一看就会了，倒不必现在上手，今后总有机会补上。不过，从捉缝开始，就每一道都要上手啦。”

说罢，黄三到长桌上拿起薄铁灰刀，从架上取下贴着“生漆”“粗灰”“中灰”的罐子，开始示范调漆灰。“调漆灰是基本功，要做到熟练，今天能干多少就调多少。漆行里要做的货品多，工序也是时常穿插，因此总能找到要用漆灰的地方。我调后先示范捉缝，后面就是你来调，调后我来看，也试用，公子就能明白每次调的漆和灰的成数好不好了。公子每次调后，我来修调几次。到底几次呢？那就不能急了。有一些学艺的，急于求成，反而分了心。”

说话间，黄三已在调漆板上调好漆灰，整个过程熟练、干净、利落。谢成一旁安静看着，单是看师父干活，在他看来就已经是一种享受了。

黄三端起调漆板，又拿过不同长短的铁刀放在一片屏风板上，坐到圆凳上："公子，这十二片屏风板的捉缝，可是花时间的累活。因此，你每天只要做半天。另外半天，你跟我到西库房，看我试做梅瓶，自然也练练手。我这倒不是心疼公子。大凡学艺，最怕枯燥。可以通过不同样式的习作，调整下注意力，就不至于累，不至于闷。"黄三一边说着，一边开始对着板上的缝洞挤灰刮平，"木工制作的漆器木坯，总有一些虫眼、裂缝或者刀锯的痕迹，需要用中灰甚至粗灰调漆填实补平，磨后才能整体做灰地，这个工序就叫捉缝，无比重要。缝捉得不全不平，今后的漆面日久就会不平了。为什么不叫补缝，而用了这'捉'字？这就是说需要耐心、需要眼力了。品级高的漆器，如果是师父自己捉缝，那磨捉缝就可以徒弟来磨，师父才可以剩出时间；如果是新徒弟来捉缝，那就要师父自己来磨捉缝、检视再补工了。"

说着，黄三停下手来："公子，你来，照我刚才的做。记住，不能急，刚开始不需要快。等你感觉动作熟悉了，就要快起来。我们漆工的说法，叫'又好又快'，首先要好，好了才求快。不过我这漆灰只调了一点，也是想让你多练手调灰哈。"

黄三看谢成上了几下手，心中有数，就又去拿了一套漆板，在另一边捉起了缝。明子只管在几个房间和院子里来回看看，见他们专注干活，也不插话，偶尔到店房看看成品，喝喝茶，看看书。

学漆时，偶尔歇工半天一天，谢成就陪着明子到应家大院小聚，到陆公子的书坊、沈公子的画室谈书赏画。

这天，谢成、明子和黄三工余在店房茶歇。黄三问道：“公子，最近累了吧？不过，公子的确与漆作有缘啊。从你开始学屏风板刮灰的第一天，我看你上手大胆，就知道你心里纯净。这就摸到了学艺的根本啊。”

“全靠师父你讲得通透明白。我自己也很奇怪，如今每天睡着前，总习惯想想第二天做些什么。”

“嗯，这就是了，与我年轻学艺时一样。我到现在还是这样。不过，公子日后可能想得要比我多得多啊。毕竟，我只是漆工一个。而以公子的学问、才气，日后必会有大作为。”

明子一边煮茶，一边回头对谢成撇嘴说：“漆工少爷，每天晚上想着第二天的漆作，就睡得那么香？”谢成听了，赶紧转脸向明子用眼角瞟了一下黄三。明子猛觉失语，脸上一阵红热，又不敢笑，赶紧低下头去拿蒲扇扇炉口。

这时，门口闪进一个人来：“小叔，我回来啦。”谢成回头一看，正是谢斯全：“嗯？你这么快就回来了？”

“小叔，这算快？泉州离月港这里也就三五天的路程，我回去都一个月啦。是尾叔公催我回来月港的。哦，这有尾叔公给你的信。”说着，谢斯全从布褡裢里掏出一封信札，递给谢成。

“父亲不来了吗？”

“尾叔公说让你回去一趟呢，也说叫泰哥一同去金鱼巷。我已经寄了信给泰哥了。”

谢成连忙展开信札细读。明子一听是谢成父亲来信，心怦怦直跳。她原本就是急性的人，干脆就走到谢成身边，一起看起了信。

只见信里写着：“月港近期无事，爹就不去了。你可择时回来。访学漆作及漆业投资一事，甚好。你要如何做，爹总会支持，但毕竟是大事，想当面听你谋划。看你谈到明子姑娘，你能中意的女子，想来必是极好的，盼能携她同来家中一见。”

明子看到信里所写，悬着的心这才落下来，随即问谢成：“那我们什么时候去？”谢成：“这是大事。我还要跟师父商量。白天时间宝贵，先照旧干活吧。师父，晚间歇工后到我家一叙，如何？”见黄三点头应诺，谢成就交代谢斯全先回小院歇息，安排晚饭。

午后，谢成做完一套工序流程，便早早收工，与众人一起回到谢家小院。厅堂里，已经摆满一桌酒菜，灯烛也比平日多摆了几架。谢成看后，心情大好：“斯全，想不到你安排事情如此有条理。”谢斯全嘿嘿笑着：“兵营里，千总大概看着我像大户人家出来的，所以各种往来迎迓就都叫我帮着操办，也就练出来了。”

众人于是落座，边吃边听谢成有什么安排。而谢成却是只顾吃菜劝酒，说些零碎打趣的话。还是明子按不住性子：“谢成，你倒是快说说啊，跟黄师父商量些什么？”

“那，我就说了哈。”谢成放下筷子，“先说这头一件事。我要娶明子为妻。”明子一听，猛地从座中站起，怔在谢成一旁。谢成随即站起，握住明子的手，柔声说道：“怎么？我说得不好吗？”明子这才缓过神来，羞红了脸，却为灯烛的光和一点酒色所掩，“我还以为你要说多大的事呢。”谢成却能感觉到，明子抓他的手，紧紧的。

黄三听了连拍着桌面，朗声笑起：“好啊。几个月了，总算等到这一天啦。公子豪情，读书人中少见啊。明子小姐，你也不像日本国来的，倒像是我们这里的大家闺秀，哦不，还比那些寻常大宅里的小姐，多了一样见过大世面的豪气！来来来，我黄三先敬你们二位一杯！”

谢斯全和山也清一也随之站起。谢斯全跟着黄三的话说道：“那侄儿就先恭喜小叔和，和，小婶啦！”一旁的老钱和钱妈，也相顾笑着，走近前来道喜。

“这第二件事，是我要敬一下师父。”说着，谢成离座，端着酒盏向黄三躬下了身。黄三连忙站了起来，托着谢成双臂：“公子，不敢当啊，不可如此。”

“我想跟师父请教商量一下后面漆行的安排，如果有什么不妥，师父一定照实提醒，如何？”谢成接着说道，“师父，按最近你常提到的，福州城漆业如此繁荣，我跟家父商议过了，打算把我家在福州城里的茶栈改做漆行，如果场地不够，就另外赁个院子。如何？”

黄三听着两眼放光：“这么说，公子是要在福州城立字号了？”谢成点了点头。

“那太好了。公子明见啊！并非我黄三老迈要回福州城才这么说。如果要立大字号，在月港自然不行。福州城漆作同业聚集，虽说有竞争，但又各有专长，无论对公子研习还是漆行的将来，都是大有益处的。不过，月港这边公子打算如何处置?”

谢成微微地点了下头，说道:“师父既然已经决意回去福州城，我们又要在福州开漆行，那这黄记漆行就未必保留了，租期一到，就可以收拾到小院里来。不过，月港总归是有外洋生意可做的，所以，我向父亲说的意思，是在这小院门侧巷口另建一栋二层小楼，到时摆放我们漆行的货品。师父你看看徒弟里有没有合适的留一两个在月港料理，照顾平常的售卖和接些订单。福州城和月港间有需要跑来跑去的，那就是斯全的事了。”

“如此甚好。那公子什么时候回泉州金鱼巷呢?”

“我们商议好，过几天就走。斯全随我和明子一起。山也，你就在月港帮师父整理下要运到福州城的物件。我们从泉州回来后就计划搬去福州城。”

第二十九章　小六哥啊，小六哥

泉州金鱼巷谢家。

谢成三人的马车停在了大门口。谢成下了车，就有门房的杂工一边往里跑一边喊着：“少爷回来了！少爷回来了！”谢成留下谢斯全安顿收拾行李，自己则带着明子，穿过前院的游廊，来到谢父所住的北院正房。

谢成领着明子拜见父母：“爹，娘，这就是明子。”谢母站起，拉着明子的手上下打量：“呦，多俊啊！”随后让明子挨着坐下，问起路上的辛苦，和明子聊起了家常。

一阵寒暄后，谢母带着明子去参观谢宅，谢父和谢成则转去花厅谈事。

跨院的花厅里，父子两人落座茶叙。谢父说道：“成儿，你信里所说的安排已经很周全了，爹没有什么意见。简单说吧，爹娘就你这么个儿子，里里外外的家业，日后不是全要交给你的吗？你能找到自己喜欢的，一心一意去做，爹娘高兴还来不及呢。只是这学漆做漆一途，毕竟不同于一般生意啊。手艺做到好，可是很考验人的。”

“爹放心。爹也知道儿子，凡是喜爱的，就不会轻易放手。”

“嗯，这爹知道。福州城里的茶栈，就交给你了。让斯全跟着你学习打理，我也放心。爹到时再引介几个世交老友给你，好有些照应。”

“爹，那我和明子？”跟他一路上猜想的相反的是，父亲今天见到明子，有些过于平静了。

“你跪下！”

谢成瞪着眼望着父亲，好像没听见父亲这一声低喝。

“你给我跪下！”

谢成这才反应过来，赶紧离座跪到桌前。他看向父亲，只见他闭着眼，眉头紧锁，嘴角微颤，搭在扶手和桌沿上的手握紧，放开，又握紧，再放开。

见父亲这样的神情，又久久不说话，谢成有些慌了。他觉得自己从小没有几次像现在这样，在父亲面前跪着；他也没见过父亲像现在这样，用这样的神情对着他。

父子两人，一个闭着眼，压着心乱；一个目瞪口呆，按着心跳。好一会儿过去，谢父才缓缓睁开眼睛，看着跪在面前紧张地盯着自己的谢成，长叹了一口气：“唉，小六哥啊小六哥，你这回可是给爹出了个大大的难题啊！”

“爹……”

“你起来吧。坐下说话。”

“儿子，你喜欢什么样的女子，娶什么样的妻子，爹娘都会考虑尊重你的意见，不会过多干涉你。可是，你来信说要娶日本人，爹是好几天吃喝无味，愁破了脑袋啊。”

“爹，日本女子怎么啦？”

“哎呀，我的举人儿子，你难道不知道什么叫众目睽睽？什么又叫人言可畏？明子是个好姑娘，你看，你娘也喜欢她。可是，她是日本人。我们这样的人家，才会礼称日本人，一般官府百姓都是蔑称倭人，这你难道不知道！而这金鱼巷里，更有那些迂腐不知世情的，要是传着说你娶了个倭女，今后不定搞出多少乱子来！”

看谢成听着无话，谢父放低了声音，接着说道：“再说了，这福建沿海一带，平倭剿匪，历来是官府大事。你娶了日本女子，将来遇到生事之辈，就可能拿着做文章，按你一顶‘通倭’的帽子，你又怎么去应付？何况我们谢家，又是经商的大户，各路交往，关系错杂。唉！”

谢成听着，觉得父亲所说条条都是道理。可是……他抬起头，看向父亲，一脸茫然，眼神中又满是恳求。

谢父看到了谢成的心思，轻叹了一口气，转而柔声说道：“以爹爹的见闻，汉人也有娶日本女子的。可那都是在日本经商或长住那里访学的，这边知道或不知道，有多大干系？可你们是在这大明朝，那就麻烦。不过，爹娘不反对你娶明子。看你领她进门的神态，你们两个也是分不开了，爹娘又怎么忍心强行拆散？”谢成听到这里，两行泪水早已淌落，他又起身跪下：“爹娘恩情，儿子永世难报。”说罢，把头深叩到了地面，已经哭得双肩抖动。

谢父拉起谢成：“儿啊，你和明子就在福州城成亲吧，而且，明子要有一个我们汉人的名字。”

“爹爹，这怎么说？”

“金鱼巷和乡里人多嘴杂，而你，看来是不会长留在这里啦。两边算计，你和明子还是在福州城成礼吧。我和你娘到时也去。这金鱼巷嘛，爹娘原本也无所谓风光热闹，到时跟大家一说，明子也有汉名，就行了，省去在这左右盘问，无事生非。再说了，家里生意在外，他乡娶妻，也正常得很。”

谢成听到这里，已经完全明白了爹娘的意思，一时释然。正要向父亲叩谢，花厅门被推开，只见谢母领着明子进到跟前。谢成看到明子也是满脸泪痕，赶紧扶着明子双肩：“怎么了，明子？”然后又看向母亲。谢母哈哈一乐：“我的傻儿子，我带着明子就在门外听。我自己生的儿子，我还不知道？你爹说的话，有一大半可都是娘的主意呢。现在好了，省得我们又要跟明子再来这么一出。”说着，谢母又轻轻拍着明子的背。

谢成含泪拉着明子，向父母跪谢。谢父这才站起身来，爽朗笑着：“说了这么多，也饿了，开饭！”

第三十章　福州城，新的梦想

在金鱼巷家里的几天，谢成除了和明子陪父母、拜见几家亲近叔伯外，就跟父亲、谢斯全一起在账房看账。谢父让叔侄二人把福州城和月港的主顾名册各抄一册。等到阿泰来到，谢成挂念漆行，就和明子拜别父母，带着众人回到月港。

黄三、山也清一和月港的徒弟们，已经把漆行清理大半。谢成等人一边帮忙清理，一边和木工班头筹划小院门口新楼的样式。

诸事整理齐备，谢成带着明子来到应家大院辞行，应六爷夫妇设宴小酌。听了谢成讲完谢父的筹划，应六爷竖起大拇指直夸："难怪这豪商之家能举出六弟你这孝廉来，叔父叔母果然是通达事理啊。要是我，早把你们拆得散散的了。"

"那给明子起个什么汉名呢？"应六嫂想起问道。

"还没呢！回来这阵子就忙着整理漆行和盖楼，没顾上。也不急。"

应六爷听了端着酒杯站了起来："胡说！你不急我急

啊。这还用起名吗？就叫应明子呗，我来给明子当哥哥，如何？”见几个人瞪大眼睛没反应过来，应六爷又朝谢成笑道：“六弟，怎么，我应家的嫁妆你舍得放过？”说完，哈哈大笑。谢成这才体会过来，连忙倒满杯起身：“那就谢过大舅子啦。”

这时应六嫂又插进话来：“应明子？这怎么听着还是像日本名啊。”

“嗯，被你一说还真是这么回事。让我想想……有了！就叫应明枝如何？明子本来就是日本国的金枝玉叶，在我应家，自然还是。”众人听了，拍掌称好。应六爷接着说道：“那就这样，后天就在我这里，明子，哦不，应明枝小姐的娘家办一桌，把沈陆两位也请来，大家热闹一回，也给你们饯行。”

晨曦中，谢成、明子和黄三、黄婶、谢斯全，带着山也清一和另一个学徒，在九龙江口的码头登船，向北往泉州而去。在泉州金鱼巷家里又小住几日后继续北行，又在福清一处客栈与阿泰和泰嫂会合，一行人往福州城而来。

十几天里走走停停。这天接近中午时分，黄三说：“看，远处就是福州城了。”明子赶紧从车上支起身来，往远处张望，果然，隐隐地都能见着城门楼了。

明子问谢成：“你常到福州吗？”谢成答道：“小时跟爹娘在这住过一阵子。最近一次就是去年乡试了，不过，只是在贡院和茶栈间来回，没怎么顾上游玩。这回安顿下来，我带你四处走走。”

过了一会儿，就到了洗马桥，远远地看见阿泰已经在桥头牵着马，雇好了三顶软轿候着了。明子和黄婶、泰嫂换过轿子，众人上马向城里走去。不多时，就到了安泰楼。“应小姐，我们先在这里的酒家用些点心吧？”明子跨出软轿，伸出手指往谢成腰间一戳：“还没到家呢，就不正经说话了。”吃完点心后，黄三和黄婶向众人暂别：“这安泰楼，离我们家已经很近了。我们老两口自己一路逛逛，先回家里安顿下，然后就过来茶栈。”

一行人过了安泰桥，又穿过几个巷子，沿着南后街向北再走没多远，终于来到了谢家茶栈。

茶栈掌柜汤依贵接了众人进院。他领着谢成等人察看院子，一边说：“少爷，半个月前按照老爷吩咐，已经将这茶栈腾空，房间也都做了收拾。前院除了店房一间，一侧还留出门房。中院有厅堂和书房，卧室是留给少爷的。后院有三间卧房和披厦两间，老爷交代说让少爷安排。边院有个花园和花厅，也等少爷安排。”

谢成问道：“那茶栈呢？”

“哦，已经在杨桥巷的西口新租了一套院子，离这里不远。”

谢成安排了众人的房间后，领着明子来到跨院的花园，进到花厅。这花厅，也有里外两间。谢成转头对汤掌柜说：“我就住这里吧，外头中院的大屋还是给老爷和夫人留着。一会儿就叫大家一起帮忙搬一下。”

安顿好后，黄三和黄婶也到了。汤掌柜又从前街的闽山居叫了一桌菜，众人落座。

“师父，您看这接下来如何安排?”

“听汤掌柜说明天月港的货就可以运到。那我们明天起就开始整理漆作工房吧。公子你明后天尽可以陪明子小姐去城里四处逛逛，我们几个少说也要两三天才能张罗好，然后就可以开工啦。”

“那就辛苦师父啦。斯全你和汤掌柜也多费费心。”

“公子只管放心。等开工后，我陪公子去东门李员外的店铺走走，他是专门经营漆工细料的，也有作坊。”

“为什么称他李员外呢?”

“哈哈，这李员外是汀州府上杭县人，听他说家有良田千亩，所以相熟的人都称他李员外。这李员外倒是豪气爽快的人，听说又跟官府多有结交，做些别的穿针引线的买卖。”

谢成提起酒杯朗声说道：“今天，我们大家总算齐聚在这福州城了。我决心投身漆业，这是确定要坚持的事啦。有师父鼎力相助，大家合力用心，我就可以一边研习一边筹划新的漆行开张了。”

黄三一旁点着头插话道：“这个办法好。一边学漆，一边开店，一边延请漆工、带徒，这是大手笔。我以前说过读书人学漆种种情况，没说到读书人的大心思，这是一般漆工和学徒想不来的。”

谢成接着说道：“茶栈的生意，自然还是父亲拿总。虽说是把福州这边交给我，但我实在不能分心啦。就由斯全你来协助汤掌柜吧。不过，斯全你还是要慢慢地介入帮我来打理漆行，我除了做漆，还要写书啊，专注起来，恐怕余力不敷了。”

“至于家里和今后漆行的家务，就由阿泰和泰嫂帮着操持。我也就放手不管了。师父，这般安排可好？”

“很好。”

“那我们明天起就可以分头干活啦。对了，师父还要尽快安排带我做一个新漆匾的坯板，等院子各项修葺完备，就可以挂匾开张。”

“小叔，那这新漆行起什么名呢？”谢斯全听得专注，也有些好奇了。

“这个嘛，之前我倒是左思右想没有定。从黄记漆行到谢记漆行？或起个文雅好听的名？都不够痛快。刚才师父讲到用大心思，倒真是提醒了我。就叫‘大漆行’吧。咱们就要用大心思来做漆，为这几千年的漆艺来写一篇大文章！”

“好！妙！”黄三拍桌叫道。众人纷纷叫好。

“那各位就辛苦些，加紧安排。我和明子这两天要去怀安窑吴老板那里走一趟。”

送走了黄三和汤掌柜，谢成和明子回到跨院。花园里，夏末的夜幕还没完全罩下，一轮如意月正挂天中。墙外巷口大榕树的树须垂进院墙，在微风里不时地飘摆着。

花厅外间，泰嫂早早地点起了蜡烛和油灯。谢成和明子就在花厅外的宽廊下煮水待茶。连日奔波的辛苦倒没什么感觉了，竟像是已经在这园子里住了好久一样。谢成说：“这福州城不像月港临着海边那么通风，加上城里繁闹拥挤，蚊虫也多。”

“嗯，我们去那个吴老板那里，看些什么呢？”

“哦，我差点忘了。你随我来。”两人进到花厅外间，谢成指着书案：“你看。”原来，书案上正摆着此前吴老板送给谢成的、明子看了爱不释手的那件茶入。看到茶入，明子不由得想起让横前次五郎捎信给父亲的事：“嗯，不知道横前他们到了没有？”

“估计没这么快吧。这正是我们去见吴老板的一桩事由。他有船期的消息。再则，明天我们就带上这茶仓，再跟吴老板商谈下你六哥交代的事。”

“嗯，六哥他们什么时候来呢？”

“那就等我们把这院子和漆作安排好，定下我们婚庆酒席的日子了。”

说到这里，谢成又忍不住抱住明子。明子低着头靠在谢成肩头，双手轻抚着谢成的肩背：“倒也无所谓热闹，我只要跟你这样待上一辈子就好。”

第三十一章　布纹漆器

一早用过茶饭后，谢成和明子、谢斯全三人，来到了怀安。吴老板的窑在本地果然有些名气，不用多打听，就找到了石屺山脚下的吴家窑。进了大门，是一栋并排三开间带半边披厦的木楼，只见吴老板快步迎了出来："谢公子，明子小姐，贵客贵客啊，没想到这么快就又见面了。"

"哈哈。我按照应六爷的交代，头一个就来拜你吴老板的宝号呢。"

"不敢不敢。"吴老板说着，将谢成三人迎入屋里。

"吴兄，看你这窑里怎么这么清静？"

"不还是在月港跟你说过的？如今整座窑只准备做那一款'大海'茶入了。官家那头给了我一笔银子，最多也只加烧他们喜爱的一些瓶罐小件，大概是怕我照旧做往常的，人多事杂，引来是非。我一想，钱也给得不少，偷偷懒图个清静算了，这就辞掉大部分窑工，留下一两个师傅，够操持就好。眼下烧窑季节还没到，所以就更不显热闹了。"

"前次得你所赠一件茶仓，我这里再谢过啦。"

"谢兄客气啦。我也想着巴结好你这大才子，日后对我多提点提点。”

谢成于是从包袱里取出那件“大海”茶入，放到桌上，说道：“吴兄，我已经在福州筹备开漆行了。今天来，是特地请教下，我想用漆艺来制作同款的一个茶仓，如何？”

“这……应该可以吧。倒是你和六爷前次说的，几个老友捎带烧几件陶的事，我是左思右想不可行咧。这才带去仅剩的两件给你们二位。漆艺仿制，我倒是觉得并无不可，毕竟是两样不相干的手艺。再说了，官家与我的合作也是近来才开始，此前有这茶仓的大有人在，他们愿意做成漆的或是金银的样式，与这约定并无牵连。”

“那，我就放心了。总是吴兄所赠，请教过才好。对了，有没有‘内山丸’船的消息？”

“还没有。照往例，少说还要半个月吧。我这也是急着等信，好向官家要货款回来呢。”

吴老板又在村里酒家叫了一桌，款待谢成一行。

从吴家窑回到衣锦坊，已经是将近傍晚了。谢成和明子回到花厅，正准备一起去院里看看黄三他们的安排，明子突然一阵阵呕吐起来。谢成拍着明子的背：“明子，你这是怎么了？”

“不清楚啊，有两三天了，就是时不时想吐。”

“那快别去前院了，进里屋躺下歇息，我这就叫斯全请个大夫过来看看。”谢成扶着明子躺下后，到前院招呼谢斯全，又返回守着明子。很快地，谢斯全就请来了大夫把脉问诊。不多一会儿，大夫站起给谢成道喜：“恭喜恭喜，尊夫人这是喜脉啊。”谢成听了一怔，看向明子，明子也正用温柔含羞的目光看向他，两人竟像是忘了大夫和谢斯全还在一旁。

等大夫在外屋开了方子，谢成这才反应过来，连忙出来向大夫道谢，让谢斯全包了一个大红包送走大夫。

“明子，这太好了。按大夫说的，你这几天就多躺躺，我和泰嫂来照应你。”

“哎呀，我得赶紧给爹娘去信。”

“我得赶紧催着收拾院子，婚酒得赶紧办了。”

“哎呀……”

明子躺在床上，看着手足无措的谢成，禁不住扑哧一笑：“我的傻公子，你自己在这里紧张干什么？快去找泰嫂来，问她不就知道该怎么做了吗？”谢成听了，自己也笑了起来：“还真是的，你看，我这高兴得都糊涂啦。”说罢，掉头就往屋外跑去。

晚饭间，众人商定了婚酒的时间。谢成又连夜写信给父母和应、沈、陆等好友。回到花厅，谢成陪明子梳洗。明子躺在谢成怀里：“真是做梦一样啊，几个月前，哪里就想到能遇见你呢？”谢成搂着明子说道：“我倒是想到了。”

“你又胡说，你怎么能想到呢？”

“真的。大概是你来月港的前几天，有一天晚上，我做了个梦，有个女神对我说：‘谢成，近期不要出门，有个美丽女子会来找你。’”

“真的？”

“这还有假？你难道忘了我见你第一面那天，失魂落魄的样子了？当时我就在想，这梦还真灵验呢。”

经过几天的整理，漆工房开工了。黄三帮着请了漆工师傅和画工师傅做日常的店售器具，他自己则带着谢成继续做屏风和其他的漆作。而大漆行的漆匾底板，谢成已经完全可以自己一道道工序做下去了。

这天，门外传来一阵叫门声：“黄师父在吗？”阿泰去开了院门，领着来人进到后院。黄三抬头一看：“哦，是你啊。你怎么知道到这里来找我？”

“哦，我去你家里，嫂子给我指了路，说你在这里。”来人说话带着些口音，听着总有些含混不清。黄三转头喊了下正在干活的谢成：“公子，来一下，这就是我跟你提起过的李员外。”谢成抬起头，向李员外示了下意：“幸会幸会，我收拾下过来。”

三人来到中院厅堂喝茶。谢成细看这李员外，身材矮胖，穿着一身暗花的缎料黑长衫，倒也得体。一张肥白的脸，不用笑，已经眯起两道眼缝，显得憨实可爱。

“谢公子，刚才听黄嫂夸你，这会儿一见，果然是骨格清奇，绝非俗流啊。”

“员外过誉啦。谢成如今也就是一名漆匠。”

“唉，谢兄，你这漆匠可不寻常啊。以举人之身，又是豪商之后，而能亲为漆作，别说这福州城了，在我大明朝，恐怕都没有第二个咧。难怪这黄师父，我左好言右巧语的，想请他和我合作开漆行，几年了，他都借故推辞。”黄三听了连忙拱手：“员外见怪了。这都是因缘际会所致，并非我黄三挑人哈。”

“唉，哪里话。今天见到谢兄才知，如果要在谢兄和在下中间挑，换我也是挑谢兄的。不怪你，不怪你。”

三人闲话了一阵，李员外起身告辞：“我看二位忙着，就不多打扰了。哪天二位得空到小店一叙，我倒真有事请教黄师父，最好谢兄也能多给些指点。”

接着几天，漆工房里，大家安静地忙碌着。紧挨着谢家茶栈巷口铺面旁边，大漆行铺面房的大梁已经架好。谢成跟着黄三，也已经做完了六扇屏风板的灰地，转天就可以刷第一道底漆了。

又忙完一个大白天，师徒二人在后院的工房里喝茶歇息。“师父，底漆大概刷几道？我好计划时间，看看其他事情的安排。”

“嗯。看来公子你已经有安排工序的习惯了，这很难得。”黄三添了些茶汤，接着说道，“我们福州漆工，基本上把漆作分成两大阶段，一叫地底，二叫装饰。到今天为止你做的，都是地底工序，补灰、刷灰、磨灰这些，不知者看着枯燥，精于用漆的人非但不觉其烦，还格外讲究。因为一件漆器做得好不好，根本的要看底子做得好不好。至于装饰，就花样很多啦，那是后话了。”

谢成这阵子在工房反复做灰，从粗到细，一道道下来，已经能体会这地底的乐趣了，所以，听着黄三说的，就欣然会意。

“接下来的第一道底漆，我们叫糙漆。做完糙漆，地底工序就算结束啦。为什么叫糙漆呢？公子已经清楚，这地底工序所用的漆灰，虽说调着生漆，但终究不是全漆；也就是说，即便再细的灰，磨后与漆面相比，也还是糙的。

第一道底漆，就是用漆把糙底盖住。糙漆，大致上可以这么理解。不过，这糙漆还有另一层意思。刮灰磨灰阶段，无论你功夫如何好，总会有细微不平或刮磨的痕迹，但是灰地上你很难看出来。这时候，用黑漆刷一遍糙漆，黑色的底上，什么毛病都容易找出来了，再用细灰抿补。这就是糙漆工序里的第二步，叫抿糙漆。磨完抿糙漆，漆器的地底才算合格，才能在上面描花或描彩漆，做装饰。今天我们磨好了细灰地，明天就是刷糙漆了，再隔一天，干了就可以抿糙漆了。”

“嗯，明白了。师父，大漆行的漆匾，我倒有一个新想法，不知道是不是可以试试？”

“哦？说来听听。”

谢成带着黄三察看他正在做灰地的大漆行漆匾：“师父，我这是做到了中灰，下一道就是褙布了。要是也按照屏风板的做法，褙布后再一道道上灰，然后装饰，恐怕等不及用呢。家父家母和月港的好友们，就要来吃我和明子的喜酒，到时这匾挂不上去，就麻烦了。”谢成说到这里，还有些不好意思。黄三看得出来谢成的心思：“不要紧，你说说怎么想的。”

“这几天，我倒是看了看街上的各种漆门匾，风吹日晒雨淋尘污的不说，新制的匾都是一样光鲜亮丽。我倒想，在这中灰上再用细灰擦着刮平，然后把布褙得方正平整，直接在布上刷漆描金字，如果这效果可以，岂不是快很多？”

黄三听到这里，沉吟片刻，随即两眼放光：“好你个谢公子啊，这想法有些意思了。”两人坐下喝一口茶后，黄三接着说道：“按漆工传统，从来这麻布就是用来衬实底坯的，所以，只要贴实褙紧了就好，不需要讲究布纹是不是方正好看。你这把麻布用在面上做装饰的想法，倒是新奇，可以试试。不过，这麻布要想露出好看，就一定要贴得平整，那就必须挑上好的。”

“师父，我这也是被逼出来的。既然不能减省工序，那就从装饰效果上找找出路。也不知道效果如何。好在我们自己做漆，修饰补正，总归是方便的。”此时的谢成大概不会想到，他这个把麻布贴在漆地上做装饰的做法，不久后竟成了福州城里漆行争相效仿的风尚。

“嗯，那看来还真要找个时间去李员外那里，挑一挑上好的可以做面的麻布。”

“师父，那咱们明天就去。”

第二天，谢成和黄三刷好屏风板的糙漆，用过了午饭后，就带上谢斯全去往东门李员外的铺面。

李员外的“宏发号”金银细料铺，就在东门城郭里的一条热闹大街上。沿街两开间的大铺面，摆满了各种金银箔、漆灰料和各色麻布、漆工工具等。铺面后还有一处小院，是制作金银箔的作坊和堆放货品的库房。

李员外带谢成三人看了一圈，然后来到铺房里间喝茶：“谢兄，我正要去你那里叨扰，没想到你却驾临小号，想来是有什么事？尽管吩咐哈，小弟一定勤快巴结。”

“李兄客气啦。”谢成就把来意说了说。

“这好办。正好有一批上好的麻布料刚从上杭运到。一会儿，就劳黄师父到库房里挑选。家父这几年回到老家休养，这才把店铺交给我打理，黄师父也是我的老主顾啦。谢兄尽管放心。”

“那就多谢啦。”

“唉，谢兄，你可不要这么客气哈。要是你看得起小弟，今后大漆行能匀我一小股，我这才要多谢呐。”

谢成听得云里雾里。黄三赶紧跟着李员外的话：“员外，你真是快人快语哈。我的主意没打上，你倒惦记上公子的大漆行了。”接着笑着跟谢成介绍说：“李员外也一直想开漆行。这两三年，每次见面都提要跟我合伙开漆行的事。”黄三说着，又转向李员外笑道：“员外啊，我是岁数在这摆着啦，不想再做生意啦。巧在遇到公子，听他谈吐，竟存着我辈想都无处想的漆的大事业，我这才老来发愿，助公子绵薄之力。不过，员外美意，我黄三这里再由衷谢过啦。”说着，黄三向李员外拱了拱手。

“不敢不敢。”李员外赶紧回礼，“我倒是真心想开漆行。只是这漆作与我这材料行，虽说有关联，却是两样事情。我也没有谢公子这般学问定力，加上手里这些买卖牵绊，看来竟是与漆作无缘了。唉，不说不说了。谢兄，在街角横巷，我和几个同乡经营了一家汀州菜馆，一会儿黄师父选好麻布，赏脸让我做个东？”

“好啊，员外的买卖，必得蹭蹭热闹。”

酒席上，李员外满敬了谢成一杯，红光满面地说：“不瞒谢兄你啊，我也自幼在这漆味里长大，谁家里没有些漆的床榻箱柜？我们李家也算得上殷实了，因此总比别人家多了些漂亮的漆瓶漆盘之类。只是到了这福州城，才见到更多的精致漆器，看得我心里痒痒啊。谢兄，今后宝号如果有需要我出力的地方，别忘了提携兄弟啊。”

谢成这一下午在李员外店铺看得仔细，其实已经生起一个念头，此时也就敞开来说了：“李兄，在我而言，初入漆行，实在不敢妄谈合伙一事。今后有的是机会，我们从长计议。不过，眼下我倒有个想法，你我可以合作试试。”李员外一听，两眼发光：“谢兄，快把这好主意说说。”

“你看啊，这麻布一项，分粗麻细麻种种，但漆工都是用来裹贴木坯，反正贴后刷上漆灰就埋在里面，因而制作少有讲究精细的。我最近在跟师父试一项新路子，把麻布贴在漆板面上当作装饰，出新的效果，先管它叫作布纹漆器吧。”谢成说到这里，自己笑了笑，“这就需要精制的各种麻布。到时，我们两边合作，李兄长期供货给我大漆行，如何？”

“这绝对没问题！”

“还有，我过两天让斯全带个清单过来，你按单子上列的，每样配些给我。我想在店里陈设些细料和工具。”

“谢兄，这又是做什么用？”李员外满脸不解。

“是这样，总有些外地客人到店里，只觉得漆器好看贵重，又不知道是如何做的。我想匀出一面墙来陈设一些细料和工具，让徒弟们照着解说，岂不是有章有法？也让客人知晓这漆作如何费工、费料，买得值，回去又有谈资。”

“哎呀，谢兄，你真是让我钦佩啊。我敢说，你这举人少爷的大漆行，不用多久，一定能当得起这个‘大’字。”

第三十二章　沉船

屏风板和漆匾已经接近完工，该到描漆贴金阶段了。

这天，谢成正在后院忙漆作，谢斯全一路小跑过来："小叔，尾叔公和婶婆来了。"谢成一听，连忙领着一旁坐着的明子赶去前院。还没等明子揖身见礼，谢母赶紧扶着明子："别拜了，别拜了。"又转过头对谢成说："儿子，你怎么还让明子待在你那漆工房啊，赶紧回屋歇着去。"明子轻声笑着回话："婆婆，不打紧的，黄师父说漆味不碍事的，再说我在屋里躺得久也闷了。"随后来到谢父谢母住的中院厅堂，谢母又道："这回我们住得久些，这头几个月最要紧了。明子，走，带我去看看你那房间。"

谢成就陪着父亲吃茶点闲话。正说着婚宴酒席的安排，阿泰急跑了进来，贴在谢成耳边说道："少爷，有一个吴老板来了，就在前院厢房，说有急事见你。"

谢成于是让谢斯全领着父亲去后院看看，转身和阿泰来到前院厢房。一进门，就见吴老板从椅子上跳了起来："谢兄，大事不好了！那、那条'内山丸'号日本船，它，它沉了！"说完又跌坐回椅子里，一只拳头直打着桌面，一边摇头一边就哭了起来。

谢成一听，呆在门口，脑子里嗡嗡响，自言自语道：“天呐，怎么会沉了呢？”又问吴老板：“那你那批茶仓？”

“全，全没啦！”吴老板说着说着，竟放声号哭起来。谢成这才想起横前次五郎也在船上，心头一紧，赶紧上前：“吴兄，吴兄，先别哭。什么时候的消息啊？”吴老板喘着气说道：“有几天了。”紧接着，站起来向谢成跪下去，“谢兄要救我！”谢成赶紧托住吴老板：“这是怎么回事？救你？你别急，快说说怎么回事？”其实，谢成这会儿正不知道怎么跟明子说这个事，心里已经一团乱麻。

谢成吩咐阿泰给吴老板递来热毛巾，上了茶。“吴兄，你慢慢说，怎么回事？”

吴老板稍稍歇一会儿，道来实情。

两年前来跟吴老板谈这批茶仓烧制买卖的正是怀安县知县的小舅子。这人平日里看着豪爽，出手也阔绰。一次陪知县宴请一位日本商行老板，见那老板拿出一个小圆罐来，请教知县这茶入在哪家烧制，有意定制一批。小舅子就赶紧揽了这桩生意过来。他一边安顿住日本商人，一边四处打听，找到了吴老板。几番来去，就谈成这笔大买卖。吴老板见这一单生意竟比得上他几年的进项，也就格外卖力。而知县小舅子看这茶入销往日本如此厚利，又和吴老板筹划起长期定制，这才有了付一大笔银子包断吴家窑的事。第一批茶入制好备齐后，吴老板亲自到月港陪同日本商人张罗这批茶入赶上了“内山丸”号船。回到福州，就开始踌躇满志地安排下一批烧制。

谁承想，真赶上了“天有不测风云”，传来了沉船的消息。吴老板和知县小舅子惊痛过后，开始了银两纠纷。吴老板认为货已交手，尾款自然要收，知县小舅子则埋怨吴老板没有安排好船期。谁知道，更意想不到的事还在后头。

昨天傍晚，吴老板正在窑里愁眉苦脸，唉声叹气，只见在县衙里当文书的亲戚跌跌撞撞地跑来：“表兄，大事不好了！”

原来，这两天知县小舅子总在县衙里慌张进出，到后堂找他姐夫商议。前天，签押房接到日商来书，文书亲戚展开一看，惊得魂飞魄散。书信大致写着，这批茶入关系重大，沉船之后，日本商行也将面临倒闭，只能让知县小舅子重金赔付，否则就要向明廷状告知县通倭牟利。知县和小舅子看了吓得不轻，于是通宵计谋，到手的钱又哪里舍得吐出，最后竟想出了个伤天害理的主意，以“私制贡物结交倭寇”之名捉拿吴老板，然后封窑充公，卖些银子赔付安抚日本商人了事。眼看着县衙捕快安排第二天一早拿人，文书就赶紧跑来向吴老板报信：“表兄，不能耽搁了。这知县一家素来心狠手辣，眼下赶紧拿主意，舍财保命要紧。”

吴老板此时也早把这茶入、沉船和辛苦经营的家业抛到九霄云外，连夜赶回家中，遣散下人。老家是不能回了，也不敢投奔旧友熟人，情急之下，就带着老婆、儿子来找谢成，想跑去月港投奔应六爷拿个主意。

谢成听完连忙问：“那嫂夫人和令郎呢？”

“就在巷口一家肉燕店里等着。今晚是不敢住下了，万一明天四处张贴告示，巡检司来盘查，想出这福州城恐怕都难了。”吴老板说到这里，又连声叹起了气。阿泰在一旁也听得直摇头。

“吴兄，让我想想。”谢成稍作沉吟，说道，“我约了应六爷到福州，想必已经在路上了。不过，月港这阵子应该也正被这沉船一事搅乱着，加上关系人物复杂，你现在跑去月港恐怕也非妥策。这样吧，我新交一位好友，为人很是痛快，我们日后也还有许多人情往来。我现在就带你去他那里，商议一个妥帖去处暂避，如何？”

这时的吴老板哪有什么主意：“全凭谢兄帮我！”于是，谢成赶紧返回中院厅堂，跟父母和明子说有要事，就带着吴老板一家，由阿泰陪着，直奔东门李员外家。

李员外和谢成、吴老板商量了一阵子后说道：“谢兄，就先去我上杭老家暂避一时吧。我和吴老板虽说不认识，有你谢兄如此仗义相助，我也乐于添一把力气。吴兄，你就是想久居下来也无妨。我们那里乡风淳朴，不分里外，你就说是我派来管理苎麻的吧。你后面找到别的去处再说，如何？”

“如此，就谢过谢兄和员外大恩啦。”

“那好。”李员外站起身来，“你们二位稍等，我去里屋修书一封给吴兄带着，到时，找我那二哥就行。”

趁李员外到里屋写信，吴老板突然想起一件事情来：“谢兄，我想起一事。前次你说的用漆艺来制作茶仓，如今恐怕不宜啦。万一流传出去，被人察晓，恐怕会有是非牵扯啊。自己做几件赏玩可以，多做就要谨慎。唉，我也不会再烧窑啦，只想找个清静地方，安生度日了。”

“多谢吴兄提醒。吴兄也不必过于悲观，旧难之后或有新生啊。哦，我这给你备了些银子带上。赶路、安家，凑个数吧。日后如果有什么急难，只管再来找我。”

吴老板接过银子，哽咽着抱拳：“谢兄，老吴我就不轻言恩义了。”

李员外书信写好，众人出门。谢成又叮嘱道：“吴兄，我让阿泰陪你们出城，到往汀州官道一处客栈歇下，阿泰就可以返回了，你们歇过一晚就自己小心上路吧。照我看来，只要离开福州城范围，就无须太过担忧。知县害命是为了图财，你们这一走，窑里家里两空，他财物到手，也懒得多声张，敷衍一阵给那日本商行有个说法就完事了。”

吴老板再拜过谢成和李员外，一家人跟着阿泰出了城。看着他们渐渐走远在夜色中，谢成和李员外也唏嘘作别。

谢成回到家里已是深夜了，和衣躺下后，辗转不能入睡。他得想出一个稳妥的办法，才好跟明子说这件事。

第二天，谢成醒来时天已大亮，赶紧到外间匆匆梳洗，往中院去跟父母请安。来到厅堂，就见明子和母亲坐在桌边喝茶，桌上留着一份早点。“儿子，今天起这么晚？快吃吧。”谢成笑了笑回道：“昨夜太晚回来了。爹爹呢？”

“你爹说去茶栈走走，会几个朋友。”

明子看谢成吃着，问：“昨晚什么大事呢？没见你这么夜深才回来的。”

“哦……那个吴老板说一批货的事。”谢成匆忙答着，“吃好了。娘，明子，你们聊着，我先到后院工房去看看。”

说着赶紧起身，往后院走去。谢成想了一晚上，也没想出什么办法。他来到后院，也不提干活的事，坐在椅子上只顾发呆。黄三就没见过谢成这个样子，便问："公子，出什么事了？"谢成正要说时，就见黄三朝门口打招呼："明子小姐来啦。"谢成回头一看，正好跟明子对上了目光。"谢成，到底出什么事了？"

"唉……"谢成只顾着叹气。

"吴老板那么急着找你，还谈到那么晚，究竟有什么大事呢？"明子挨到谢成身边坐下，颤声问道，"难道是船有什么消息吗？"

"正是。明子，出大事了。你听了可不许慌啊。"

"船被劫了？"

"不是。"

"那是什么？谢成你快说啊，你要急死我了。"

"船沉了。"

"啊！"明子和黄三惊得同时站了起来。明子用手捂着胸口，"沉了？那，那横前……"说着，她一下子又跌坐下来，"那，横前叔叔……"说着说着，头一歪，晕倒在谢成怀里。

"明子，明子……"谢成抱起明子，赶紧往中院跑去。

花厅里，明子躺在外间的竹榻上，谢成坐在榻沿，握着明子的手，谢母也坐在榻前陪着。此时，明子已经缓过气来。她浑身瘫软无力，呆呆地望着前面。

谢母安慰着明子："明子啊，你说那横前也不一定就没了。过一阵子，总能查到确信。不过眼下，你别说婆婆我小心眼哈，我感到万幸的是，你没上那条船。这就是天赐你们两个的缘分啊。”

明子微微点了下头：“嗯。可是那些茶入、漆器全沉了，横前叔叔就算活着，也得被人或被自己逼死啊。”说着，止不住落下泪来，“和他来的一路上，我是越听越心惊，横前他几乎把身家都要搭上了。虽说这买卖不是我家的，但横前叔叔从小照顾我，跟亲人一样。”

谢成摸着明子的手，说道：“你说得不错。不过，还是要等打听到横前的下落再说，相隔千万里的也急不来一时，只能放宽心。何况，你现在这身子也正在金贵的时候。”

“唉……就算能赔，按你说的吴老板的事，这茶入也烧不出来了。”明子说着，抬起眼看向谢成，“看来要让山也清一或是谁回去一趟了。我交给横前带回给父亲的信，恐怕也是跟着他没了。原本就是瞒着父亲来明国玩的，这么久没有我的音讯，再加上他要是知道横前出了事，不是要急死？”

“嗯，我尽快安排。看船期合适，就让山也清一跑一趟。你先安静歇下，娘在这里陪你。我去前厅一下，黄师父还在那等着呢。”看明子好了许多，谢成这才宽下心来，来到前厅。

黄三问了明子的情况后，和谢成坐下喝茶商谈。“唉，一船茶仓没了。加上这吴老板被陷害逃亡不再烧制，这茶仓恐怕是要失传了。想想真是可叹啊。”

“师父，我倒是最担心这横前的事啊。”

“那倒也是。希望他福大命大，能活下来。”

“唉，活不了了。明子说得对。即便活着，他又如何面对？货主们能放过他？即便货主们好商量，恐怕他自己都饶不了自己。”

黄三连连叹气，回后院工房去了。谢成转回花厅，见明子睡去，就拿出那件茶仓端详起来。明子醒来，见谢成盯着茶仓发呆：“谢成，你在想什么呢？”

“我想这样。刚才与黄师父商量过了，我们拿这件陶制的茶仓做样，车几件木坯，做成漆艺的茶仓留着。到时送一件给你的父亲吧。”谢成看着茶仓，缓缓地说，“对了，等应六爷来后，跟他细问下西洋大黑船的船期。我想了想，让斯全和山也一同去见你的父亲，禀明咱们这里的情况。再备上一批礼物，用父亲和我的名义送上，才尽到礼数。”

“嗯。”

谢成又拉过明子的手说：“你现在这样，一年半载是走不了的。等孩子生下，我陪你一起回去，好吗？横前的事，你的心情我知道，但终究是天意使然啊，你也要放宽心才是。”

一连几天，明子在谢成照料下，心情也渐渐好转。

这天，大漆行的漆匾总算完成最后一道工序，明天就可以挂匾了。

第三十三章　赶集，雅集

初秋的福州城，午间的燥热，比夏天的闷热还要让人难当。谢成一家保留着在金鱼巷老家的习惯，每逢午后骄阳，总要在院子里泼水去燥。

这天午后，谢斯全和阿泰喜笑颜开地领着应六爷和沈公子、陆公子三人来到院内。谢成和明子看到，立刻起身迎下廊来。“六哥，可把你们盼到了！”明子上前挽着应六爷的胳膊，高兴地喊了起来。

“妹夫，你看，我说我急是对的吧？你们这喜酒，我可是大舅爷，身份自然跟他们两个不同哈。”“那是自然，那是自然。”沈公子赶紧接过话头，众人嬉笑中互相见礼。

谢成又领着应六爷他们拜见过父母后，大家围桌而坐。应六爷问谢父：“叔父，不知这挂匾和喜酒您老有什么筹划？”谢父轻摇着蒲扇，笑着缓缓答道：“谢成他已经在福州城自立门户了，所有事情都由他自己来做主安排啦。我和你婶子也喜欢偷偷懒，你们各位好友多多帮衬他们吧。”

谢成交代谢斯全到街口闽山居订席后，向众人说道：“我和明子不爱过分热闹，我们想喜酒搭着开业酒来办，就不两头张罗啦。诸位好友来了，我们开业酒、喜酒之外，另加上雅集一场如何？”

众人随后由谢成领着来到后院，参观了作坊，又到铺面转了一圈。然后辞过谢成父母，来到闽山居酒楼。落座后，趁着酒菜未上，谢成就把“内山丸”号的事，向大家说了一遍。众人听了无不叹息。

陆公子先开了口：“看来这物极必反，这么多的茶仓，这船是载不动了。”应六爷点着头接过说道：“说了半天，这都是天意啊。既然是天意，咱们就得顺从。你想那些日本人或是咱们这里的人，自打海禁锁国以来，做点生意多难呐。可是，总能持着劈波斩浪的勇气，这才是令人感佩的。”说着又转向明子：“妹子，看来你跟我这妹夫的姻缘，也是天注定啊。你要是也上了船，这，这，如今该哭的就是我们老应家啦。”

沈公子打趣道：“六爷莫太得意啊。应该说你能当上这舅爷，还是要托谢兄的福，托月港和明子的缘分呢。”

明子看着一众好友这般体贴，眉眼舒展地浅笑着。谢成一旁看在眼里，他就等着月港老友相聚，帮明子收拾些心情。

“唉，真想念月港的日子啊。”明子在众人片刻无话的间隙，幽幽地说着。谢成听了，一拍桌子道：“哎呀，我都糊涂了。这几天想着等各位兄弟来了找地方搞个雅集，竟没想起这个地方来！我这到了福州后一路忙着，竟然也都忘了跟明子提起！”

“哦，什么有趣去处？”

“家父在闽县北边的山里降虎寨，有一座茶栈制茶，也屯放陈年老茶。去年我在福州贡院乡试后，无事去了一趟，住了几天。那茶栈四周，山林村舍景致极好。我看城里喧闹，不如去那里清静雅集，如何？”

“去！去！去！”众人拍掌应和。

“那好。我明天先让斯全和阿泰他们上去收拾。我们后天就去住一晚。回来喝开业酒。降虎寨离城不过二三十里路，就在出福州城的驿道边上，是举子们进京赶考的必经之路。沈兄带来了大作《西园雅集图》，我们一起考考他？”

“妙！就这么定了！”

酒席间，又谈到月港码头去日本的船期。应六爷说道：“如今最安全的是那西洋大黑船，船体巨大不惧风浪，又有各种火炮枪械护着，那些倭匪海盗哪敢去劫？每年二月都会有一两条大黑船，从香山澳驶来，靠到月港补给装货再一路北上。眼下是初秋，半年后可以出发。”看明子点头，应六爷继续说：“这明子应该清楚。大黑船每年二月从香山澳去长崎，五六月就可以返回到月港，然后又去香山澳。妹子，你放宽心哈。我回去就给香山澳的陈五爷去信，看看是在香山澳还是在月港登船。妹夫，安排船期船票的事我来，你就只管备齐给你那日本老丈人的孝敬礼就是。”众人听了，又是一阵开怀打趣。

初秋的山道两旁，已经有树叶染着嫣红。福州城北的山间古驿道上，熙熙攘攘的商贾、马帮和游人中，走着谢成、应六爷和沈、陆公子等一行人，还有一顶锦面软垫的小轿和两匹马跟着，方便明子和大家走累时代步。马上挂着些木箱和包袱，还有沈公子的画箱。

好久没有这样结伴出游，众人都是轻快爽朗的心情。站在不高的开阔山腰，向南望去，福州城的街巷、塔楼，川流不息的车马，尽览眼底。远处，五虎山脚下，闽江和乌龙江上千帆点点，向东竞流。

一行人向山间款款而行，近傍晚时分，才来到了临着降虎寨的降虎街，又离开驿道主路，沿着街边的一条石磴小道缓缓上行，一处白墙黑瓦的宅院就在眼前。谢成招呼大家：“诸位，这就到了。”

走进茶栈，是个大院落。院子里有几棵大香樟树，几处房屋依山而建，用青石板铺的小径曲折连通着院子各处，看着竟像一座小山寨。院落正中有一间敞厅，听谢成说原来就是招呼客人待茶用的，昨天又整理了一下，桌椅整齐干净。众人稍坐后，由谢斯全领着去各自卧房洗漱。

明子坐在敞厅里，看着厅外竹林和林梢间的远山，说道：“谢成，这地方真好，感觉像极了月港的小楼，又有不同的趣味。”谢成笑着说：“你要是喜欢，等孩子出生后，我们可以常来。”说着，递给她一把热毛巾，“等大漆行诸事办妥，谢斯全他们能应付周全，我们住在这里也是可以的。”

说话间，应、沈、陆三位陆续回到了敞厅。“看来，住这里一晚不够啊，这路上就要走一个白天了。明天下山岂不是太过匆忙？照我看，还是两晚吧，这雅集也从容些。”应六爷的大嗓门在这空旷的山谷里都有回声了。

夜晚，小酒慢饮后，登山远行的大家，各自早歇。

第二天上午，谢成和明子醒来时，已经能听到楼下敞厅外廊里叽叽喳喳的议论声了。两人赶紧梳洗，出了房门。刚到外廊前，就听应六爷招呼明子道："女主人来得正好。明子，你来帮我们拿个主意。"

明子坐下问道："什么事？非要我来拿主意。"

陆公子耸着肩头，左右晃着脑袋："我们白天去哪里，刚才分成两派意见，一派呢，是说难得风景秀美，又秋高气爽的，主张去杜溪桥边走走看看。另一派呢，因为昨晚听说今天寨里有赶集，说是去赶集热闹一下。这不是吗，不知道该怎么安排了。"明子听了好奇："什么叫赶集，我昨晚怎么没听说？"

还没等谢成说话，谢斯全从后面窜到桌子跟前："小婶，赶集就是每隔一段日子的一天，四乡八村的村民把自家产的蔬果、打来的猎物，各种土产山货，都拿到寨子里吆喝买卖，很热闹。我们算是赶上了，正好今天是降虎寨的赶集天。"

"哦？那还有什么好一派两派的？风景时时可看，这赶集今天不去，明天就没了。我看，咱们也去赶集如何？"

应六爷一听，拍着桌子笑喊道："老沈，你听到了吧？我都不用问，明子肯定是跟我一派的。你那看风景的主意，就是一派胡言了。"说得众人哈哈大笑。

集市上，人头攒动，好不热闹，各种花样的新鲜物摆满了沿街两侧的摊位。明子和众人看看这件，又摸摸那件，大家各选喜欢的，随意买着。谢成和谢斯全特别留意买了

一些鲜嫩小食，给晚上雅集酒席添些嚼头。看着快近中午，赶集的人也开始纷纷散去，众人就拎着采买来的货，沿着竹林小道往回走。

快到院门口时，忽然听到走在后面的明子一阵大笑。大家回头顺着明子的手指看去，只见走在最后面的沈公子一手抱着一个大南瓜，一手拎着一个大竹笼，笼子里正扑闪着两只大黄兔，因为一路拎着走得累了，快到院门前时，已经东歪西斜着身子，喘着粗气。众人看见，都笑弯了腰。应六爷笑得揉着眼睛，又指着沈公子："老沈，你看你，还说去看风景，数你买得多。这兔子怎么杀啊？"

敞厅里，按照谢成的交代，桌面上摆着众人买来的新鲜农家菜、煮花生、切丝的酱黄牛皮等。陆公子看着，啧啧说道："有如此美味，已经不虚此行啦。"

旁边，沈公子正从画箱里往外一个接一个地抽出画袋，谢斯全帮着展开挂到墙上。一时挂好，共有四件水墨立轴。众人围到画前细细观赏。陆公子看了指着画说道："哎呀，沈兄，《西园雅集图》历来以白描或工笔设色为主，而我看你作此幅，写意围着工笔，工笔又跳出写意，竟像是用工笔和写意斗法呢。"

"哈哈，陆兄好眼力，你算是看透了我的心思啦。历代名家，各画各的雅集。我呢，也画我的雅集。白描我画不到李伯时，工笔设色我画不到仇十洲。近些年，我一直试着，用工笔来勾画人物，可否用写意来铺染配景。没想到，这第一次试笔，竟是因为谢兄的提议，画上这《西园雅集图》了。"

陆公子直竖大拇指："这是有意思的画法。工笔画到线条传神，设色又能达意，这已经是难得了。你这再用上写意渲染，岂不是更可以尽情？"

"好一个尽情！这正是我用笔施墨的想法。自然，这番尝试，还与谢兄的漆作有关。"

谢成细盯着画，听沈公子接着说道："我看漆艺屏风或箱柜面板，大都是一款底色上工笔描金或彩绘。功夫考究自然不说，但止此一法，又觉枯燥。所以，谢兄约我出稿，我便想着可否有新法试试。比如这《西园雅集图》，用作屏风绘稿，未必就得整幅工笔描实，有些配景尽可以用杂色来铺染取意。"

谢成听到这里，不住地点头："沈兄所言极是。我正有此意。"

"二位这般深研新法，倒惹得我想索要一套屏风啦。"陆公子嘿嘿一笑。

"自然也要有我一套哈。"应六爷赶上一句，"哦不，两套。"

明子听了忍不住笑："你们二位，是来雅集的吗？还是来赶集的？"

"唉，明子妹妹，你这就说错你六哥啦。我和陆公子这叫'赶雅集'。"说罢，又朝谢成做了个鬼脸，"你不是后来又定了一套嫁妆吗？现在你嫁给谢成，就都便宜他了。你六哥我总得跟他要一套回来。"众人听了又是一乐。说话间，茶栈伙计和请来的村厨已经开始摆桌，应六爷又说道："不过，酒后胡说前，倒真是觉得咱们这雅集起得好！正是米南宫《图记》里说的，‘人间清旷之乐，不过于此’。刚才我说要两套，其中一套就是给香山澳陈五爷的。这陈五爷，买卖做得大，人又有雅趣，到时引介各位相识。”

这一晚，众人山中夜宴，尽欢到不舍散去。第二天又一路说笑，漫步下山，接近夜晚才回到城里。

几天里，大家各自访友。闹过了开业酒和喜酒，谢成和明子分别备了礼送应六爷和沈陆各位返程。接着，谢父也回去泉州料理家中生意，留下谢母陪伴明子到春节将近了才回去。

转眼间到了正月，谢成和明子安排谢斯全和山也清一启程到香山澳，带上明子和谢父写给明子父亲大村纯忠的信以及各式漆器茶叶等礼物，去了长崎。谢成接着做漆，陪着明子宽心待产，直到五月间，明子顺利产下一女。

第三十四章　长崎来信

衣锦坊谢宅的花厅里，谢成在外间的罗汉床边加了一张春凳，就睡在外间，方便照看里间的明子母女。偶尔地，明子也抱出小孩，陪着谢成看书，看花园的风景。

“谢成，真被你梦着了，给你生了个小丫头。”

“不，是女神。”谢成抬起头笑看着明子。

“你说，这小怡风长大了会是什么样子呢？”

“哈哈，我可放心了。大家不都说长得像极了你吗？”谢成放下笔，走了过来，弯下腰端详着小怡风，“你看，你像一阵风一样到我身边，这风我就不让吹走了。”

听谢成说到这里，明子若有所思地说：“我看斯全差不多就该回来了吧？”

“放心，应该就是这几天了。”

“说不急是假的。我离开长崎都一年多了，横前又出了船难，父亲找不到我，该有多么着急呢。”

“你不是说小时候都有一年没见你吗？咱们只管把这回当作小时候吧。”谢成拉着明子的手，宽慰道。

“那是特别的情况。日本可不比明国这般地广。像我们从月港到福州这样的距离，在日本都已经经过好几个领地了。这些领主动不动就是打来打去的，就这几年，父亲的领地也少有安逸。所以，父亲也愿意我住在长崎城町的横前家里。”两人正说话间，就见阿泰和泰嫂跑了进来：“少爷，小姐，快来，谢斯全回来了。”

明子一听，立刻起了床，把小怡风交给泰嫂看着，随在谢成身后赶到了前厅。这一路，她的心都要跳到嗓子口了，跌跌撞撞地，几次险些被门槛和台阶绊倒。来到前厅，看见山也清一也站在那里，明子感觉自己都有点儿支撑不住了，她紧抓着谢成的手才稳住，问道：“山也，你，你怎么也回来了？我不是让你留在长崎吗？”

谢斯全赶紧趋前说道：“小婶，你别急啊，一切顺着呢。山也是大村大人，哦，你父亲，又让他回来照顾你的。”山也清一随即过来，向明子跪拜请安：“主公让我回来大小姐身边。原来还想让千惠姑娘也跟过来照护大小姐，结果临行前千惠病了。这是主公的信。”

“哦，上帝啊……”明子听后，这才由谢成扶着踏实坐到椅上，不断地拍打着胸口。谢成接过信，轻抚着明子后背，对谢斯全说：“都不急哈，先坐下喝茶，慢慢说。”其实，他刚才自己也是强掩着不安，到此刻才放松些。

谢斯全喝完一大口茶，用袖口擦了擦嘴：“我们下了船，就雇了马车带上货，很快赶到你家的三城，见到了你父亲，把你和尾叔公的信交给了他。”

“那，父亲说什么了吗？”

“也没听他多说什么。哦，就说了一句‘这个横前’，然后就问起了我们家里的情形，我和山也细细做了禀报。大村大人对我们挺好的，把我安排在给西洋人建的商馆里，让山也陪着我到横濑浦旧码头和长崎城町各处游玩。哦，对了，走时还让我们带了一大堆给小婶、小叔和尾叔公的礼物。我们赶着回来，就托给货行运回来，应该这几天就能到。"

"那，横前有什么消息吗？"

"哦，小婶你别伤心啊。听千惠姑娘说没有消息，应该是和船一起出事了。唉，横前家产被抵卖了还债，他老婆和儿子也不敢露面，就在长崎的城町里四处帮工度日。不过，我走前千惠姑娘又跟我说了，好像你父亲派人找到了他们母子，现在应该都回到你家了。"

"嗯，这就好。是我信里拜托父亲的。"明子说着，揉了揉眼睛，眼泪才没有滴落下来。

"这下好了。你们赶紧去洗漱下，晚上给你们接风。"谢成感觉好久没有这么轻松了，得好好喝几杯。

明子回到花厅，展开父亲来信，信里写道：

"明姬爱女如晤：知你在明安然，半年多悲痛顿解！初悉次五郎带你私去明国，杀他之心都有，而忧你之念更甚。今已照你所嘱，安顿他母子二人在城里，勿念。你与谢君一家能有此良缘，我心甚喜。已派山也与谢斯全君同返，并备上回礼。家里近期无事，仍与南蛮和教会商议开港诸事，不必挂念。近期亦不必思虑返家。一来你生养带子不便远行，二来也务必等父亲联系好来年南蛮船期，才去信通知……"

明子读到这里，泪水已经夺眶而出。谢成看过信后，也是感佩释然："这下好了，云开雾散。我说吧？女神来了！"

晚间，谢成特意留下黄师父在家里喝酒，众人欢喜不已，听谢斯全滔滔不绝地讲他在长崎的见闻。明子更是频频举杯，酬答谢斯全和山也清一一路辛劳。想到船期明年才有，也不急安排。于是，明子说道："这下可以把北峰的茶栈好好收拾一下啦，可以时不时地上去小住一阵。"谢成称是："嗯，我看看再建几间。要是你再生几个，就那几间哪里够住？"明子戳了一下谢成的脑门，笑道："你想得倒美，这要是一年生一个，我还回不回去了？"

几个月间，大家一如往常各自忙活。明子有时也抱着小怡风到工房看谢成做漆。春节里，谢成和明子带了小怡风回去金鱼巷跟父母小住了半月，就赶紧回到福州城，准备带去长崎的物件。盘算着西洋大黑船船期将近，一等明子父亲来信，就可以出发了。

大村领的三城里，正殿四楼西侧的榻榻米上，大村纯忠身上披着一床丝被，凭几闭目养神。刚送上来的茶汤，很快又被他喝了一半。咳喘的老毛病，每年入冬都把他折磨得不轻。可是，偏偏这个时候，麻烦的事情又是一件接着一件，更加让他透不过气来。

派去请陈五爷的人已经走了好几个时辰了，照道理早该回来了，该不会路上出什么事了吧？大村纯忠想到这里，喊过身边的一个侍卫："你去，让富永四郎派几个人再去陈五爷那里。”就在侍卫刚转身要出门时，门外来报：“主公，陈五爷到了。”

来人正是平户、长崎一带颇有影响的明商首领陈潮，人称陈五爷。这陈五爷常年往返于香山澳和平户、长崎间，和西洋船队、日本商行都有生意往来，在明国商户和唐人町中也素有声望。

叫人奉上茶后，大村纯忠才勉力支起身来：“陈潮君，所托之事如何了？”陈五爷落座回道：“大村领主有诚意，必定有办法妥善解决。我刚才来晚了，正是在公馆里同唐人町的几位老友商议此事。”大村纯忠连咳了几声，说道：“唉，这长崎开港以来，是热闹了不少。只是因为我考虑不周，误听南蛮人的话，强制入教，急建教堂，搞得四方不安，常有骚乱。眼下，周边形势又有些混乱，如果不能在领内安定局面，那真是内忧外患齐至啊。所以，还要麻烦陈潮君多与你们明国商户、寺院各方斡旋，稳定大局。此前一些损失我来安排补偿，我也保证以后类似之举不会再有。”说着，大村纯忠拿出一沓书札交给陈五爷：“这是我亲笔写给几位长老的信，有劳陈潮君代转，方便商议。”

“领主有此决心，我自然效力周全。”陈五爷嘱咐大村纯忠好好静养，便起身告辞。

刚起身，就听大村纯忠又问道：“陈潮君，前次所托的那封信已经发去福州了？”

“哦，请领主放心。几天前已经托一位可靠的朋友搭船捎去了。”

大村纯忠说的信，正是他写给女儿明子的。尽管他很想明子能够回来，可是，眼下局势险乱，又实在不敢大意。以佐贺的龙造寺家为首，北边的松浦家、南边的西乡家，还有那个铁了心要夺他大村领地的后藤家，还有那些对他推行天主教不满的寺社和豪族旧敌，最近各种小动作不断，连他自己都遇到了几次刺杀。除了岛原的有马本家外，几乎就没有其他可以靠得住的盟友。原本就捉襟见肘的人马，既要护卫本城、港口和家人，还要保护教堂和神父，实在是费尽了心机。如果不是靠着从西洋人那里买来的火枪铁炮镇着，又用这些年开港和船队的收入左右应酬，真难想象要对付的局面又会是怎样。从入冬后各路探听的消息来看，一场恶战正在向他逼来。这个时候，怎么敢让明子回来涉险？

最近，他已经严令家人不得外出，同时，多备火器、弩箭、礌石、石灰，加固城防。他能想到的最后一步，就是给远在近畿的织田信长写急信求援。作为织田信长在肥前的重要支持者，自己这些年进口火枪铁炮，大部分都是为织田信长采办的，他也因此得到织田信长的信赖。而经他引介，织田信长对天主教的宽容和兴趣，也是有增无减，甚至在他的居城安土城都建起了教堂，这也算志同道合了吧。长崎如果被别家夺占，织田信长能坐视不顾？大村纯忠这么想着，心下又宽松了些，可是，毕竟距离遥远，织田信长会怎么来支援呢？唉！一想到这里，大村又是一阵急咳。

他咳着咳着，抬起头来，目光正好落在明子寄来的那套四曲汉画山水屏风上。大村纯忠又怔怔地发起呆来，明子啊明子，父亲要是这次能敌过这些来犯，真想退位啦。

冬天的三城，在海风的肆虐下，格外寒冷。原先随从明子到长崎的富永千惠，回到三城后就被安排在大村纯忠身边服侍。千惠端上熬好的药汤后，在房内检看门窗，见大村纯忠喝完了汤药在闭目休息，才轻轻地收起汤碗准备退出。

此时门外来报："岐阜城来人求见。"大村纯忠听后立刻睁大了眼睛："快请！"他盼着岐阜的消息已经好些天了。

一位布装窄袖的矮壮少年进到房内，朝大村纯忠跪下行礼："大村领主，在下三木代纲，奉织田大人和家父之命到此，听从领主调遣。"

"家父？你父亲是？"

"我是飞驒三木家的，家父是三木友赖。"

"哦，是写和歌的那个三木友赖？"大村有些失落，"那你这是？"

"家父让我问候领主大人。城下还有与我同来的武士十九人。哦，这里有一封织田大人给领主的信。"说完从怀里取出一个信筒奉上。

"千惠，快递给我。"这才是大村纯忠此刻最想要的。他急忙接过信来，打开看着，竟忘了叫起还跪着的三木代纲。只见信里短短几句："本愿寺假僧乱众，扰我日久，今必惩灭。肥前之势在商，不在武。和则多利，战则妄死。今派三木飞驒小队，相助平安。"大村看完，无力地放下信，陷入沉思。

唉，看来肥前这地方，还依然只是朝廷和近畿大名们的钱袋子啊。看来织田信长并不想直接介入九州的争斗。也许他还在等着自己主动把长崎港献给朝廷，献给他。献出长崎港给织田家，他不是没想过，可是织田家究竟能不能像信长所说的布武天下来统一日本呢？如果不能，自己的大村领最后不还是保不住吗？再说，没有了长崎港的大村领，又有什么意义呢？眼下，想什么都来不及了，忍耐保全还是鱼死网破，也只有在这条老路上再走一回钢丝了。不过，此时这二十名壮勇，倒也可以壮壮声势。唉，想不了更多了，他吩咐千惠："你带三木他们先住下吧，其他的我稍迟些安排。"

富永千惠去了一阵，回来禀报。正要告退，大村纯忠又缓缓说道："千惠，你找时间把明子的房间整理下，说不准她不多久就回来了。"这话，倒把千惠吓了一跳："主人，您不是写信不让她回来吗？"

"你还不知道明子任性？无论我怎么写，恐怕她都不会听的。"

明子看完父亲的信，紧锁着眉头，把信递给了一旁的谢成，说道："奇怪，父亲说了一堆的话，可我没觉得什么孩子小、他身体不好这些是不让我回去的理由啊。到底是为什么呢？"

"是不是家里出了什么事了？"

谢成看完信，也觉得好像看不出什么十足的理由，"今年仍暂居明国，等来年更妥时候回来"。不过，既然信里这么说了，今年回或明年回，倒也无关紧要，于是对明子说：

“会不会你父亲有什么话信里不方便说？”

这时，泰嫂双手牵着正在学走路的小怡风，慢慢地来到了花厅。小怡风见到明子，踉跄着就扑了过来。明子抱起小怡风坐下，逗她小胳肢窝笑着。忽然，她抬起头看着谢成：“谢成，我想跟你商量一下，趁着今年的船期，我还是想回去一趟。要不我这心放不下呢。”

“那，你父亲那边？”

“唉，不清楚。虽然父亲有些事并不让我知道，但如果有什么必不可回的事由，信里应该提到啊。准备了这半年多，突然说不回去，我这心里……”

“我听你的。不过，我要跟你一起回去。小怡风不便同去，我们去月港时，可以抱回去金鱼巷给爹娘照看一阵子。不是三五个月就回来了吗？”明子听了，使劲摇了摇头：“那怎么行？孩子这么小，你留下照顾吧。让山也清一跟我回去就行了。”

谢成走过去扶着明子的肩：“明子，回不回去你来定，陪你回去我来定好吗？怡风由爹娘照顾，我们还有什么要担心的？如果你一个人回去，我这几个月都得揪着心。我到时让你六哥联系下他说的那个陈五爷，如果他在，就更好了，我也可以顺便在长崎到处走走看看。”

明子听了也就点了点头：“这么安排也好。其实，哪怕就只是回去三五天，我带你见一下父母，还有弟妹们，也算完成了一个心愿。今后，路途这么遥远，只要知道他们平安，我几年不回去，都是不要紧的。”

第三十五章　明姬

大村纯忠感觉这几天咳喘有些见好了。三城的城下町周边，这一阵子好像还是没有什么异样的情势。哥哥有马义贞前天来家里，也只是商量了要做一套六曲屏风送给新来的神父。关于佐贺龙造寺家方面的动静也没有更新的消息。没有龙造寺隆信的支持，那个后藤贵明还能掀起多大风浪呢？

不过，他感觉还是需要未雨绸缪。自从他继任大村家家督十几年来，特别是从横濑浦开港到长崎开港，又牵扯到教会、寺社、码头、船务等等，让他焦头烂额甚至惊心动魄的事，真是太多了，连他自己都是几次死里逃生。他从来不想着扩张地盘，特别是开港以后，比起轻松赚钱的海外贸易来，扩张领地的血腥让他更加厌倦了打打杀杀。他只想着守住领地平安，维持贸易之利。可是，这又谈何容易？周边各种世代仇怨，加上种种利益纷争，不费心机，又怎么能自我保全？而小小范围的领地，扩充武备是不可能的，只能是多方设法安堵保全。大村纯忠，习惯了预留退路。

眼下，又要来计划一个以防万一的退路了。这条退路的执行人，他选定了三木代纲。

自从三木代纲飞驒小队到了以后，大村纯忠就只让忠心耿耿的谱代家臣富永四郎安排他们在后院训练，并没有具体地跟城门守卫对接。

这天，他把富永四郎和富永千惠叫到了正殿里："四郎，自从我继任大村家家督以来，你就跟随我不离左右，你们一家也是最早跟我一起接受洗礼的。这些年，多亏了你帮我料理。此前，你让我为千惠物色夫君，现在总算找到一个合适的了。"

千惠突然听到主人谈起这桩事情来，一旁愣住了。

富永四郎却是高兴得很："有劳主公费心啦。千惠的婚事，我左提右提的，她都不允，说是要陪伴明姬。我看是她觉得不满意吧。"这话说得大村也难得地笑了起来："明子和千惠情同姐妹，这是满城皆知的了。可是，总要嫁人的。"

"不知主公看好谁家了？"

"就是后院那个三木代纲。他是飞驒三木家的独子，门第显赫。他的父亲三木友赖是三木家的退位家督，又和织田家关系非同一般。"

"退位？"富永四郎不解。他所听说的，可都是为了争当家督而兄弟成仇骨肉相残的事。近在眼前的，那个一直捣乱的后藤贵明，不就是因为主公从有马家入继当了大村家家督而对主公心怀死结吗？居然还有自己退位不当家督的？

“嗯，三木友赖好文厌武。那是个文采德望令人敬佩的人啊，人到中年才有了这么个独子，也就是三木代纲。后来，他那个野心勃勃的侄子一心谋取家督之位，友赖也无心于那些血腥进取的事，干脆就把家督让给了侄子，也就是现在的古川姊小路赖纲。这赖纲倒是因此对他的叔叔礼待有加，三木友赖也就乐得在飞驒高山里做个富贵仙翁。”

“哦，原来是这样啊。千惠，我看这是个不错的夫家呢。”

“那，这个三木代纲又为什么成了武士了？”千惠可不想嫁给一位刀光剑影里的人。

“这三木家和织田家可不是一般的关系啊。三木友赖是信长大殿的父亲织田信秀的玩伴，又是信长大殿小时候学汉学和歌的老师；三木代纲成为信长大殿的贴身侍卫，就连他那个侄子赖纲也娶了信长正室浓姬的妹妹。其中的渊源很深呢。”

千惠静静地听着，又给大村纯忠和富永四郎各添了些茶汤：“杀气腾腾的武士，有什么好？”

大村纯忠和富永四郎听了都忍不住笑了起来。富永四郎抬眼对千惠说道：“武士怎么就是杀气腾腾呢？你看父亲我是杀气腾腾吗？孩子，真正的武士，不是只靠一把刀的。三木代纲这次来护卫本城，这里面就有情义在。”

大村看千惠没有明确反对，心里已经有数了。他谈事从来都不立求结果。于是，他叫千惠退下：“千惠，你下去吧。我和你父亲还有事情商量。记住我说的，武士也罢，商人也罢，不过是用刀和用心机的区别，要看人，而不是看他做什么。你可以多留意下这个三木。”

等千惠退去后，大村纯忠接着对富永四郎交代：“富永，别看最近风平浪静，其实你我都知道，大战可能就在眼前啦。只是不知道后藤这小子在来去穿梭搞什么动作。豫则立，不豫则废。有件事情还需要你秘密去做。”

大村纯忠继续分析着当下的情形：“这些日子的平静，有些反常啊。你派出去的那些探子，还是没有那几家兵马异常调动的任何消息。可我始终有种预感，这次的危机可能比以往的几次都要艰难。”在大村纯忠看来，佐贺的龙造寺隆信，自从今山合战取胜以来，势焰张狂，大有称霸肥前之势，更是绝不可能放过他垂涎已久的长崎港口，这是明摆着的现实。何况，那个已经臣服龙造寺的后藤贵明，又趁机鼓动龙造寺出兵，打着要回到大村领复位的算盘。这次的危险信号，是几个月前哥哥有马义贞提醒的。有马义贞告诉大村纯忠说龙造寺和后藤找到他商量合击大村领的事，大村听了惊骇不已，连自己的亲哥哥那里都去游说，可见他们谋夺大村领的决心有多大。只是，在那以后，却又探听不到敌方更多的行动迹象，而最近有马义贞又重病卧床，这些情形堆在一起，怎么不让人担忧呢？

“富永，过一阵，今年从澳门来的西洋大黑船就要到长崎港了。以往都是由我们指派长崎港奉行出面组织迎船仪式，但这次仪式的重要性不同于以前。和教团的谈判刚刚开始，需要我亲自出席壮大声势。不过，眼前我是不能去了。你安排一下，让我的影子武士去吧。”

“是，主公。另外，教堂方面我也已经安排好了。他们表示会加强火枪部署，随时等候主公到来。”

“唉，要跟你说的就是这件事。”大村轻叹了一声，“如果出事，我往教堂和城下町方向跑，这是谁都能想到的。不过，既然都想到了，也不能让他们失望，所以，往教堂方向跑的动作要假装得跟真的一样。”

“假装？”

“是的。”大村纯忠微眯着眼睛，“我是不能跑进教堂的。就算跑了进去，人和消息都出不来，后续的事情就一件都办不成了。我要去的是西岛，前天我已经安排小佐久见去岛上察看部署了。”

“西岛？”

“是的。后藤军和龙造寺军的人马，大多是山民，他们也没有什么船队，我找机会退到岛上是最安全的。二来也可以利用我们渔船渔民多的优势，好联络四方。不过，这都是最坏的打算啦。”大村纯忠说着直起身子，用力撑着几案两头，“三城城墙高厚，又有充足的火枪铁炮，要想攻破，敌人的代价也将巨大，这点我是心里有数的。这里说的是万一啊。万一守不住，你要选一支精锐的人马，加上三木代纲的小队，把去教堂方向的动静搞大一些，我们好同时趁乱从旁边的小道离开。你这几天，就带着三木小队熟悉下地形吧。”

西洋大黑船上，一身短装的明子激动地拉着谢成，跑向甲板一侧：“快看，那就是长崎了，快到了。”谢成睁大双眼向远处眺望，只见一个个小黑点浮现在海平面上，越来越大。看明子踮着脚凭栏张望，眼里噙着泪花，谢成挽着明子，让她紧紧地靠着自己的肩头。

“是啊，快两年了。真没想到今天能这样回到长崎。”明子静静地呆望着远方，低声说着。

“嗯，是没想到旁边多了一个我吧？”谢成柔声看着明子。明子侧过脸来，迎着谢成的目光：“不，想到了。你会陪我回来的。”

船越来越靠近码头，依稀地，已经能听见一阵阵的鼓乐声。

“明子，长崎港的码头真热闹啊。”

“是的。每次大黑船到，都是长崎最重要的日子。父亲都会委派长崎港奉行在码头举行迎船仪式和舞乐表演。你看，那不是有好多舞狮的吗？我们叫‘狮舞神乐’，欢庆祈福的。整个长崎港的人，今天都聚到码头来了。”

“嗯，是比月港码头要热闹多了。”

船慢慢地靠了岸。舷梯搭好后，船长领着一众人先下了船，向岸上走去。明子抬眼向岸上望去，却惊讶地发现，码头上到处插着只有父亲出面时才会有的家旗。“难道父亲亲自到码头了？”她心跳加速，揉着眼睛使劲探望，“谢成你看，父亲今天亲自来了。”谢成的心里也是一阵激动，他从大村纯忠写给明子的信里，已经想象过许多次这位慈爱的岳父。

交接仪式后，船上的人依次下船。谢成和明子、山也清一走下舷梯后，明子拉着谢成就往家旗聚集的方向快步走去。隔着几十步的距离，明子正要喊时，却突然停下了脚步："不对，那不是我父亲，是他的影子。"

"影子？"

明子拉着谢成往回走了几步："嗯。在我们这边，大的领主一般都会找一个样貌酷似自己的替身，我们叫影子，用在各种不方便亲自出现的场合。一般人看不出来，我哪能看不出来？"明子向谢成解释着，心里不免犹疑起来，"这样的场合，以往父亲是不会亲自来的，今天却为什么派了影子出席呢？"

谢成和明子，带着山也清一，按应六爷在月港送别时的交代，很快就找到了"香山陈记"货栈，向货栈的小厮递上了名刺："麻烦通禀，福州谢成请见陈五爷。"过了一会儿，从货栈里走出一位看似掌柜的人来，向谢成一拱手："谢公子远驾光临，辛苦啦。在下任翔，在长崎帮五爷料理货仓。三位里面用茶，歇息一会儿后，我陪着去五爷的公馆。"

山也清一因为前次随谢斯全回来时见过任翔，已经相熟："任翔君，这就是我们大村家的大小姐大村明子。"一时见面招呼完毕，众人喝过茶后，明子交代山也："你去过陈公馆了，就不必陪同啦。你拿着货单先去找长崎港奉行大人，就说是大村家的货。如果能提出，就先雇人运回三城，禀告父亲。我们去拜会了陈五爷后，随即回家。"

山也清一应诺，出了货栈。谢成和明子随着任翔往唐人町陈公馆走去。这一路上，码头市町里，店铺相接，各种"南蛮物""唐物屋"和酒肆、客栈的招牌目不暇接。路上走着的，竟然大多数是身着汉装的明国人。谢成好不感慨："任兄，这竟像是我大明的港口似的。"

"哈哈。西洋人一般都住在教堂和会馆里。自从几年前长崎开港以来，我们明国人越来越多往这里聚集，如今少说都有几千人，和平户都有一比啦。"说着说着，来到一处门前。木石夹建的院墙里，一片高低错落的屋瓦。不高的大门檐下，挂着一块木牌，写着大大的"陈"字。"五爷，谢公子和明子小姐到了。"任翔一边领着谢成和明子进院，一边向院子里禀报。

陈五爷快步迎了出来。大家见过礼后，陈五爷拉着谢成的手说："谢兄好眼力啊，你那侄子谢斯全去年来时已经跟我说到了明子大小姐，今天一见，果然是仙女下凡一样的，怎么就偏偏先叫你给遇着了呢？"跟在身后的明子，羞红着脸说道："五爷真会拿人逗乐，说话也跟我那应六哥似的。"

众人笑着落座。谢成从怀里掏出一封信札递给陈五爷："陈兄，这是六爷嘱我带给你的信。"陈五爷接过，挑开火漆封快速看完，随即一乐："这应老六，真是什么好事都抢在头里啊。要是我在月港，明子大小姐哪能轮到被他认了妹妹？"众人听罢，又是一阵笑。任翔接过话头："五爷，你不还是明子大小姐的五哥吗？"

"哈哈，那是自然。不过这信里说的事，倒需要好好计议下呢。"说着，就把应六爷的信递给谢成和明子看过，原来这信里的交代细致得很。"明子小姐，我前一阵刚去过府上，倒没有见着什么大的异样。只是长崎开港以来，大村领主与西洋人的教会可能在教堂设点和领内百姓入教的事情上过于操切，一些豪族和寺社信众就生出许多事端来。不过，大村领主已经有意让步息事，我也正帮着在明国商户和寺庙里游说安民。”

“原来是这样啊！这我就放心啦。我还担心着有什么大事呢。我想山也回去禀过后，父亲就会派人来接我们的。”明子说着说着，转头往门口看了一眼。

“嗯。如果能来接，就说明大村居城里无事。不过，应六爷嘱咐你们住到我这里，倒也是老成之策啊。我这里房间也清静。另外，谢兄，你们见过大村领主后，我还想引介你认识一下南通府的徐公子，大名鼎鼎的画家，已经在这里开设了十几年的画社。”

“太好了。全凭陈兄安排。”

就在这时，门外一阵马蹄声和车轮声响起，就见山也清一小跑进来，向谢成和明子禀道：“公子，大小姐，富永领主来了。”

明子一听，立刻站起往门外跑去，见富永四郎正从门口疾步进院。“富永叔叔……”明子哽咽着声音喊道。“大小姐，总算见到你平安归来啦。”富永四郎说着，向明子行着鞠躬礼，“你看，谁来了？”明子抬头一看，正是富永千惠。“千惠听说你回来了，吵着要跟来接你呢。”明子和千惠紧紧拥抱着，两人都忍不住哭出了声。

随后，明子向富永四郎介绍：“富永叔叔，这就是我丈夫谢成。”富永和千惠随即过来见了礼：“谢成君，大村领主已经在家里备好了丰盛的酒席，等着你们了。一起走吧。”

于是，谢成和明子辞过陈五爷，随着富永四郎的马车队，去往大村家的居城三城。

离开了热闹的码头和市町，又穿过了好几段向着海湾伸开的农田和林间，明子指着前方高地上一座灰白色相间的城堡：“谢成，你看，这就到了我家了。”谢成抬眼望去，好一座大城堡！四周带角楼的高大城墙里，远远地就可以看见一座几层高的大楼。

说话间，马车队已经到了城门。两侧的带刀家兵们，见到明子下了车，整齐地行鞠躬礼，一个家兵往台阶上跑着：“明姬回来了！明姬回来了！”谢成看着这情形，悄声跟明子耳语：“没想到领主家是这样的呢。”明子笑着小声说道：“这是大领主家才有的，有小封地的也称领主，但也还是大领主的家臣，比如富永叔叔。进了里面，不可以再这样跟我悄悄说话了。”谢成笑着回道：“是，明姬。”

到了楼下，又有一个女侍过来见礼，明子带着谢成和富永千惠跟着上到四楼。此刻，谢成心里竟有些紧张起来，脑子里赶紧回想着明子一路上教给他的各种见面礼仪。

殿门是开着的。明子走到门边，里面已经传来了大村纯忠略微颤抖的喊声：“是明子吗？明子！”明子再也忍不住了，一边喊着“父亲，明子回来了！”，一边跑进屋里，跪倒在大村纯忠跟前哭着。大村纯忠直起身伸出手来，轻拍着明子的肩头，因为激动又急咳了几下：“好了，好了，回来就好了，不要怠慢了明国女婿。”

明子这才想起门外站着的谢成，赶紧擦了下眼泪：“谢成，快进来吧。”谢成转身进了门，按明子教他的，跪坐在为他准备的蒲席上，双手撑地，向大村纯忠行跪拜礼：“小婿谢成拜见岳父大人。”

“好，好。快抬起头来，让我看看。”大村纯忠端详着谢成，“好！清秀俊朗！配我的明子正合适！快坐下。我的回礼你们收到了？代我向令尊令堂都问好了？”谢成赶紧回话：“多谢岳父大人！已经都问过好了！我们这次还带来了一些礼物，希望岳父大人喜欢。”

谢成一边回话，一边打量着眼前的大村纯忠，见他斜靠在几上，还盖着一床薄被，脸色略显憔悴：“岳父大人，这是身体有些不舒服吗？”

“唉，老毛病了，一到冬春两季就犯咳喘。不过，吃了神父的药，加上天气转暖，最近已经慢慢见好了。噫，明子，你怎么这身打扮？”明子这才想起来，看了看自己，破涕为笑：“父亲，这一路上我只要出船舱就穿这身，一是方便跑动，二来也是为了路上安全。”

大村纯忠听着点了点头：“嗯。千惠，你先带明子和谢成回房洗漱更衣。晚上，就在我这屋里一起用饭，叫你父亲也来，大家热闹一下。”

明子和谢成起身告退，正要出门时，明子又想起来：“父亲，母亲和弟弟妹妹们呢？怎么没见到？”

“哦，有马叔叔病得不轻，他们今天一早代我去日野山城探望他去了，明天才回。要是他们见到你，不知道有多高兴呢。”

两人来到三楼，洗沐之后，就到了晚饭的时间。谢成找出装着“星光”茶仓的木箱，放在一个朱漆的托盘上，和明子一起回到了大村纯忠的殿内。只见富永四郎和千惠已经在座，每人座前都摆好了漆艺的食盘。谢成随着明子行礼后落座。

“父亲，谢成还随身带来一件他亲手做的礼物。现在可以呈给您吗？”明子微侧着身，向大村纯忠禀道。

“随身带的？亲手做的？看来是个稀罕的礼物。四郎，千惠，你们真是有眼福呢。”

明子于是离座，来到谢成身旁，陪着谢成一起，打开了木箱，从里面拿出一个锦囊，放到托盘里，然后端着来到大村纯忠座前，跪坐举起。

大村纯忠把座前的食盘往边上移开，接过托盘：“饭前欣赏宝物，这样的日子好像很久没有过了。”说着解开了锦囊的绳结，一件酱黑色的茶入，盖着浅浅的米色盖子，到了大村的手中。“啊，太美了！”大村纯忠拿在手中，四指托着，一会儿移开盖子，一会儿盖上，目光舍不得离开。过了许久，他才把“星光”茶仓放回盘中：“四郎，千惠，你们都来看看吧。”

“谢成，这是漆艺的‘大海’？”

“岳父大人，好眼力。”

“这么薄的木胎，已经很难做到了，更不用说后面的漆作了。难怪你随身带着。”

“这是一款磨漆灰擦漆的茶入，我起名为‘星光’。这是反复涂刷细漆灰后直接擦黑漆的，看上去没有推光漆那么亮，却另有朴拙高古之意。这是我做的第一件，我和明子特意献给岳父大人。”

“嗯，这也太珍贵了。要是被织田信长大殿看到，兴许他都能拿岐阜城来跟我换呢。明子，你说我换不换呢？”

“不换。”

众人一阵欢笑。大村纯忠又让明子把“星光”茶入摆到屋子中间：“如此美器，值得我们一边享受美食，一边欣赏它呢。”

从三城往外看，大村浦的夜色迷人。月光铺满海湾，远处的小岛、小岛上的灯火，皆是清晰可见。晚饭后回到房间的谢成和明子，推开落地窗，对坐在窗前，一人一碗清茶，静静地凝望着远处星空下的海湾。这样宁静的夜晚，感觉好久没有享受过了。

“谢成，我们过几天还是住到陈五爷那里吧。我看你有些不习惯这居城里的礼仪呢。”

“多谢夫人体贴了。”谢成把目光从窗外收回，笑着看着烛光里的明子。

“我其实也更爱住在长崎的横前家，以前也只有想念父母和弟妹们时才回来住几晚的。不如这样，明天见过母亲和弟妹们后，我们再禀告父亲吧。”

“也好，我也正想在长崎四处走走。反正离回去的船期还有一个多月的时间，尽可以宽松安排的。这次回去，你再给怡风生个弟弟吧。”谢成说着，移过身子紧紧地搂着明子。

第二天一早，明子带着谢成在居城里四处走了走，又见过了回到三城的明子母亲和弟弟妹妹们。傍晚，一大家人正在分享着谢成和明子带给每个人的礼物，山也清一来报：“公子，陈五爷派人来，说是徐大师到了他那里，问公子要不要去会一会？”

“谢成，有朋自远方来，尽管去好了。我让山也陪你去，明子就留在家里陪母亲弟妹们多说说话吧。明天，给你们补办一场婚庆酒。”大村纯忠今天的精神明显好了许多。

谢成于是拜辞众人，和山也清一去往长崎港陈五爷家。此刻，他绝没有想到，这一去，竟是和明子的生离死别。

第三十六章　一片孤帆

入夜，很久以来难得放松的大村纯忠，在屋里与儿女们喝酒说笑。他端详着明子：“没想到啊，我们的明子都已经有女儿了。看看明年带她回来，那才叫全家团聚呢。”明子笑着给父亲敬酒：“说不定明年给父母多带一个回来，不好吗？”又扮了个鬼脸。

“这个明子，弟弟妹妹面前，也不知道害羞吗？”明子母亲说完也禁不住连声笑了起来。

“要的要的，你要是能把你丈夫也带来，就住在这里，帮我和教会的幼童院带好漆工传习班，就更好了。”

也许是天气转暖的缘故，也许是因为明子回来高兴，大村纯忠感觉自己的咳喘已经好了，今天竟然一整天没有咳一下，呼吸顺畅，精神也清朗。

一家人正在说笑，隐隐从四周传来一阵阵嘈杂声，越来越大。“敌军来了！敌军来了！”门口跑进来身穿铠甲的富永四郎和大江右兵卫，“主公，龙造寺和后藤军围城了！”大村纯忠从座中跳起，随即跟着富永二人跑下楼去。明子僵坐在座中，她被眼前突发的情势吓呆了。

大村纯忠一路疾跑来到城墙上。天呐，就见城外黑压压的一排又一排的兵马，看那望不到边的火把的密集度，单是正面的敌军估计就不下三千人。他又带着富永和大江几个武将快步绕着城墙察看了一圈，三城已经被团团围住。“怎么事先没有一点迹象？难道他们从天上掉下来的吗？”大村纯忠自言自语道。“主公，看来这是蓄谋已久的了。这是把兵士分散从各个方向渗透后迅速集结的战法。”富永回禀道。

“唉，该来的就来了，只是没想到会来这么多，恐怕我们城里的枪弹火炮都挡不住这人多势众的冲杀啊。又是那该死的后藤贵明捣的鬼。”大村纯忠交代了一番，急忙赶回楼里。

陈公馆里，谢成和陈五爷、徐公子几人正在欢宴。

谢成到长崎这两天，去完三城感觉大好，又遇上久仰大名的陈五爷，今晚又认识了徐公子，心情更是畅快：“五爷，正好徐兄也在，去年我就开始筹划做几套《西园雅集图》漆屏风，绘稿由漳州的丹青高手沈佑文出稿。哦，对了，六爷说了，给你也做一套。”陈五爷听了得意一笑，端起酒杯：“应老六这点还算像话，他倒是有什么奇珍雅玩都不会把我给忘了。”

徐公子听了接过话来：“谢兄，这次在长崎时间充裕的话，我倒是可以陪着你看看本地日本漆行做的漆屏风，用料、工艺和绘画的风格，与我们有很大不同呢……”

就在说话间，山也清一满头大汗，跌跌撞撞跑了进来，喘着粗气："公子，公子，不好了，有人看见三城方向火把通明，三城好像，好像被围了。"

"啊？"谢成和众人都惊得站了起来，"怎么回事？快带我回去看看！"谢成说着就要往门口走。

"谢兄，且慢。"陈五爷拉住谢成，"现在情况不明，还要打听实了再说。就算有什么事，你也不能往里冲啊。万一闯入敌军中被扣，反而给大村领主和明子小姐添上大麻烦。"

"那，那该如何是好呢？明子可是还在里面呢。"谢成急得手足无措了，"我看这样吧。山也君，你先靠近打探，切记打扮成找农具的农民，不求进入三城，只要看下敌军的军旗或其他消息，就速速赶回，我们好商议对策。"

山也清一应声跑去。这边，陈五爷又忙着安慰谢成："谢兄，如今日本这地方，他们的天皇早就被架空了，原先的征夷大将军也被赶下了台，大大小小的领主间争战是常事啊。不过，大村领主一来有西洋人做后盾，二来财力雄厚，听说好几次都化险为夷，不必过忧。"

谢成这时哪里有心思想那些，脑子里全是还在三城里的明子。

大村纯忠刚回到殿内，明子就急问道："父亲，出了什么事了？"

大村纯忠一口气颓坐到席上。他没有回答明子的话，而是吩咐明子母亲和几个孩子："记住，你们不可以上城墙。万一打起来，人手不够，你们只能帮着在城下运送物件。一旦上了城墙，被那贵明和隆信看见，后果不堪设想。现在夜黑，他们只会围城，不会攻城。就算攻城，富永他们也能挡得住。你们先去休息吧，我和明子有话说。”

屋里，剩下父女二人。大村纯忠摇着头叹道：“明子，我信里让你不要回来，你就是不听啊。我又不好把最近的情势写明给你。就算我写了，以你的性子，你还是会回来的，唉。”

“那，现在怎么办？谢成会不会回来闯进敌军被扣呢？”明子已经急得快掉下泪来。

“嗯，那倒不会。这会儿围城的火把这么照着，长崎港那边估计都能看见了，敌军在外围应该也重重设了防。你放心，陈潮君知道怎么应对，不会在情况不明时让他一个人回来涉险。”

面对明子这个女儿，大村纯忠的内心无比复杂。在他的心里，如果有人可以无保留地说话，在外的就是富永四郎这个谱代重臣，在家的，他希望是明子，也只能是明子，其他的孩子都太小。

从离开有马家过继到大村家成为家督时起，大村纯忠就已经知道自己将来面对的是什么了，领地、利益，敌人、西洋人和唐人，活着或死亡。这些年，他苦心维持着各种平衡，行走在刀尖一般地保全了港口和领地。他没有应有的成就感，孤独的累却越来越沉重。

“明子，谢成的安全无须担心。陈潮君住在长崎港的唐人町，又紧邻教会的商馆，龙造寺和后藤他们不会也不敢胡来。西洋人一旦介入，等于是给我们带来帮手。因为港口是我们的，后藤想抢，西洋人和教会想保。实际上，这些年如果没有教会，当然，还有你有马叔叔家的帮忙，我们大村家早已经被灭了。”

明子听到谢成安全，心下稍宽。可是，三城眼下这个局面，怎么办啊？

“最为阴险的，就是那个后藤贵明啦。我从有马家过继到大村家来继任家督，他从大村家过继到后藤家成为家督。可是这么多年了，他还是心怀怨恨，念念不忘大村家的领地，老是以前少主的身份拉拢我们的人，四处捣乱。当然，也没有捞到多大的便宜，无非占去了几座城堡。龙造寺这次出兵来夺港口，肯定又是后藤挑唆的。只是没想到，这次居然这么多人马压过来。”大村纯忠说到这里，已经有些喘，就停了停，喝了一口茶后，继续说道，“三城城墙高厚，加上我们全部配齐了火枪，这也是这些年我们家跟西洋人贸易的收益。不过，我们只有三百多人，攻出去是不可能的。但他们要想攻进来，也不那么容易，伤亡的代价他们也很难承受。看来，打几场是不可避免的。我最担心的是，打几场后，困着我们，逼我们投降。”

“那怎么办？”

“其实，他们只要我一个人的命。这就是这两三年我深居简出的原因了。最近半年，我就几次遭遇他们派来的忍者暗杀。我感觉会出大事，这才写信让你先别回来。港口是他们的目的，而我们如果没有港口，也等于被灭。但只要我活着，无论是京都那边还是教会，都不可能接受新的领主和长崎港奉行，他们就是占了三城和长崎港，都没什么用。长崎港奉行一直是我们大村家任命的，除非我死了、大村家被灭。明子，既然你已经回来了，作为我大村家的长女，按眼下的状况，你可能要帮忙做点事了。富永他们都在日夜守着城墙，你就帮我传令吧。”

“父亲放心，我会的。不知父亲接下来的计划是？”

“若是我死，即便他们不杀你们，大村家也完了；我若不死，如果逃出去，即便他们占了这三城，杀你们也毫无意义。所以，打几场硬仗后，能和最好，只会丢点钱财；不能和，就只有一条退路，那就是跑去西岛上。我已经提前和富永做好了准备，西岛已经挖好了一处山洞，岛的两面都有隐蔽的炮台，也派了小佐一队火枪手守着。龙造寺军和后藤军没有船队，打不上来。我就可以再找机会和教会商议，与他们谈判。”

“谈判？”

“是的，首先是和教会的谈判。唉，以我们大村领的人口，没有足够的兵源，只能通过谈判让利来自保啊。其实，从去年开始，我就已经向耶稣会教团提议，把长崎港周边三公里范围的领地献给教会，我们只保留港口管理和税收，以及我们自己的船队。我这么做，是想引入教会和西洋船队的力量，彻底解决我们孤立无助的困境。这个办法，看来收入少了很多，却是求平安的根本途径。只是，教团一直没有答复，估计和西洋船队还在讨论中。唉，这些西洋人……”

“那现在跟龙造寺准备怎么谈判呢？”

“眼下，我还没有完全想好，先打好两仗吧。但有一条

是明确的，我们的谈判对象是佐贺的龙造寺，因为他才是最重要的对手。至于后藤贵明，非但不能谈判，还要在龙造寺面前刺激他，动摇龙造寺对他的信任。这个后藤永远都喂不饱，已经占了我们好几座城，现在还在打着大村家前少主的身份，四处活动。要是跟他谈判讲和，将来只会更糟。”

大村纯忠粗略说完眼下的情形，吩咐明子：“你去找一下富永四郎，让他找到三木代纲后，你带三木回到这里，我有事交代。”

陈公馆里，深夜，谢成几人总算把山也清一等回来了。“公子，陈五爷，三城被龙造寺和后藤家的兵马团团围住。我远远看过去，估计有七八千人。三城的城下町也已经被占，成了兵营了。”山也清一喘着粗气，向众人禀报着，“我也不敢靠得太近，现在估计连四边的通道都被封锁了。”

谢成听着，急拍着桌面：“这，这可怎么办啊？”

陈五爷在屋内来回走着：“谢兄，事已至此，急也急不来了，只能静等结果。明天一早估计就会攻城，只能盼着大村领主和明子小姐吉人天相啦。哦，我是急糊涂了，我这倒有西洋朋友送我的望远镜，明天联系下旁边教堂的神父，看看到教堂顶能不能看到三城方向的动静。”

三城里，兵将一部分在城墙上警戒，一部分和城里的杂役、女侍都在忙着把礌石、石灰包等传递到城墙上。明子带着一身铠甲的三木代纲，来到了大村纯忠跟前。

“三木，这是我的大女儿明子。”三木代纲转身向明子行礼。明子这才清楚打量了一下三木代纲，一个身材略矮、看着粗壮结实的年轻武士。

三木代纲一坐下就向大村纯忠说道：“大村领主，请给我们安排任务吧。”

“正是有事要商量安排。”大村纯忠说着，从几上拿起一封信来，递给三木代纲，“三木，这是我写给你父亲的信。我已经做主了，把我的重臣富永领主的女儿千惠许配予你为妻。三城遭到围困，情势险恶，也不差你们飞驒这二十人，万一你出了什么事，我也不好向你父亲交代。你带上富永千惠，现在就出城走吧，龙造寺问起，就说你是织田大殿派来娶亲的，他不敢阻拦你。”

明子听得云里雾里的，这都什么时候了，父亲还有心思谈这些？三木代纲也听得目瞪口呆，随即满面通红地站起来向大村纯忠抱手躬身道：“多谢大村领主美意。但是，我现在不能走。请领主无论如何收回成命！领主请想，我原本就是织田大人派来护卫您的，如今正是拼杀用人之际，我却领着千惠小姐离开，我三木代纲成什么人了？我如果战死，也不是为领主而死，是为尽责而死。”说着，三木代纲向着大村纯忠跪伏在地。

大村纯忠盯着地上的三木代纲，轻轻点了点头：“好小子！是三木家的人物！快起来说话！”他接着说道，“三木，你听着。这三城城墙高厚，而我的火药准备充足。敌军想打进来，不是说不可能，至少会伤亡惨重。你想，付出这样的代价后，今后他们还能打谁？因此，我估计他们拼命打一两次或两三次后，就不会再打了，而是转而把我们困死在城里，逼我们投降。这才是最要命的。我在想，如果有马军五天内能到，内外夹击下，敌军就会请和退兵，那我们花点钱就是了。如果五天内有马军不到，那我们就要自己想办法了，那也就到了最艰难的时候啦。”

三木代纲禀道：“听领主差遣。”

“到那个时候，你的飞驒小队要护着我一家，找个出路杀出去。不过，这也是九死一生啊。”大村纯忠说着说着，又咳喘了起来。明子赶紧离座上前，轻抚着父亲的后背。

“领主放心。这几天，我和侍卫吉永小九郎带着小队，已经跟着富永领主熟悉了城外的地形，到时，拼死也要保卫领主一家冲出城去。”

“嗯，到时我们再计议。明天一早，就有恶战，大家抓紧养一下精神吧。”

“领主，他们不会夜里偷袭吗？”

“那他们占不到任何便宜。夜里火枪铁炮都用不上，富永他们已经准备了足够的石灰包，敌军若搭梯偷袭，我们从城上撒石灰，他们都受不了。放心去睡几个时辰吧。”

清晨，陈五爷带着谢成和山也清一等人，来到了教堂的顶楼。远远地，已经可以看见三城方向天空的阵阵烟雾。陈五爷调好望远镜后，递给一旁的谢成。镜筒里，好像战事已经结束，城墙上依旧插着大村家的军旗，依稀可见跑来跑去的兵卒。城墙下，沿着山坡有还没扑灭的零星小火。敌军的士兵们，或抬着担架救人，或拾捡兵器。山脚下的城下町，满是背插指物旗的兵将，人头攒动。

谢成看了一阵，把望远镜递给山也清一。陈五爷眉头紧锁："看来，敌军也没有攻得很猛，早早结束了第一波的攻城。只是，三城被这样消耗着，能守多久呢？"

谢成担心明子，昨晚一夜未睡，神情疲惫，却又束手无策，他感觉自己都快站不住了。陈五爷和山也清一搀着谢成回到了陈公馆。"目前看来，三城被攻破，基本上没有可能。城防坚实，外加敌军不下力死攻。大家可以抓紧歇息，特别是谢兄你啊。"陈五爷接着又对山也清一说道，"山也君，你家公子有我照顾完全够了。我可以打听联络下给敌军送饭菜军需的商户，安排你混进去，你不能轻易暴露，每天只管打听观察，我们好有计议。"

"嗯，我听五爷的。我常年在长崎，很少去三城，敌军中那些反叛的大村家臣也不认识我。"

正如大村纯忠的判断，连续两三个白天，敌军的小范围攻城，都被城墙上的火枪队压了回去。这么多的敌军，只是零星攻城、一触即退，看来敌军的重点果然是围城。大村纯忠的脑子里不停地推算着，他最关心的是有马家援军的到来。

围城的第四天，城墙四周，敌军状态依旧，没有分兵的迹象。看来，有马军没有赶到。大村纯忠的心情，越来越沉重。

殿内，明子和富永、三木几个人，坐在大村纯忠周围。三木代纲说："大村领主，我们从前门假装攻击，铁炮猛发，吸引敌军注意力，然后领主从侧门集中兵力攻出去，如何？”

“不行。我们区区三百人，凭着城防坚固和火药充足，守城还怕不够。敌军七八千人啊，攻出去就是送死。这点，就算龙造寺不了解，那后藤贵明是一清二楚啊。我那哥哥的援军没有打过来，我们形不成内外夹攻的局面，一切的努力都是没有意义的。”

就在这时，两个兵卒跑到殿门口：“领主，敌军射来一封信。”富永四郎赶紧起身接过信递给大村纯忠。大村纯忠急接过来展开，看着看着，他已经跌靠在几上，纸条从他无力的手里落到了地上。明子捡起来看：“三城守护诸将：有马援军已被我军击退，围城之下，尔等必亡。今令纯忠两日内出城投降，则全城大小性命无忧，否则破城之日，即为屠城之时。”

明子把信传给富永四郎和三木代纲，也低头陷入沉思。

最坏的结果还是来了。大村纯忠闭上眼睛，痛苦地思考着。也许这就是天意吧。在肥前十几年的刀光剑影和尔虞我诈中，他勉力经营的大村家，难道在今天要走向终点了？他感到有些累了。“你们都先退下吧。城墙上的防备还是不可松弛。其他的，我再想想。”大村纯忠强压着心乱，平静地交代着，“明子，你也去休息一下。一会儿，我再叫你们。”

“父亲，我留下来陪你吧。”

“不用了。我没事，只是想安静一会儿。”此时，大村纯忠好像又回复到往日的样子，跟明子说话的语调，又是那么熟悉的慈爱。

夜里，大村纯忠叫来明子、富永四郎、千惠和三木。众人来到殿内，只见每人座前，都摆着一套食具，盛着几样精致的小菜，还有酒，再看大村纯忠的脸色，像是已经喝了些了。见礼落座后，大村纯忠举起了杯：“我们先喝一杯吧，然后我有事安排。”放下酒杯，大村纯忠没有马上说事，又夹起小菜，“来，大家随意用些。”

“唉，大事临头啦。有马军没有到，我们就毫无办法。是我大意了，怎么也想不到敌军这次出动了这么多的人马，来围困一座小小的三城，把你们都连累在城里。七八千人的围困啊，不要冲出去做无谓的牺牲。当然，困在这里，最后也是死路。我是不会投降的，投不投降都是死，何必出城受那样的屈辱呢？眼下，是用我一个人的命保住家人和满城平安的时候了。你们都不用伤心，作为大村家的家督，这是我的责任和最后的荣耀。我是天主教徒，不能自杀。富永，你来做我的介错吧。”

“父亲……”明子颤声喊着。

“明子，让我说完。”大村纯忠语调平静，“我定于明天黄昏在上面阁楼自尽，到时，只要富永四郎在侧就行了。记住，阁楼的灯火要明亮，一来照亮接引我去天堂的路，二来也让城外的敌军看见。我这里有两封书札。一是我的遗嘱，明子你来保管。四郎，拜托啦，你带上明子和她母亲、弟妹们，去投奔她有马叔叔。把我的遗嘱给他看，他就知道怎么安排照顾你们了。西岛上，我存了些东西，足够你们衣食无忧了。三木，拜托你明天上午带千惠出城，可以直接到敌军中见龙造寺。一来，这里有我一封回信递给他，信里写了我死后领地分割和港口出让的事。巨大利益面前，他不敢也没有必要伤害城里众人，包括我的家人。二来，你可以直接告诉他你是织田大殿侍卫和三木家少主，前来迎亲，他便不敢伤你。你带着千惠走吧。还有，明子，这是我的挽歌，也由你来保管吧。”大村纯忠从怀里取出一封折好的纸札，递给明子。明子含泪接过，打开来看，只见上面写着寥寥一行字：“一片孤帆，冲破湍流，向海重生。”

明子看到这里，再也忍不住，顿时泪如雨下。

富永千惠挨过去扶着明子，含泪向大村纯忠说道：“主公，明子小姐长期不住在家里，敌军没有人认识她，不如让她装成我的样子，我再作为侍女，跟三木一起出城吧。”

明子听了，缓缓地直起身来，抓着富永千惠的肩头：“好妹妹，这怎么行？我的父亲正准备自杀，我能有心思跑出去吗？”

此时，一直低头闷坐的三木代纲猛地抬起头来：“大村领主，我有一个办法可以试试。与其这样悲死，不如奋力一搏。”

明子听了，目光转向三木：“三木，你快说说。”

“明天，我和吉永小九郎带千惠小姐和飞驒小队出城，就按领主所说去见龙造寺隆信和后藤贵明。我想，他们虽然不会为难我，但也必定不会立刻放行。我们在夜黑时找机会在他们营里四处放火。趁着火光，城墙上的兵士们向城外所有可以射中的目标发射火箭，同时，集中所有火炮火药往正门两侧和北侧门猛轰。富永领主则带着精锐武士，乱中护卫大村领主一家冲出北侧门迅速向海边逃出。”

“这……”大村纯忠想不到三木代纲竟能有这样的主意，他的眼中又泛出一丝希望的光。明子这时也回过神来：“对了，父亲，我今天用望远镜向山脚下看的时候，看到山也清一好像混在往兵营送菜的人中。大概是谢成他们安排他混进去打探消息的吧，或者有什么别的计划。”

富永四郎点着头：“不必告诉他们主公明天自尽，说成后天黄昏吧。从明天下午开始，阁楼上的仪式搞得热闹些，让敌军在远处都能看得见，麻痹他们，给三木多争取一点时间找机会。我这边，会在明天黄昏前就准备好火箭铁炮和北侧门攻击计划，时刻等三木信号。”

“嗯。”三木代纲接着说道，“明天出城递信，通知他们说领主后天自尽，动静也要搞大，至少让旁边的敌军兵众都能听见传开，目的也是分散瓦解他们的注意力。只是，我们这边派出谁来递书呢？没有领主家的重臣或家人，恐怕不行啊。”

“我去！”明子高声应道。

“那不行，这，这太危险了。”大村纯忠使劲地摇着头。

“不会的。他们的目标是父亲，不至于急着对我怎样。再者，父亲要自尽，只在信里说，我和三木都假装不知，只是去递降书的。我一来是去递交父亲的书信，二来是奉织田信长之命，前去参加三木婚礼并向织田送去‘星光’大海茶入的。”

“‘星光’茶入？”大村纯忠不解。

“是的。龙造寺隆信和后藤贵明，不会不知道茶入的贵重。就说织田信长委托父亲在明国找漆工高手做的，现在随西洋船回来了，要送去给织田大人，他们不敢不信。”

第三十七章　飞驒高山

连续几天不眠不休，外加急火攻心，谢成终于病倒了。山也清一每次回来，也没有带来除了围城以外的更多消息。陈五爷和徐大师除了给谢成延医看病外，也是着急没办法。大家都清楚，这么围下去，小小的三城，危在旦夕。

三城大殿里，明子和千惠已经换了一身短衫，就等城墙上收到敌军回话，和三木小队一起出城。三木代纲已经让小队成员们背上分别插上织田家和三木家的指物旗。

这时，城墙上传来喊话："可以出城了！"

城门缓缓开启后，明子第一个骑马出城，随后是三木代纲和富永千惠，其余的飞驒小队成员在吉永小九郎的带领下，紧随其后，骑下小山坡，往城下町而来。

这时，敌阵中就有武将惊叫道："嗯？怎么会有织田家和飞驒三木家的军旗！"消息迅速传到后军帐中。过于肥胖不便骑马的龙造寺隆信，正在帐中准备接受大村纯忠的降书，听了也是吃惊不小，连忙和后藤贵明走出帐外，可不是吗？织田家和飞驒三木家的军旗！大概是被威名赫赫的织田军旗震住，一路上竟没有人下令阻拦。此时，明子和三木、千惠、吉永四骑，已经到了龙造寺隆信和后藤贵明面前。

“我是大村纯忠长女，大村明子，前来向龙造寺领主递交家父的信札。我身后是前来我家迎亲的织田信长大人侍卫、飞驒三木家少主三木代纲，和他的未婚妻富永千惠。”明子正身在马上，朗朗说道。

“哈哈，明子，好多年不见，长成大美女了啊。”后藤贵明接着话锋一转，“织田？你们该不会使什么诈术吧？”说着冷笑了几声。

三木代纲解下腰里的短佩刀，又从怀里掏出一面令牌：“龙造寺领主请看，这里有织田家的侍卫令牌，还有我三木家的家传佩刀。”

龙造寺隆信让身边侍卫接过来一看，令牌不知真假，但这三木家的家传佩刀必是真的，佩刀的刀柄是金制的，刻着飞驒三木家的家徽。龙造寺想了想，这么几天，上哪里去搞这么一把金制的佩刀呢？刀是真的，那这人就假不了。

龙造寺隆信又想，区区二十骑，能使出什么诈术来？何况在我几千人众的大军里。先见见再说。别说织田不能得罪啊，这飞驒三木家也不能小觑。听说飞驒三木家家督赖纲的正室，正是织田信长正室浓姬的亲妹妹。“那就帐里说话吧。”

来到帐中，三木代纲取回佩刀和令牌，向龙造寺隆信行过礼后，大声说道：“龙造寺领主，你这攻城太突然了，搞得我们很尴尬啊。我是十天前奉织田主公和家父之命，来接我的未婚妻千惠小姐到岐阜城，不想被你们这一围，就被耽搁在城里。正好今天大村领主有信札送出，我们就请了大村领主示下，捎信之后，还请龙造寺领主放行，我们好赶路回去。”

“富永千惠，你什么时候嫁给这三木家了？我怎么不知道？”后藤贵明又在一旁问着。

明子等人都装作没听见，按事先的商量，只管跟龙造寺隆信对话，不去搭理后藤贵明，逼急他。

“龙造寺领主，我们一行二十人，就是来接明子小姐和千惠小姐的。按织田信长大人的敕令，明子小姐将作为大村家的主婚人，出席我和千惠小姐的婚礼。另外，明子小姐从明国带回了织田大人委托定制的一件茶入和漆盒，也要我们一路护送到岐阜。”

“信长定制的茶入？”

“是的。”明子说着从背上脱下一个包袱，走近前放在龙造寺隆信面前的矮案上解开。离开三城前，她又记起来还从福州带回了一件谢成为她做的珠宝盒，也就一起说成是织田信长要的，装起带走。

龙造寺隆信看着眼前的茶入和珠宝盒，眼珠子都瞪直了。他哪能不知道织田信长到处搜集名茶器，特别是茶道重器茶入。他一边盯着“星光”茶入，一边心想，难怪后藤这家伙念念不忘要得到长崎港，这次居然要用他的五座城来换我出兵。就在他盯着“星光”茶入满脑子胡想的时候，后藤贵明在一旁连连冷笑着说：“走？恐怕不行吧。你们没见我们和大村家正在对阵中吗？”

“大村的信呢？”龙造寺隆信想起来问道。

明子收拾好“星光”茶入和珠宝盒，然后才掏出父亲的信，递给龙造寺隆信。龙造寺隆信挑开火漆封展开读后，心下大喜过望，却故意压着嗓子说道：“唉，其实我也不逼大村领主自杀，只要臣服我龙造寺家就好了。”

“啊！自杀？……父亲！”明子从座中站起，随即昏厥在地。三木代纲和富永千惠急忙过来扶着明子：“明子小姐！小姐！”好一会儿，明子都没有苏醒过来。三木代纲转头向龙造寺隆信说道：“龙造寺领主，能否收拾一处帐篷，先让明子小姐歇息下，等她缓过来再说？”

龙造寺隆信让人送明子等人去一处帐房后，把大村的信递给后藤贵明。后藤贵明看了后，又解气又恼火。解气的是，明天这个抢了他家督位置的就要死了，要是没有这个纯忠，他就不会被发送去武雄那个穷地方，这些年他又何必费尽心思来抢本来就属于自己的领地和财源滚滚的港口呢？他恼火的是，这个该死的纯忠，信里列出的港口、领地，统统写着给龙造寺隆信，只字没提到他后藤！

龙造寺隆信，却是一副胜利在望的轻松样子，他哪能看不出后藤读完信后的心情：“后藤领主，不必在意大村的措辞，一切都按照我们的约定，我不会亏待你的。”

亏待？后藤贵明心里一阵苦笑。没有我后藤四处游说策划，这次你龙造寺哪有可能一战得利？

此时，龙造寺隆信已经派人把三木代纲请到了帐中：“三木君，大村自杀的事，你们不知道吗？”三木代纲叹了口气：“唉，连他女儿都不知道，我们哪里知道？不过，我们离开之前，倒是觉得城里特别安静，不像昨天前天那样到处都是人。我呢，只是在后院想办法早些离开。一来我没有主公的指令，不会介入你们的对阵。二来，此前我也不认识大村领主，更谈不上交情。只是，还请领主大人善待明子小姐，我也好向织田大人复命。”

“这个嘛，三木君且放心。不过，在明天大村自杀之前，我还是要留下你们。你和你的随从，还有明子，只能住在帐房中，不可随意走动。两军交战，情非得已，还望三木君不要见怪。”

三木代纲故作不快，又装作低头思索的样子，一会儿才说道：“也罢。但我们明天必须安全离开。”

“那是自然，三木君，我不但送你们离开，还要备上两份礼物，有劳三木君帮我转呈织田大人和令尊。”

龙造寺隆信和后藤贵明，一个在想着夺取大村领地和港口后的“肥前霸主梦”，一个在想着怎么在大村自杀后捞到更多的好处。于是，在兴奋又各打算盘中，两人叫来酒菜预祝起来。关于大村纯忠自杀的消息，也在军中传开。

明子和千惠、三木代纲和吉永小九郎的飞驒小队，被安置在不同的帐房里，后藤又加派了兵卒远近盯着。眼看天黑了，三木代纲和吉永小九郎也拟好了杀出帐房引火的对策。他们计划先把所在帐房点起，然后迅速向四边攻击，抢来火把，加大火势。眼下唯一的麻烦，就是要怎么样确保和另外一个帐房里的明子和千惠快速会合。

后藤一边喝着，一边又想起明子手里那件织田信长的唐物茶入，想起龙造寺隆信看到茶入时震惊失态的样子。

隆信啊隆信，你终究只是个没见过世面的乡下蛮夫，居然答应了自己拿五座城来换长崎港口的出兵条件！你哪里知道这长崎港贸易的巨大利益。想到这里，酒喝得更加合口了。

酒后的后藤贵明，一路哼着小曲，来到明子的帐房前，他突然想再看一看那件茶入。进到帐房后，上下打量着明子，只见火光映照下，明子的身材勾魂摄魄。酒劲发作的后藤贵明欲火中烧：“千惠，你出去，我要和明子谈点事。”看千惠不从的样子，后藤返身叫来帐房外的兵卒：“来啊，把她带去那个三木代纲的帐房。”

这一切，躲在不远处伙夫棚里的山也清一，看得清清楚楚，心想坏了，要赶紧想办法靠过去。

借着酒劲的后藤，二话不说，向明子扑了过去。明子奋力厮打叫喊着。就在这时，托着食盘摸到帐房外的山也清一，趁着门口兵卒不在，冲了进来。他一把扯住后藤，高喊着“小姐快跑”，随后和后藤扭打在一起。激烈厮打中，帐房里的烛台已经引燃了帐布，冒起了火。明子顾不得多想，冲出帐房。而三木代纲和吉永小九郎听到叫喊，立时和小队的队员们割破帐房，冲了出来，突袭了帐外举着火把的兵卒，抢过火把。

飞驒小队转眼间已经砍翻一些还没来得及反应的后藤家兵，将火把纷纷投向邻近的帐房，浓烟升起。小队保护着明子和千惠，继续冲杀。

就在围过来的敌众越来越多时，“轰！轰！轰！”三城城墙上铁炮齐发，阵阵爆炸声中，密密麻麻的火箭射了过来。

龙造寺军和后藤军没有想到，三城居然会在夜间开炮攻击，而且是这么密集的炮火，慌乱中纷纷往阵前涌去。而在后军帐房区，织田军旗本来就让龙造寺军和后藤军的兵将们犹豫不前，再趁着火势冲天浓烟弥漫，三木代纲和吉永小九郎的小队轻易抢到马匹，一路奋勇冲杀，冲出了后藤军的营区，冲进了远处的山里。

山坡上，冲出来的三木飞驒小队加上明子和千惠，一共只剩下伤势轻重不等的十个人。富永千惠受了两处重刀伤，此刻已经完全瘫倒不能走动了。荒岭之上，三木代纲只好简单地做了包扎，包扎后还要迅速赶路，尽快跑出后藤贵明的领地，找到人家投宿求药。从山坡远远地望向三城方向，火光已经照亮天空。明子抱着千惠，呆呆地望着远方，三城里怎么样了？父亲他们跑出去没有？她不敢想，也没有力气想了。谢成呢？山也清一死了，没人给他送信了，他会怎样呢？

这时，三木代纲挪步过来："明子小姐，我们快走吧。千惠的伤如果不能赶紧找到药，恐怕……"

龙造寺军和后藤军轻松攻进了三城。龙造寺隆信已经愤怒到快压不住火了："后藤，原本志在必得的，被你毁了！"后藤刚要辩解，隆信又闷着声低喝道："你居然在这么关键的时候，干出这样的事情来！那个三木不点火，三城里怎么可能放炮？"看后藤哑口无语，隆信接着怒斥："后藤，搞了这么大的动静，还像前几次一样，让大村给跑了！这个残局，你自己收拾吧。"随即传令："龙造寺军，全军撤回。”

看着龙造寺隆信带军撤走远去，后藤贵明咬牙切齿地喊道：“烧!”三城和城下町的火，一直烧到天明。随后，后藤军在疯狂的后藤贵明带领下，向长崎港进发。长崎港，被后藤军围住封锁了。

长崎港市町、唐人町、货仓和停靠在码头的船只，被挨家挨户地搜查。后藤贵明还委任了一名军奉行住到了长崎港市町。大村纯忠委任的长崎港奉行经过了京都朝廷的任命，后藤也不敢随意处置。

后藤贵明被大村纯忠的成功出逃彻底激疯了。在攻占劫掠了三城后，他发誓不惜一切代价挖出大村纯忠，而围困长崎港这个核心利益所在是最有效的办法，隐匿的大村纯忠早晚会露出蛛丝马迹。后藤贵明清楚地知道，这将与西洋教会产生对抗，对抗就对抗吧，他和教会的关系早就不和了。

陈公馆里，谢成听着陈五爷说完三城被占的消息，病中虚弱的他倒显得平静。是的，按陈五爷之前说的，被占出逃，总比被困投降或困死好。

“陈兄，明子和大村领主一点儿消息都没有吗?”陈五爷摇着头轻叹一声：“没有。但可以肯定的是，他们是活着跑出来了。否则，后藤不会来围长崎港。这可是长崎开港以来所未有的。你先放宽心养病。刚开始这几天是没办法啦，等围困稍稍宽松，我就想办法打探消息。”

谢成又想起一桩事情来，连声叹道：“唉，这西洋大黑船回航的船期，也快了。要是船期到时，不能等到明子，那可怎么办啊？”

陈五爷又怎么会没想过这样的可能，可眼下，他没有任何宽慰的话能说。他想，与其虚言宽慰，不如直言利害，也好让谢成慢慢地有心理准备：“谢兄，事情到了这个地步，你我身处这变乱中的异国，买卖的事倒好办，对这些领主间的战事，却是无能为力了。船期一到，如果没有消息，你也只能先回。我们这边继续打听消息给你。”

“唉，那怎么行？明子这去向不明的，我一个人怎么能回得去啊？”说着说着，谢成忍不住哽咽起来。

“谢兄，先不忙说这些，你要看开保重啊。或许后面情形变化，明子也会有消息递来的。”

三木飞驒小队带着重伤的千惠，沿途不敢久停，一路向东奔走，终于离开了后藤的领地，找到一户农家歇了下来。可是，此时千惠已经气息将尽了。她躺在明子怀里，脸色惨白，气如游丝。明子抱着千惠，低头轻轻理着她的鬓角：“千惠，要挺住啊，过两天到了博多就好了。”千惠听着，却是连点头的力气都没有了，眼角淌着泪水。她知道自己就要走到生命的尽头了。她看着三木代纲和明子，还有一旁的吉永小九郎：“三木君，真遗憾，我，我还是没有缘分坚持到和你成亲。大，大小姐，我不行了……不过，能生死都跟着你，我，我也算尘缘完美了。三木君，拜，拜托啦！”说完，千惠头一歪，彻底闭上了眼。

“千惠！……”

这一夜，明子陪坐在千惠身边，这是她第一次这么近地感受生死。接下来，又会是怎样的呢？她想起了还在长崎港的谢成，还有父母家人们。不行，我得回去。

第二天，在就近的山里掩埋了千惠并做了记号后，一行人黯然回到农舍。三木代纲说道：“明子小姐，我们收拾一下，还是尽快赶到博多吧。到了太宰府边上的圣福寺，就安全啦。”

“不，我要赶回去，我的丈夫还在长崎港里等我。”

“明子小姐，万万不可。如今整个大村领估计已经被敌军占着，各方情势不明。万一你回去又落入那后藤之手，我们等于前功尽弃了。”

“可是，谢成没有我的一点儿消息，父亲是否逃出我也不知道，如果谢成再出什么事，我也一样只有一死了。”明子说着，不禁落下两行泪来。三木代纲摇着头还在想着办法，一旁的吉永小九郎接过话来：“明子小姐，我看不如这样。这里离博多也就两三天的路，我们还是护送您安全到博多。三木少主，我们派出一个人来，悄悄返回打探些消息，然后在博多会合。这样来回也就是七八天的时间，能了解到更多的情形，到时才好再做打算。”

三木代纲看向明子。

“那，也只能如此了。等一下，我写一封信，你们一定想办法交到谢成手中。”

小村今彦奉命往三城和长崎港快马奔去。三城周边的农田已被踩踏得一片狼藉，城下町和三城几乎烧毁。小村今彦没敢进入三城，直接打马来到了长崎港，却远远地看见通往市町和码头的通道都设了关卡。他也不敢轻易靠近，打听了才知道，出关卡必须有在关卡里的人具状担保说明去处才会被放行，而且没回来时担保人不得离开；进入关卡，也需要得到后藤军奉行的批准，有里面的人出来接引才可。

小村今彦策马返回远处的山脚下，找到了一户农家，说是过路的信差投宿。不想这户农家也是随着大村纯忠皈依了天主教的，忙时在家务农，闲时到码头卖点菜果或找些搬运的活干。小村跟他聊着，看他谈到三城被占和长崎被围时长吁短叹的样子，决定冒险求他帮忙带进长崎港：“老人家，我明天有急的货要进去找西洋人确定船期，又怕被关卡阻拦，能否想个办法带我进去？”老汉倒也爽快：“好吧，明天就跟在我后面，一起挑菜进去吧。”于是小村顺利混进了市町，和老汉约了一起返回的会合地点和时间后，又辗转打听，来到了陈公馆门前。

见到陈五爷，小村具名禀报了一路上的情形，五爷听了兴奋不已，立刻带了小村去见病床上的谢成。谢成听后，长长地出了一口气：“真是天意眷顾啊！”

“哦，对了，谢成君，我这里有明子小姐写给你的信。”小村说着，从鞋底掏出信来，“实在不好意思，怕被搜身，只好这么藏着。”

谢成赶紧接过信来，一边看，一边手抖得厉害，看完信，他竟从床上猛地坐了起来：“不行，小村君，带我去博多找她。”

陈五爷也看过了信，他低头思量了一会儿：“谢兄，不可。这个时候来不得半点儿女情长啊。明子信里说得对，换任何一个人，都不会在家里遭此大难、父亲生死不明的时候离开的。而你现在别说出长崎港有多凶险了，即便出去了，万一遇到什么险情，岂不是乱中添乱？再说，误了船期，又要久留在这险境中，前途吉凶不明，家中小女高堂又该怎么办？明子小姐让你安心住在这里，船期到时先回，我看，这是真有见地。你怎么倒糊涂起来了？”

“唉，我是不放心她啊。”

“这你就不用担心啦。那博多是日本国朝廷的重地，又有三木代纲护从着，她已经安全啦。不过，可能还得往东走远，以防行踪泄露。而谢兄你，就不能再出什么意外了。如果这次船期明子赶不上，就等明年安定了再回去。”

“唉。”谢成长叹一声，低头不语。

小村今彦又问道：“陈五爷，有没有大村领主的消息？”

“还没有。但有一条，应该是成功逃出来了，否则早就有消息传开，教会和西洋船也会有动作了。我想，后藤封锁长崎港和沿岸小码头，这是要孤注一掷，尽快逼着大村领主现身。谢兄，要不我怎么说明子有见地呢？如今局势这么乱，西洋船和那些商人们，巴不得早些集中装货离开呢，所以，可能回航的船期有变化。你这时去博多，万一回来赶不上船期，你这不是给大村领主和明子后面的安排添乱吗？”陈五爷接着对小村说道：“小村君，你也不必在长崎待着打听了，一段时间内估计谁也打听不出什么来。还是尽快赶回，向明子报告这里和谢兄的情形，让她宽心静待大村领主的消息，千万不要冒险回来。说不定，那后藤又在哪个暗处打着埋伏呢。”

谢成赶紧写一封短信交给小村今彦。小村今彦拜辞后，快步离开。

博多圣福寺的众人总算等来了小村今彦，明子看完谢成的信，得知他安全待在陈公馆，一颗心总算放下了一大半。但小村提到的长崎港被封锁的事，又让她心悬了起来。面对疯狂的后藤贵明，深藏西岛上的父亲是否足够安全？下一步又将如何打算？眼前是不能回去了，不能露面，可躲起来也什么事都做不了。

三木代纲说：“明子小姐，大村领主肯定会有后续办法，现在不宜轻举妄动。再说了，以后藤的凶狂狡诈，这博多也不宜久留。要不然，你跟我们回到飞驒小住一段？我们一路上派人返回长崎打探，这样每隔一段时间就会有新的消息回来，我们再商议后策，如何？”

“嗯，眼下也只能这样了。还赖你周全安排。”明子感激地看着三木代纲。

三木代纲随即出去安排。明子一个人坐在院中，又把谢成的信打开来看。想着将要和谢成分别，又回想着最近发生的这一幕幕。唉，这乱世！她有点儿想念在福州的日子了。可是，眼下，总要想办法为父亲做些什么！

众人离开博多东去，往岐阜的方向赶路。一路上，几乎没有多余停留，十几日后总算到了岐阜城，和前行的快马以及三木代纲父亲派来接应的人马会合了。

飞驒高山，三木友赖一接到儿子的信，就安排了女侍和杂役，清理出后院的一处干净房间，等待明子的到来。虽然三木代纲在信里没有多说，但千里奔波完成了织田信长的任务，无论过程如何艰辛，此时归来的结局总是让人宽慰的。三木友赖的心情，期待中更多的是平静，尽管他清楚，也许接下来三木家会被卷入山外面的一桩桩事件。

连续奔波的明子，骑着马跟在三木代纲身后。要不是心里装着数不清的事，通向飞驒高山的小道两侧，处处都是值得细细欣赏的美景啊。快到时，三木代纲策马疾驰，然后翻身下马，向门口的一位老者跪拜：“父亲，我们回来了。”

进到正院房内，明子重新向三木友赖行了深深的跪见礼：“三木叔叔，一路上有代纲的护持，如今又来到您身边，明子感激之情，难以言表。”

“嗯，明子，不要拘礼。来了就当作自己家吧。我和纯忠年轻时在京都一起参加过隐信长老的茶会，之后就没有见过面了。如今，他还在功名富贵里逐鹿，我却已经成了山里的老翁。唉，世事变幻，时间过得可真快啊。你们一路劳累，就先休息安顿，一切明天再说吧。我找了代纲母亲年轻时的几套衣装，你先试试看是否合身。后面我再让山下町的裁缝来。”这一晚，一身疲惫的明子像是回到福州北峰的谢家小院一样，睡得特别踏实。

第二天一早，三木父子和明子在茶室叙谈。听完前前后后的情形，三木友赖长叹着说道：“没想到肥前一带也是这般混战的乱世。明子你做得对。后藤的心魔，就是纯忠的生死，但以他的实力，还不至于敢在长崎港胡来，他只是想搞出动静，摸清楚纯忠的动向。能够杀出重围藏起，你父亲有多机敏，他是清楚的，如今就看谁的耐力和机遇好了。你那唐人夫君有一众好友护着，只要不传出和你的关系，安全登上西洋船回去也没有问题。眼下，是要好好想想，如何能帮到纯忠。这一阵，先安居这里，我们从容筹划下。”明子听后点了点头：“三木叔叔，您稍坐，我回房间一下就来。”

明子回到三木友赖座前，双手托着一件锦囊：“三木叔叔，明子有一件礼物，敬献给您。”

三木友赖解开锦囊，赫然见到一件像是茶入的漆罐。他两眼盯着，问：“这，这是茶入？”

“是的。这是我夫君谢成亲手制作的第一件漆艺‘大海’茶入，名叫‘星光’。在明国福州，叫作茶仓。”明子于是娓娓道来从月港到福州的故事。

“哦，如此贵重的至宝，我自当倍加珍惜。”

“明子，你不是跟龙造寺和后藤说是织田信长大人在明国定制的吗？”三木代纲也是第一次这么细致地看到这件茶入，他想起了在敌阵里的情景。

“你忘了？那是我们为了编一个出城的理由，用织田大人的威名吓唬他们呢。”明子说着，对着三木代纲微微一笑。

第三十八章　大黑船离港了

小村今彦在博多没有跟随三木代纲和明子等人东行，而是休整了两日后又返回了长崎港。他按照与三木代纲商量的办法，买了些礼物送给那老农，又住到了他家里。第二天，他还是挑菜跟着老农进去了长崎港市町。可是，他没有见到谢成。陈公馆大门紧闭，隔着篱笆往里看，好久也没看见一个人。小村今彦看四周一时无人，迅速翻过篱笆进院，来到正屋门前。只见门上贴着一张纸条，上面写着八个字：“移住船上，一切平安。”小村顿时明白了，这字条大概就是写给他看的。他又返身翻到墙外，找到在市町里送菜的老农问道：“我要找的唐人朋友怎么都住到船上了?”老农缓缓回答：“嗯，好几天了，这西洋大黑船都在忙着装货上人，没准哪天就开走了。西洋人怕这长崎港再出什么事，那损失可就大了。”

“那我可以到船上找我的朋友吗?”

“最好别去，后藤军的军奉行就在船边设卡严查。惹出什么事情来，我也跟着麻烦啊。”

小村心想也有道理。总之知道他们上了船就好了。于是，就跟着挑着筐出了关卡。

陈五爷、任翔陪着谢成在船上。这任翔是广州府人，也有几年没有回家了，这次陈五爷让他陪谢成回去一趟。

“谢兄，船到月港，看看应六爷他们在不在，我们好好聚聚。这里的情势短时间内难以明了，只有等来年春天我再来时，再帮着打听了。好在你和明子现在两地平安，相期有时。”任翔宽慰道。

谢成听了点点头。望向窗外的长崎港，他想起那天靠岸时的热闹场面，想起在三城和明子一起看着海湾美景的那个夜晚。谁能想到呢？一天之内，竟如隔世一般。他又突然奇怪地想起那天出现在迎船仪式上的大村纯忠的“影子”。此刻，窗外的长崎港，也慢慢地变得模糊起来……

大黑船，离港了。

福州北峰杜溪桥边的谢家花厅里，谢怡风看着呆呆地望着窗外出神的谢成：“爹爹，那后来呢？”

“后来，爹爹回到福州，一边照顾你，一边想办法和你陈五叔联系，打听长崎的情形。第二年船期到时，却收到陈五爷转寄来的你娘的一封信，说是长崎那边还是封锁着，让爹爹留在家里照看你，等她回来。知道她在离长崎千里之遥的地方，哦，现在知道就是七郎家，平安地待着，爹爹也就听你娘的话，不敢轻易跑去日本找她。何况，你还那么小。家里这件‘星光’茶仓，就是那年补做的。你陈五叔第二年也没回长崎，是那个任翔跟船去的，他到了以后却捎回了你娘去世的消息。现在回想起来，爹爹都不知道当时是怎么过来的。至于你娘其间又怎么嫁给了七郎的父亲，怎么有了七郎，爹爹后来也是无从得知了。唉，迢迢千万里，从生离到死别的思念，爹爹那两三年都尝透了。”谢成说着，目光从窗外移了回来，“风儿，陪爹爹去院子里走走吧。”

谢怡风轻轻地挽着谢成的胳膊，父女俩走出花厅。此时，院子里的秋景别样静谧。“风儿，这院子，是你娘最喜爱的地方。从你出生到她离开，大半的时间，我们都住在这里呢。”

“爹爹。那你后来就没再去长崎了吗？”

“不去了。尽管后来大村纯忠，哦，就是你外公，几次写信来邀我带你去，我都有事没能去成，直到几年后你外公去世。其实，爹爹只是想守着和你娘待在一起的地方，不再想去拆散我们的长崎了。”

第三十九章　沐七郎的三木家

沐七郎、谢斯全和阿泰三人，向隐信长老拜辞后，离开了山门，向着飞驒高山的方向疾驰而去。马蹄声哒哒，沐七郎听着像是自己回家的脚步。

一路上的景致风物，沐七郎都无心流连。他的内心，装满了关于母亲明子的未知往事，还装满着对福州、对恩公和对姐姐的思念。从京都到飞驒高山，几天的路程，感觉是这么遥远。

总算到了熟悉的门前。沐七郎强摁着心跳，轻轻地推开了院门。远远地，见到祖父三木友赖正弯着腰在廊下锄草，他就在院门口颤声喊着："祖父，祖父!"

三木友赖侧脸看向门口，锄头从手中掉落："啊！七郎，你回来啦。"沐七郎快步上前，跪在三木友赖身前的石板上，泪水早已涌出："祖父，七郎回来了。"

"嗯，好小子。快起来，让我看看。"三木友赖双手扶着沐七郎站了起来，两眼上下左右不住地端详着。"嗯，有两年不见了，你是该回了。我老了，去京都走不动啦。"说着，用力拍着沐七郎的肩膀。

沐七郎带谢斯全和阿泰见过三木友赖后，便由家里的杂役带着去沐浴更衣。晚饭特别丰盛，四人坐下喝酒。

“七郎，这酒可是我几天前让人专门从山下町里买的最好的飞驒米烧，我们可以一起陪斯全君和阿泰君痛饮一回啦。”三木友赖说着，端起杯子，向谢斯全和阿泰举起，“实在感激二位这一路的贴身陪护啊。我三木家已经不知道多久没有这么让人高兴的酒宴了。”谢斯全和阿泰连忙举杯回礼，跟在三木友赖后头，一饮而尽。

三木友赖放下酒杯，看向沐七郎说：“半个月前，隐信已经来信说了你去明国的大致经历了，看得我是又紧张又激动啊。唉，要是年轻几年，我已经跑去京都找你们了。这几天先休息下来，我陪你们在这飞驒高山里四处走走。然后，我们再谈谈往事和以后的安排吧。”

夕阳在榻边洒下长长的一片暖光，为茶室添了许多温馨。三木友赖特地把沐七郎带回家的“烟霞”茶仓摆到了茶棚里。他轻轻地拿起“烟霞”，移开黑色漆盖，用一柄细竹片，拨出茶粉到茶碗里，然后轻轻地盖上漆盖，又把“烟霞”摆到漆台上。“烟霞”茶仓的背后，是披着金黄色晚霞的远山。用茶筅点过的茶汤，浮着淡淡的嫩绿，在黑釉的茶碗里格外好看。三木友赖端起茶碗，先递给了谢斯全：“斯全君，请。一碗茶，我们一起来品。”谢斯全恭敬接过，细品了一口，然后递给了阿泰。阿泰微微地转过碗沿，接着品了一口。

“这就是我们日本的点茶。其实是从你们明国宋代时传过来的，在我们日本已经变成重要的仪式。这仪式看上去是为茶而设，实际上是为人心而设啊。尤其是武士家族，战与不战，都是这一道茶间的事。再说开来，世间的事，不都是如此吗？”谢斯全和阿泰听了，略有所悟，微微点着头。

三木友赖接着说道：“你们看，七郎带来的这件谢成君亲制的‘烟霞’大海，对不懂的人来说，不就是个装茶的美丽小罐子吗？对这些人说这‘烟霞’之意，又从何谈起？而在茶人看来，尤其是在我们这些武士看来，一碗茶汤前后的心念，一场茶会之间的际遇，有时就可以决定一生了。”说着，三木友赖已经为谢斯全、阿泰又各点了一碗茶汤，接着又端给沐七郎一碗。

“七郎。隐信没有告诉你的事，他安排我来说。可是，我要说的，也许会让隐信也吃惊不小。这些事，我原本没有想到是现在说的。你被掠上海盗船，一路艰险，却都能逢凶化吉，这就是你的福报了。看来是你自己找到了应该知道所有事情的时机了。”三木友赖说着，侧脸看向“烟霞”茶仓，“七郎，真是奇妙的缘分啊。二十年前，谢成君的那件‘星光’茶入，就已经到过我们三木家了。我以为，我和这样的重器再也无缘了。没想到，二十年后的今天，你又带了谢成君的‘烟霞’来。看来，我和谢成君的缘分，飞驒三木家和福州谢家的缘分，不会断了。”

沐七郎和谢斯全、阿泰听到这里，全都呆住了。沐七郎更是嘴角颤抖着：“师父的那件‘星光’？不是织田信长送给他的吗？是从我们家去的？这……”

三木友赖喝了口茶，说道：“隐信的那件‘星光’茶入，原本是明子到了这里以后送给我的。后来，为了帮你的外祖父大村纯忠，就让代纲送去献给了织田信长，我那个学生。我原以为再也看不到那件‘星光’啦，没想到在送你去正见寺学经的那天，隐信也像今天这样，特意用‘星光’装了茶粉，点茶招待我。七郎，我当时惊讶的心情跟你现在是一样的。这才知道本能寺之变前一晚信长送去给隐信的，正是那件‘星光’茶入。”

三木友赖说着，又看向“烟霞”：“现在，你又带来了谢成君的这件‘烟霞’茶入。我总算和隐信那个老家伙扯平啦。”说完，三木友赖仰起头，哈哈地笑了起来。

沐七郎静静地喝着茶，沉浸在三木友赖故事的讲述里，想象着故事的画面。这时，就听三木友赖喊道：“七郎，放下茶碗，看着我。”

三木友赖如此端重，沐七郎从小还没有见过，他怔怔地看着祖父。

“其实，木野夫只说对了一半。你的母亲是明子，但是，你的生身父亲却不是代纲，而是谢成君。七郎，你和谢怡风是同父同母的姐弟。”

“啊？”“这……”沐七郎和谢斯全、阿泰三人，几乎同时从座中站起。

“恩公？父亲？祖父，你这是……”沐七郎结结巴巴地呆站着，脑子里闪过的，是谢成在黄檗山中目送自己上路时的身影。

“是的。只有我和明子、代纲三个人知道，目前看来，连你外祖父大村纯忠都不知道。”

第四十章　琵琶湖上的“星光”

一连几天，明子在三木家休息，精神好了许多，有时也帮着三木友赖在院子里修修剪剪。从三城出来时为了安全起见，只是用厚布包着“星光”茶入和珠宝盒贴身带着，没有带上装茶入的木箱。于是三木友赖和代纲又忙着联系给“星光”茶入定制木箱。

飞驒三木家，像极了福州北峰的谢家花厅，明子住在这里，感觉心里特别宁静踏实。可是，几天来吃什么都没有胃口，还时不时地恶心作呕。三木代纲就问要不要请大夫来看看，明子其实心里有些数了。难道真的是？唉，这个时候！她的心里又高兴又不安。高兴的是，这些日子以来，总算有一件可以让自己、让她挂念的谢成开心的事了。不安的是，眼下的情形，怀上孩子，她又要面对许多的难题。因此，当大夫告诉她怀孕的时候，看着三木父子为她开心的样子，明子倒显得平静，甚至有些忧虑。三木友赖劝慰着：“明子，不用担心太多，眼下，没有消息，其实也是好消息。肥前各个领主各有算盘，不是后藤想怎么游说就能成的。纯忠又是那么机敏的人，自然会有后面的办法，但筹划周旋的时间自然需要一些。你现在即便在长崎，也是无能为力，不如安下心来，调养身体。”

在三木父子的宽慰下，明子也就安然在三木家待着。又过了十几天，小村今彦回来了，带来了长崎港的消息。听到谢成已经登船回去明国，明子长长地舒了一口气。“长崎港被后藤严密封锁着，我是想赶回来向明子小姐报告谢成君已经回国的消息，也就没敢到处走动更多打听，但也没有大村领主遇害的任何迹象。”

“嗯，小村，你先回家休整。过一阵，等其他两人来消息再说。”三木代纲说完转头看着父亲，友赖点了点头：“小村，家里人或村里其他人问到，就说我过几天请大家喝酒，给三木代纲和明子小姐完婚。”代纲一听惊呆了。明子也怔怔地看着三木友赖，不解何意。

小村今彦走后，三木友赖这才对两人说道：“你们一行二十人的小队去三城，只回来了八人，小村又是我们这村里的。代纲你最近几天就要回去安土城复命，到时，怎么跟你主公织田说你的三城之行呢？又怎么提到明子呢？这几天，我一直在想这件事啊。”三木代纲问道：“父亲，织田大人会有什么反应呢？”

明子从三城突围到飞驒，一路上已经把三木代纲看作兄弟一般，而三木友赖亲切相待，更令她觉得就像父亲一样，因此只管静静地听。

“目前不好说，但不能不做准备啊。以织田的性情，有时小事做绝，有时大事忽略，他是个天马行空常人无法捉摸的人。代纲，你向织田禀告时，如果说明子目前单身在飞驒，不管他怎么想，万一要你带明子去见他呢？无论他如何处置，万一要留明子在安土城呢？恐怕明子就回不到这里，也不知道能不能回到长崎了。那就有可能把好事彻底变成坏事。因此，我才想着让你们两人以夫妻之名住在这里，代纲你也要向信长禀告明子已经怀孕在家，这才是万全之策啊。当然，就算在我们这个高山的村庄，也很难知道哪家跟外面有什么关联，这也是我担忧的。只是，我还没来得及跟你们商量，小村今彦就回来了。所以，刚才他走前，我就赶紧说出口啦，免得生出麻烦来。”

三木代纲听后，看向明子。明子已经完全明白了三木友赖的想法，她点了点头：“叔叔的安排，必是妥帖的。”三木友赖接着说道：“所谓办酒，其实就是等你派出去的小队成员全部回到这里后，召集大家和我们三木家的几个忠心旧家臣，一起聚饮。其他人就不请了，有个说法让大家知道就行。我们接下来，还是要商量怎么做一些能帮到纯忠的事。”

三木飞驒小队最后一名去长崎探听消息的人回来了，但还是没有带回来更多的消息。不过，明子却是心里有数的，以她对父亲的了解，和父亲告诉她的西岛藏身与教会合作计划，她知道父亲在安全地筹划和等待。

过几天，三木代纲就要带着小队成员回去复命，向织田信长报告三城的事态。“代纲，你把这件‘星光’茶入带上吧，献给织田信长。”三木友赖说着，用手指着面前茶几上的木箱，“我还没有写上送款，今天一起商量下。”

明子听了不解：“三木叔叔，这是我送您的啊。”

“这个我知道。不过，如果代纲只是回去复命，事情也就到此为止了。送上这件茶入，我是想争取织田在长崎的事情上有所帮助。”明子留在飞驒，除了打听千里外长崎的消息，就是苦苦想着怎么能帮到父亲，却又毫无头绪。此刻听到三木友赖这么说，心里一阵感动和期待。

“唉，这‘星光’茶入，我何尝舍得呢？只是，现在它的用处却不能在我三木家了。织田对茶器名物的热爱和搜集，天下皆知。听说他的武将，还有茶头，有进献茶器名物给他的，都被视作忠诚或结盟的表现，织田也会给予各种封赐。这件唐物‘星光’茶入与众不同，而且是漆艺的，整个日本国没有第二件，织田看后必定珍爱。我在想用明子的名义进献给织田，明子提个什么请求。只要织田答应了做些什么，那对纯忠对抗后藤和龙造寺，以及跟教团的谈判，都会有很大的帮助。不过，我还没有想好提什么请求。”

明子此时脑子里又回想着当时后藤军听到织田信长威名时的情形，这个让所有人都敬畏的织田信长，到底是个什么样的人物呢？

三木代纲也在低头思考着。三木友赖忽然想起：“代纲，你们就要出发了，明天你要按我说的名单亲自登门请附近的几位老家臣来参加你和明子的婚宴。你先叫上木野夫吧，让他带你去。这几位忠心家臣，今后还要代替你的飞驒小队，分别往长崎做些打探和联络的事。特别是木野夫，他从年轻时就一直跟着我，又没有成家。我想，最近让他从山下的田庄里回来帮忙。”

明子听着三木友赖的细致安排，心下又是一阵温暖感激。她从座中站起，来到三木友赖面前，深深地跪下：“叔叔照护如此保全，明子不知将来如何图报！”说着说着，两行热泪已经夺眶而出。

三木友赖离座扶起明子：“明子，不必如此在心。你父亲纯忠，是个有见识的人，也深得织田信长的赞许。织田军能够横扫近畿，也得益于你父亲开创的西洋贸易。如今各地割据，天下纷乱，正需要织田和大村这样的人，而不是那些趁乱牟利的豪强匪盗之辈。我帮大村，其实也是在帮织田呢。好了，过几天你就要改口叫我父亲啦。我正高兴着呢，你也不许伤悲。”

明子听到这里，再向三木友赖跪拜：“明子从今天起，就请拜叔叔为义父。请父亲俯允。”

“好啊。我只有代纲一个儿子，今天添了你这么一个漂亮明理的女儿，也是上天的厚赐了。”三木友赖接着说道，“我们说回正事吧，说说这茶人怎么送。”

这时，明子心下突然冒起一个念头：“父亲，我有一个想法。既不说是我父亲大村纯忠送的，也不说是我送的，就说是富永四郎叔叔送的。”

“这话又怎么讲？”三木父子显得有些吃惊。

明子一下子眼眶发红，款款道来：“我这个提议，是因为刚才拜义父时突然想起了千惠妹妹。我们从小就在一起，情同姐妹，却想不到这次她因我而死，富永叔叔又因为护驾在父亲身旁，至今生死不明。如果用富永叔叔的名义敬献这款茶人，请织田大人给他封赏，我的心才会稍稍安稳些。如果织田大人封赏大村家，以大村家的财力，赏什么都无足轻重，无非得些虚名罢了。”三木友赖听后沉吟半晌，随即一拍大腿：“嗯，说得好！明子，你和千惠的情谊暂且不论，以富永四郎的名义来献这款‘星光’茶入，倒是绝妙的提议啊。织田封赏富永，实际上是鼓励大村家的家臣们站出来，也给肥前那些作壁上观的领主们一个暗示，更是给教团一个信号：大村家和织田家也就是和朝廷的关系亲密而且稳固。”

三木代纲一边听一边频频点头：“那，父亲，该怎么跟织田主公说呢？”他的脑子里还在捋着这些复杂的道理。

“问得好！你只要牢牢记住一条：明子嫁给你，是真嫁，不是假的。我说了，这是为了防万一。其他的，照实说。你们在后藤军中不是已经说了明子代她父亲送茶入给织田吗？就照这个话往下说。千惠死了，明子为千惠的父亲请封，因此才以富永之名来进献；原本要亲自来献，因为怀孕不敢远行；等等。织田是一个聪慧无比的人，除了明子的事，其他都实说才好。自然，我也要修书一封。我不交代，他会感到奇怪。至于这茶入的木箱，就不用书写送款了，由信长来定。我们只聪明到一半，剩下的那一半，就留给吉法师吧。”

“吉法师？”明子好奇地问道。

“哦，这是信长的小名，忘了跟你说了，代纲应该也没跟你提起。信长小时候，我教过他几年和歌。”

安土城天主台六楼的大殿里，织田信长正和浓姬叙话，就听门口有近侍来报：“主公，三木代纲和他的飞驒小队回来了，求见主公。”织田信长听了一愣，随即反应过来：“哦，好长时间了。叫他进来。”

其实，三木代纲昨天就已经回到安土城了，只是避开织田与家老武将们的会议，免得所谈之事被你一言我一语地议论不决，这也是三木友赖在他出发时的交代。眼下，只有一众女眷在侧，正是好机会。

三木代纲走进大殿，向织田信长和浓姬以及各位侧姬行礼：“主公，代纲从长崎回来复命。”随后，把事情经过择要讲了一遍，听得女眷们频频点头称奇。

织田信长听完，说道：“九州这些地主们，现在也只能先让他们自己打一阵啦。大村还真是机敏得很，这样都能脱逃。难怪他跟西洋人和唐人打交道也能游刃有余。”

“主公，我从三城还带回来一件唐物茶器，是大村领主的谱代家臣富永领主进献的。由于还没得到主公明示接纳，不敢题款。”

“唐物茶器？拿上来看看。”织田信长显出有些期待的眼神。

三木退到门口，指挥小村今彦端来缎子包着的木箱，另两位飞驒小队成员抬着一架弯腿矮几，来到织田信长面前，摆好退出。

织田信长俯身打开缎子和木箱，一旁的女眷也都向织田座前注目。织田信长取出锦囊后解开，一件光彩夺目的漆艺茶入映入眼帘，轻巧地落在他手中。织田来回转动着茶入，“星光”正在夺着他的眼神。茶入的背后，正是门外琵琶湖上湛蓝的天。

织田信长把“星光”茶入轻轻地放在几上，摆在镂空的长方小漆台上，俯身凝视，更觉高挺秀雅。众姬们发出一阵阵惊呼：“太美了！”“真是太美了！”

“嗯。的确是难得一见的唐物茶入。这形状，竟和我赐给稻叶的一模一样。漆艺的，却是前所未见。三木，你刚才说是大村的女儿从明国的哪里带回来的？”

“回主公，是明国的福州。听明子说，是那位漆匠做的第一件漆艺大海，在明国也是第一件。这个荷叶形状的木盖，是从真腊国的名贵木材里挑选了白木雕琢后涂漆制成的。”众姬听了，又是纷纷点头赞叹。

“哦，主公，这里有家父一封书信。”代纲双手高举着三木友赖的信札。

织田信长接过，一边低声问道：“嗯，我的友赖老师还好吗？”

“多谢主公问候。父亲很好，他也一直挂念着主公。”三木代纲恭谨地回话。

织田信长看完信，哈哈大笑：“好你个代纲，叫你带人去救大村，你倒救出个老婆来，还搞出了孩子！行！是我织田的侍卫要有的样子。”这话一出，众姬也是一阵哄笑，三木代纲红着脸低下了头。织田信长放下信，嘱咐近侍：“一会儿，你把这茶入收进库房，明年我到京都茶会时要用。另外，叫抄写员等下和三木一起记录下。”说完，他转身看向三木代纲。

思索片刻后，织田信长挺直了身子：“我们目前不宜大张旗鼓派兵去肥前。就按友赖老师说的吧，由朝廷赐给富永四郎三千石的俸禄。另外，在大村纯忠的领地里给他一座小岛，今后就称为富永城主吧。”

“是。”三木代纲双手抱在胸前，就要起身告退。

“坐下！急着回去见老婆吗？”织田信长一声喊，众姬又是笑声一片。

“等敕书备好，还是你去，带上三十人。到了长崎，不要管大村在哪里，先去找到长崎奉行宣读，让他把消息散出去，大村也必然有耳目。此外，你要去一趟日野山城，见到有马义贞和他的几个家老，让有马家下决心联合大村，事情就有意思了。”

第四十一章 “前少主”的旧梦残酒

三木代纲拿到敕书时，已是初冬。他快马向飞驒高山飞奔，向三木友赖和明子辞行。明子得知事情的经过，心下欢喜，她知道织田信长的敕书和三木代纲此去长崎，对父亲的事情将有多么大的帮助。而她自己却只能在三木家静养，再过个把月，孩子就要出生了。她每天向上帝祷告，期待着父亲能够战胜后藤贵明，期待着自己早日能回去谢成身边。

一整个漫长的冬天，在期待中就将过去了。院子里向阳的地上，已经能看见点点嫩绿的苔衣。房间里，明子感觉自己就快要生了，她揉着肚子，轻轻说：“孩子，你快点出来吧，出来了，我带你去见你的爹爹。”

就在这时，有女侍跑来在门口喊道：“明子夫人，代纲少主回来了！”明子听后心里一惊，猛地站起就要往门口跑，这时肚子一阵痛。“快，快去，我要……生了。”女侍赶紧往前院喊了起来。就见三木代纲在前，三木友赖在后，一帮人赶了进来……

三木父子回到前院的屋里等着消息，三木代纲就把长崎一行的经过详细禀报，友赖听得连连点头。就在这时，后院传来一声声婴儿的啼哭，“生了!”，三木代纲转身跑进后院，就有女侍向他贺喜：“少主人，恭喜您了，夫人生了一个男孩。”三木代纲来到明子窗前喊道：“明子，你先养着，长崎那边一切顺利。”

第二天，刚生产后还虚着身子的明子，就来到了三木友赖的书房找代纲打听细节。孩子出生了，长崎的情势如果好转，父亲如果顺利离开西岛重返大村领，自己能不能赶上今年的船期回去福州呢？明子现在的脑海里，满满地装着这些念想。

“我按织田主公的嘱咐，先到了长崎港，长崎港还是被后藤军严密围着。我们是代表朝廷和织田信长大人去宣读敕书的，所以没有被阻拦。不过，我倒没有自己出面，而是让另一个侍卫领头，我呢，混在队伍里，免得被后藤贵明察觉了多事。我们没有见到后藤贵明，但后藤军的军奉行却是时刻在侧。估计现在这个消息已经是到处传开了。我们也去了日野山城，见到了有马义贞大人和他的儿子有马晴信少主，让他设法找到大村领主好接受敕书，如此，有马家应该是清楚我们的意思了。”

明子追问道：“这么说，父亲那边还是没有消息吗？这么长时间了。”

“没有。我们也不敢到处探听。不过，我又多做了一件事情，是去教会见了那个托雷斯神父，请他转告大村领主，务必安排好主公去年就跟西洋商人订好的货。这个嘛，倒不是织田主公交代的，是我自己想起来的。”

“嗯。”明子点头赞道，“代纲你做得对！”明子于是说了大村纯忠把教会引进到长崎港的计划，随即又忧郁起来：“看来，父亲那边还是没有能马上扭转局势的办法啊。”三木友赖把话接了过来：“照我看，如今我们也只有一个办法，就是一个字：等。谁能等得下来，拖得久，谁就能取胜。我想，那后藤贵明现在的日子比大村还不好过呢。再过几个月，西洋船就要到了，那时候，长崎港还能封得住？也许，大村也在等这个时候呢，也在等教会的态度。明子，我看你还是先安心将养，我说了，谁沉得住气，谁就能赢。”

“父亲，我明天就要返回安土城了。我把小村今彦留下来，过一阵可以派他再跑一趟长崎，他去得多了，一路上的情形很熟悉。”

“嗯。很好！我也安排木野夫回来了。好了，说点高兴的事吧。明子，孩子还没起名呢。想好了吗？”三木友赖微笑着看着明子。

“请父亲赐名吧。”

“在三木家，就叫三木柒郎如何？他是明国漆工的儿子，起这个名也是合适的。小名就叫沐七郎吧。至于汉名，等他以后回去了让他的父亲取吧。”

小峰城里，后藤贵明一连几天紧闭着房门。自从几年前他被逼着把后藤家家督之位让给那个从龙造寺家过继来的养子后，他所能管的地盘，实际上就只剩下这小峰城了。前一个松浦家来的养子谋反，现在的养子又是他需要依附的强邻龙造寺隆信的儿子，他感觉自己在这肥前一带都已经成了笑话。所幸的是，这些年他自己苦心经营的“大村家前少主”的身份为他积攒了不少的家当。没有这几百条枪，没有各种出海经营得来的钱财，他就只能永远退出肥前的舞台。然而，如今出海的生意眼看着也是没有多少好日子了，京都的朝廷在织田信长的把持下，已经严厉打击海盗和走私贸易。再不能拿到大村领和长崎港，他后藤贵明就连眼下的人马和地盘都养不起。可是，这次他好不容易说服了龙造寺隆信合军来灭大村，好不容易游说岛津、松浦几家不介入，好不容易阻断了有马家的援军，眼看着就要把失去的大村领完全夺回，却因为自己酒后对那个明子的作为而功亏一篑。唉，这能怨谁呢？可是，即便这样，他龙造寺隆信也不至于退兵啊，这算彻底把自己这只风筝的线扯断了！龙造寺，你这个背叛盟友、出尔反尔的小人！想到这里，后藤贵明又举起了酒杯。

如今，他只能在由忠心家臣和收罗来的浪人组成的这几百人军中，打出“夺回大村领”的口号，他也只剩下这个口号能聚拢手下。是的，这十几年，他不就是为了夺回大村领而活着吗？今天的情势，无非鱼死网破了。后藤贵明想着想着，再次举起了酒杯。

可是，眼下龙造寺不会再出兵相助了，就连继承了他后藤家督之位的那个养子，也对他说了“只观不战”的绝情的话。他只能尽快找到大村纯忠一决生死，否则，一旦西洋船期临近，西洋人、教会加上京都和各藩的交易开始，他想继续封锁长崎港都不可能了，就会成为众矢之的。最近的织田来使敕书，不就是做给我看的吗？后藤贵明想到这里，冷笑着把桌上的酒一饮而尽。他知道，最后的搏击，就要到了。

今晚，和后藤贵明一样在借酒浇愁的，还有一个人，就是半年来代理着长崎港奉行的吉川茂。这吉川茂也是大村家的老人了，长期帮着大村纯忠打理船队和港口的货仓，为人忠厚，办事勤勉，只是好喝点酒。就在半个月前的一天晚上，后藤军军奉行同他例行检查完码头货仓后，无事便约他喝酒。酒酣之际，吉川茂得意地说了一句："大村领主，你们找不到的，别费心了。"

谁承想，今晚，他正在家里酣睡的时候，院子前后被后藤军的兵卒围住了。后藤贵明跟在军奉行后面进了屋："吉川，你凭什么那么肯定我们找不到纯忠？看来你是知道他藏在哪里的。快说吧。"吉川茂心里吓得不轻，却还能强装镇定："我是说你们找了快一年了，还找不到，就别找了。"

后藤贵明听了也不生气，嘿嘿一笑："吉川，你也是大村家的老人了。你很清楚，我就是想要回本来就属于我的大村领，这有错吗？你不帮着我，难道就不觉得愧对你的老主人、我的父亲吗？"

"少主，我是真的不知道啊。"吉川茂急得满头冒汗了。

"吉川，眼下其实就是我和纯忠的个人恩怨了。你告诉我，今后你就是我的长崎港奉行了，还可以传给你的子孙。你不告诉我，其实我也已经从你的话里猜到了，和我最近的判断是一样的，在岛上。但是，你如果不告诉我，就不要怪我了，今晚就是你全家灭族的时候。”

“你，我……”吉川茂没想到自己一句酒后失言，竟然引来了灭顶之灾。如今，后悔已经晚了。他咬着牙说出了两个字，“西岛”。这个吉川茂哪能想到，后藤贵明说的“岛上”，其实是在诈他。

后藤贵明脑子猛地惊醒：“这西岛不是大村领的地盘啊。”

“嗯，是大村领主前几年秘密买下的。”还没说完，后藤贵明就立刻带人离开了。只留下吉川茂，呆呆地坐在漆黑死寂的家中……

第四十二章　祭

荒僻的西岛上，沿着海边只有一排长长的货仓和几座碉楼。而山脚下，却挖了好几处曲折相连的山洞，山洞中布满机关。这是大村纯忠花了好几年时间慢慢经营起来的一处秘密存货点和藏身处。买岛用的是假名，岛上存放着几年攒下来的火枪、火药和黄金、香料等，只有富永四郎和小佐久见等人参与料理，所有来往的运输都停靠在其他的地方转运。甚至，从三城跑出的那天，大村纯忠一家和十几名贴身侍卫也是在海湾里换了两次船才绕到西岛的。因此，鲜有人知道大村纯忠的藏身之处。

一年多的时间里，除了和托雷斯神父外，大村纯忠没有对外联系。但通过富永四郎派出的打扮成渔民的探子，他对岛外和长崎港的情形了如指掌。

这一年，大村纯忠都在静静地等。在肥前这块利益角逐场里，他很清楚均衡的重要性。肥前诸藩，包括他大村家，谁也不可能有持久的实力独占这片西洋人、唐人、教会、海盗利益交织的地方。何况，京都和近畿乃至关东的实力大名都不愿意有谁在与西洋和唐人贸易中一家独大。

任何想打破这种均衡的想法，都是蛮干。龙造寺和后藤的蛮干，一定是逞一时痛快后的惨败。而他自己，只要不成为蛮干的牺牲品就好。

他听说了织田敕书的消息后，已经胜券在握了。他也清楚，三木的飞驒小队不仅逃出，还能策划京都和织田家的呼应，这就说明，明子也顺利逃出去了。他感到高兴的是，织田敕书对他最后催促教团接受长崎港周边领地的贡献与委托管理，将有极大的推动作用。

是的，大村纯忠耐心等着的最大的一件事，就是教团的回复。把西洋贸易安全引进来，加上他大村家和有马家的联合，长崎港这座金山他就坐稳了。关于后藤贵明，教团回复的那一天，就是他的死期。封锁长崎港，只是他因为咬不到人，自己叫着过瘾罢了。

“主公，今天去长崎港传递口信的已经派出去了。”富永四郎进来禀道。

“嗯，西洋船眼看着就要到港了。后藤那边有什么动静吗？”

“没有。最近进港的船，下船的人和货都要经过后藤军的军奉行对着船单和货单严加盘查，比以往都要多花不止两三天。朝长奉行也按我们的计划托病，没有去码头，整个码头冷冷清清。”

“嗯，这就对了。后藤这是在帮我们，他在刺激西洋人和明国商户们的情绪。现在，到了我们也刺激一下教团的时候了。我要写一封信给神父，小佐你亲自跑一趟，务必亲手交到神父手中。我估计，教团的回复就在最近了。到时长崎港的贡献仪式，要把动静搞大，做出完全不理会后藤的样子。”

“这个后藤会不会在长崎港乱来呢？就像他那次烧毁横濑浦码头一样。”富永四郎说。

“应该不会。西洋大黑船上的护卫和火枪队，不是吃素的。后藤再疯，也不敢。何况来长崎港的船上的货各有买家，还牵扯到织田信长大殿和朝廷。教团回复签约时大黑船肯定是会配合武装护港护船的。我一家和富永就可以离开西岛，去有马家，在那里集结兵力，迅速向长崎港进发。到时，小佐你从西岛率所有人马，再带上沿途的船队，从海上迅速支援长崎港。没有龙造寺的参与，后藤一支孤军是抵挡不了的。这次，必须彻底灭掉后藤。”

大村纯忠没有想到的是，后藤贵明已经逼着吉川茂暴露了西岛。此时的后藤贵明已经孤注一掷，他甚至想都没想过要向龙造寺或任何人通报。小小的西岛，来个神不知鬼不觉的突袭，杀了大村，就可以名正言顺地实现“前少主复位”，凭什么给龙造寺隆信这些蛮夫们分一杯羹呢？

明子轻轻地推着摇床。小沐七郎的小嘴正吸着小指头玩，两只大眼睛扑闪扑闪地看着明子，像是在琢磨：“妈妈妈妈，你在想什么呢？”明子把他的小指头从嘴里拨开，拿过一条丝帕擦了擦他嘴边的口水，轻轻地捏着儿子的下巴肉。这条丝帕，是她最近闲着的时候绣的，上面绣着三木家的家纹。她还给三木友赖和三木代纲各绣了一条。

看着摇床里熟睡的小沐七郎，明子对自己说，不能不下决心了。几天来，她几次提到要去一趟长崎，都被三木友赖劝阻。可是，她自己心里清楚，如果不去一趟，她就要憋疯了。一年多的等待，一年多没有消息。眼下，按往年的惯例，西洋黑船应该就要到了。她想找办法上一次西岛，她要了解岛上情形，父亲究竟怎样了，她能不能赶上今年的船期。

她认为不会有什么风险。后藤贵明的心思不在她这里，长崎港里还有陈五爷他们接应，她也可以去找托雷斯神父，去日野山城找有马叔叔。她可以女扮男装去，只要不被后藤贵明认出就行。她想了无数个要去长崎的理由。

可是，沐七郎这么小，她肯定带不了。长崎的情势毕竟险恶，太多人跟着照顾，目标又太大。唉，看来只能托给义父照看了。

在明子的跪求下，三木友赖知道拦不住她了，就算硬拦着，看她连续多日精神恍惚的样子，恐怕也会憋出病来。三木友赖只好让木野夫和小村今彦陪着明子一起去，打扮成去向陈五爷采买生丝的客商，相机行事。

这一夜，明子的心绪像乱麻，一桩桩一件件的往事夹杂着对长崎对西岛一阵阵的担心。明子又起身走到摇床边，给小沐七郎塞好被角："七郎，你爹爹还不知道有你了呢。等打完这场仗了，娘就可以带你回去啦，你就有汉名了。嗯，叫谢斯什么呢？"明子一直没敢写信告诉谢成小沐七郎的事，她清楚得很，如果谢成知道有了儿子，会发了疯似的跑来，那就糟糕了。谢成啊谢成，你老说我任性，你不也是这样的性子吗！

深夜，明子写好留给三木友赖的信，这才辗转睡下。

长崎港里，刚刚下船卸好货的任翔回到了陈公馆。一进屋，就看见坐在屋里的明子三人。任翔大吃一惊："明子小姐，总算见到你了。"紧接着问道，"这个时候，你还跑来?"

"任翔君，五爷呢?"

"五爷他在香山澳呢，只有我跟着货搭一艘福州船先回来了。"

"哦。"明子把自己的想法告诉了任翔，又问道，"今年的大黑船回航大概会是什么时候呢?"

"估计会推迟些了。看这长崎港的形势，虽然比以前宽松了些，但交货出货还有前后的进货装货的时间，大家心里都还没数啊。"

刚到长崎的任翔也没有什么更多的主意："哦，对了。谢公子还托我带了一封信给明子小姐。"明子赶紧打开来看，信里写着短短的几句："长崎和岳父大人情况如何?甚为焦虑。家中一切安好，怡风已经小步欢跑。若情势明朗，盼保重速归。"看完了信，明子禁不住洒下两行热泪。可是此时，却不是想这些的时候："任翔君，我父亲现在藏身在一座岛上，没几个人知道。我想这几天去一趟，你能帮我安排一条小船吗?"

"明子小姐，不可啊，这太危险了。找条船倒是没问题的，让小村君去一趟不就可以了吗?"任翔急拦着。

"不行。要是这样，我就不用来了。我总要自己去见一下父亲，才能安心。再者，也想知道我们能做些什么。”

“那……”

“放心。西岛刚买下时，我就随父亲去过。只要上了岛，就是安全的。你帮我找一条船，小村跟我去就行了。木野君你就留在这里，好有个接应。”

夜里，明子又拿出谢成的信看着。她想着小怡风在院子里小跑的样子，心情好了许多。“唉，谢成啊谢成，你要是知道我又为你生了个儿子，会是怎样呢？”此时明子的脑子里，浮想着谢成抱着小沐七郎、她牵着小怡风的种种画面。唉，现在哪敢告诉他啊。等等我，等我去岛上看过父亲，就赶上这次的船期，一家四口团聚。

两天后，小村今彦和明子来到长崎港外的一处海滩，跟着任翔安排的三条渔船出了海。在驶出海湾后不久，两人跳上其中的一条船，小村摇着橹，划向西岛。靠近西岛时，天色已近黄昏。

岸边的林子里，两个轻甲士兵远远地见只有一船两人，便跑了出来。船到近前，一名侍卫已经认出了短装的明子：“大小姐，怎么是你？！”

明子听到有人喊她，一路上紧揪着的心顿时松了。“大小姐，这岛上只有南北两边有岸可上，东西都是悬崖激流。您现在是在北岸，主公和富永领主他们在南岸，要翻过这个山坡才到。现在天快黑了，我们还是趁早赶路吧。”

明子和小村跟着两个兵卒，往山顶爬去。正要从山脊往下走时，就听山脚下南岸的货仓院里，响起一阵高过一阵的喊杀声，众人赶紧匍匐在地。明子趴着自语道：“难道是我把敌人引来了？”一旁的侍卫回道：“不是。听这喊杀声，已经有一会儿时间了。而且您看，只有两条来船，看来大部分敌人是泅水上岛的，我们的炮台也用不上了。”

明子咬了咬牙，低声对身旁的侍卫说道：“这样吧，我和小村先摸下去。你们赶紧返回，把北岸的所有兵卒调来增援，分成两队，从他们左右围过去。”

等到明子和小村接近货仓后的山洞边时，喊杀声已经停了下来。从灌木丛里望去，密密的火把下，一大群头绑着白布条的黑衣人，已经把大村纯忠的山洞团团围住。

山洞里的大村纯忠，隔着窗洞看出去，看到后藤贵明旁边站着的吉川茂，心里一沉：“这个叛徒！想不到我大村会被这个浑蛋出卖！”

“唉，北岸的守兵布防，吉川茂是不清楚的。要是能从后面围击就好了，可是……”大村纯忠看着洞里的一家子，对富永四郎和十几个侍卫无力地说道：“想不到啊，竟然败在今天了！连累诸位啦。”

正说着，洞外传来了后藤贵明的喊声：“大村，快投降吧！你看，这是小佐的人头！现在外面全是我的人马，你的路走到头了。”接着，发出一阵狂笑。

“主公，他们不清楚洞里的情形！大不了鱼死网破，我出去把他们引到火药洞引爆火药，主公你趁乱冲向后山。”富永还想往下说，大村摆了摆手：“鱼死网破，又有何益？再说了，这一家老小，哪能跑得动啊？”

就在这时，又听到一声高喊：“后藤贵明，是你完了！”

后藤贵明吓了一跳，侧头一看，大惊失色：“是你？明子！你，你怎么来的？”后藤贵明咬着牙说着，又赶紧四处望了望。眼下，经过激战，他身边也就剩下三十来人了，万一明子带来援军，后果不堪设想。

“明子？她怎么来了？又不听话啊！”大村纯忠赶紧趴向窗洞往外看，他此刻还不能出去，万一暗箭射来，也是不战而败了。大村纯忠的心都快跳出嗓子眼了。一旁的富永四郎，则开始安排侍卫们准备从几个洞口往外冲杀。

“后藤，织田信长大人派的援军，已经向岸边集结了。你快投降吧，我可以代我父亲做主，免你一死。”

后藤听着，往身后一看，冷笑了几声。他吩咐身边几个人去岸边看看，又召过几个人嘀咕了几下，随即说道：“我既然来了，就不会想着退路。没有夺回我的大村领，我的死，不是你想免就免的。”

明子心里一横，带着小村今彦向后藤贵明慢慢走来。就在她和后藤贵明两边对峙、互相盯着要开始说话的时候，身后响起了一阵火枪声。从北岸赶来的队伍沿着两侧山坡冲了下来，山洞口的激战顿时打响。

霎时，后藤贵明身边的几个侍卫向小村今彦围杀了过来，后藤贵明则是疯狂地扑向明子。山洞里的大村纯忠和富永四郎也同时带着侍卫们冲杀了出来，吉川茂还没等开口，就已经被大村纯忠一刀砍翻在地。而就在后藤贵明拔刀刺向明子的同时，富永四郎也手起刀落，砍下了后藤贵明的头。

随后，富永四郎迅速带着侍卫们和北岸的兵卒，三面围击，把残敌逼出货仓，逼向南岸。

大村纯忠看到趴在地上捂着胸口的明子，飞步跑了过来，他抱住明子，泪水夺眶涌出：“明子！明子！你，你哪里受伤了，快让我看看。”他移开明子捂着胸口的手，瞬间一股浓黑的血柱往外喷出，天呐，这是浸了剧毒的刀！“明子，明子，快醒醒啊，父亲这就送你去长崎救你啊！”大村纯忠其实心里有数，这样的毒刀，又刺向胸口，他就要失去这个女儿了。“主啊，你快看看啊！”大村纯忠一阵阵尖厉嘶哑的哭喊声，在漆黑的西岛上，划破了天空。

躺在大村纯忠臂弯里的明子慢慢地睁开了眼睛：“父，父亲，我冷。”大村纯忠紧紧地抱着心爱的女儿，滚烫的泪水淌落在明子的脸上：“明子，你，你这是要疼死父亲我了啊……”明子的嘴角又断断续续地吐着黑血，她猛地挺了几下身子：“谢，谢成……，七，七郎……”接着头一歪，躺在了大村纯忠的怀里。

“明子啊……，主啊……啊，哈……”大村纯忠几声凄厉的痛喊后，喷出一口鲜血，昏倒在明子身边。

长崎港，又回复了往日的平静和热闹。教团和大村纯忠的长崎港领地合作管理计划，也井然有序地开始了。大村纯忠强撑着身体，为明子举行了盛大的葬礼后，就生了一场重病。他从此就住到了长崎港内，再也没有回去过三城。

木野夫带着小村今彦的骨灰，回到了飞騨高山的三木家。三木友赖静静地听着木野夫说完西岛和长崎港的一切，静静地看着摇床里熟睡中的小沐七郎，久久地，一句话都没有。

第四十三章　黍海，飞去来

茶室里，三木友赖从身后的矮柜里拿出一件水仙花黑漆珠宝盒，盒子里装着明子走前留下的那封信，信纸已经发黄。“七郎，你打开看看。”

沐七郎打开了信，看着看着，泪水已经流满了脸颊。

“义父大人膝下：明子母子遇三木一家恩情相护，得在飞驒山中安养保全，每每感佩义父和代纲义兄如天恩义。然明子又怎能弃父母家人于危难而不顾？覆巢之下，身为大村家长女，如何能安然局外？惟愿此去长崎，能寻见父母家人。若得局势清明，则是明子尽托三木家之福报；如有不测，则三木家正是明子最后之依靠。所牵挂者，尚在襁褓之爱儿七郎，请受明子再拜托付义父与三木家。当下情势水火，思虑再三，迄今未敢写信告知夫君谢成诞有七郎，恐他因这望外之喜履险前来。明子如遇不测，大村家与长崎前景仍陷动荡，万勿将七郎身世告知大村家，免他日后卷入战乱而不得保全，就让他在义父膝下承教成长，远离乱世。如局势安定，七郎长成，又有妥当之途，才可让他回去与夫君谢成父子团聚。当此夜深，临书惘惘，谨付寸心。女儿明子泣叩。”

“母亲……”看完信的沐七郎，早已泣不成声，手中的信滑落席上。谢斯全拿起读着，和阿泰两人，也在一旁含泪感念。

沐七郎到了此时，才完全明白了自己的身世。他又想起了三木代纲：“祖父，那父亲又是怎么死的呢？”

三木友赖看向窗外，幽幽道来：“明子去世后，代纲就一直随着织田信长东征西伐，中间难得回来了一两次。后来，本能寺之变后，我担心他在家里不安全，就让隐信安排他去了长崎一座寺庙暂居。我也让他顺便再去向纯忠了解明子死前的情形，看看她的墓地。谁知道，纯忠大概是出于感激吧，又做主把富永的小女儿许给了他。只是，两人还没有生育，代纲就在大村和有马两家攻灭龙造寺隆信的冲田畷之战中重伤身亡。七郎，如今三木家就剩下我们祖孙两人啦。”

沐七郎低着头，给三木友赖添了一碗茶：“那，祖父，恩公就一直不知道我，我是他的亲生儿子吗？”

“嗯。你母亲明子去世时，你才六七个月大。我就按照明子信里的交代，不敢告诉纯忠他有了你这个外孙。就这样，你在家里慢慢地学会了说话，学会了走路。然后就是本能寺之变啦，代纲带着织田的遗命跑了回来，没多久又躲去长崎。他也没有向纯忠提起你的情况，我想明子也没有告诉过纯忠，否则，我就是想留你在这平静的飞驒高山都不可能了。在那个动乱的年代里，这飞驒高山就是世外桃源一般呢。后来代纲战死，你又还小，肥前长崎一带还是战乱不已，我就想着等你稍长大点，再写信托人送你回去明国。那个时候的长崎，不像今天这么安定啊，我是怕了，怕你再出个什么事情了。”

三木友赖喝了口茶，看着七郎继续说道：“在我送你去京都正见寺学习的两年后，也就是你七岁那年吧，纯忠也去世了，从此，我们和长崎大村家就没有什么联系了。谢成君应该也只知道你母亲去世了，并不知道在日本还有你这么个儿子。你还记得吗？在你大概八岁的时候，我去正见寺看你，然后去了一趟长崎港，却没有联系到明子曾经提起过的陈五爷。那时，正是秀吉九州征伐后的乱局，接下来又是出兵朝鲜。唉，战乱不止的情形下，你又还小，我也就安心让你留在隐信身边了。心想，等你长大了，局势安稳时，再跟你说，让你自己去明国找谢成君。其实，也是我舍不得离开你啊。没想到，天意煌煌，你被海盗掠去，竟提早把这些往事全部勾起了。”

三木友赖抬起头看向窗外：“更没想到的是，在明国救你一命的，竟然就是你的亲生父亲。这就是天意了。七郎，你会怪我吗？”

沐七郎连忙起座向三木友赖跪下：“祖父的养育保全之恩，七郎一生不敢忘。”说着，叩头在地，抖着肩膀哭着。

“好了，孩子。把这段往事说开后，接下来，就该计划计划你后面的打算啦。你回去明国之前，我还想和你一起去隐信那里走走呢。”

高山的秋日短暂。火红的枫叶点缀着飞驒，点缀着最让人心生思念的深秋。沐七郎陪着祖父看书、锄地，陪着谢斯全和阿泰到乡里和山下町四处游览，又抄写了一册谢成的《漆工录》。眼看船期就要到了，三木友赖催着整理行装。

“祖父，孙儿今年不走了，斯全哥和泰叔先回去。我把母亲的那件珠宝盒和母亲留给祖父的那封信，让他们带回去，我另外再写一封信。等明年吧，我再回去福州一趟，然后再回来。”沐七郎在茶室向三木友赖禀道。

“七郎，你这是？”三木友赖有些不解。

“祖父，我想好了。祖父在世，我就在祖父身边侍奉，并学着设一间漆坊。有不懂的，我就到福州请教父亲，或请他和姐姐来这里。”

三木友赖听着，老泪潸然而下：“好啊，七郎，隐信这家伙教你教得好啊。”

“对了，祖父，这次孙儿陪侍您一起到京都师父那里去散散心，然后您就留在京都寺里一阵子如何？我陪着斯全哥和泰叔去长崎，按父亲的交代到母亲的墓地，把父亲的这本《漆工录》给她看看就回来。”

“好！好！”三木友赖高兴地笑着，他指着面前摆着的“烟霞”茶仓和两件水仙花漆盒，“没想到啊，代纲救了明子，竟为我三木家，不，为这飞驒高山，救出来一间开启新天地的漆坊。”

几天后，沐七郎早早地去了后山后回到院子里：“祖父，孙儿刚才已经去后山墓园，向代纲父亲拜别过了。我们现在可以走了。”

沐七郎扶着三木友赖，向院门缓步走去。快到门口时，三木友赖抓着沐七郎的手：“七郎，你回头往屋门上看看，我昨晚写的。”

沐七郎回头看去，只见正屋的门楣上，贴着一纸横披，纸上墨书着刚劲的两个字“黍海”。清晨的阳光斜洒在横披上，像是为“黍海”托着温暖的底色。沐七郎久久地凝望着，脑海里又想起谢成以“烟霞”茶仓赠别时广信师父的那句注解：“江海相期，烟霞相许。”

图书在版编目(CIP)数据

泰海传 / 谢健著. -- 福州 : 福建人民出版社, 2025.6. -- ISBN 978-7-211-09836-1

Ⅰ. I247.5

中国国家版本馆 CIP 数据核字第 20257Q33H9 号

泰 海 传

Qihai Zhuan

作　　者：谢　健
责任编辑：江叔维
责任校对：林乔楠
封面设计：林　玲
出版发行：福建人民出版社　　邮箱：fjpph7211@126.com
地　　址：福州市东水路 76 号　　电话：0591-87533169(发行部)
经　　销：福建新华发行(集团)有限责任公司
印　　刷：福州印团网印刷有限公司
地　　址：福建省福州市仓山区建新镇十字亭路 4 号
开　　本：889 毫米×1194 毫米　1/32
印　　张：11.625
字　　数：242 千字
版　　次：2025 年 6 月第 1 版　　2025 年 6 月第 1 次印刷
定　　价：86.00 元